國譯 無衣子詩集

國譯 無衣子詩集

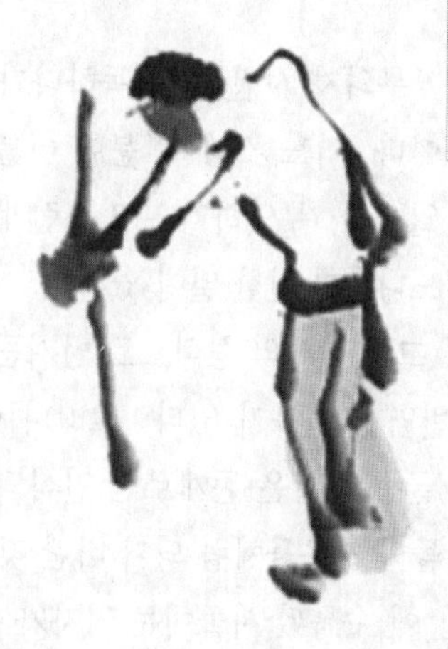

을유문화사

역자의 말

득월망지(得月忘指).

달을 보게 되면 달을 가리키던 손가락을 잊으라는 불가(佛家)의 용어이다.

역자(譯者)가 『무의자 시집』을 탐독하다가 마침내 번역을 결심, 실행에 옮기던 즈음이다. 어느 스님 한 분이 이를 알고, "선시(禪詩)는 그냥 선시로 남겨둘 일이지, 무엇하러 번잡스럽게 우리말로 옮겨 그 지취(志趣)를 손상시키느냐?"고 말한 일이 있다.

옳은 말이다. 그냥 한시의 형식으로 남겨둔 채 그 맛을 오롯이 느낄 수 있다면, 굳이 번역할 이유가 없다. 그러나 이제 한시는 우리네의 삶과 전혀 동떨어진 골동품 같은 존재로만 인식되는 시대가 되었다. 그저 몇몇 소수의 사람들의 전유물처럼 되어 버린 것이다.

『무의자 시집』에 수록된 시들에는 역자가 손을 대기 어려울 정도로 참으로 격이 높고 깊은 뜻이 담겨 있다. 더욱이 우리 문학사에서 새로운 지평을 연 선시(禪詩) 작품들은 물론이요, 소설 연구에 있어 소중하게 취급되는 가전 소설(假傳小說)이 담겨 있음에랴!

그런데 이런 주옥 같은 작품들을 오자(誤字)와 탈자(脫字)가 뒤섞인 채로 마냥 방치해 둘 수만은 없는 노릇이다. 탓에 역자와 같은 천견(淺見)이 오·탈자를 바로잡고 우리말로 옮기는 작업을 감히 자청하였다. 혹 더 많은 오류를 남긴 것은 아닐까 하는 자괴감이 들기도 하지만, 한시에 대한 이해가 없는 여러 사람들에게 달을 보여 주려 한다는 후안무치

(厚顔無恥)로 밀어붙인 것이다. 부디 달만을 보고 어설프기 그지없는 역자의 손가락은 잊어 주길 바라는 심정이다.

이제 보잘것없는 역서(譯書)를 내면서, 그나마 오늘의 역자가 있게 해 주신 많은 분들의 모습이 떠오른다. 교감(校勘)의 중요성과 그 방법론을 친히 일깨워 주신 벽사(碧史) 이우성(李佑成) 선생님, 학부 시절부터 한문학의 길을 인도해 주신 이지형(李篪衡)·임형택(林熒澤)·송재소(宋載卲) 선생님, 외롭고 힘든 길을 함께 하는 이명학(李明學) 선생님 이하 여러 선후배들, 대전으로 이주한 후 새로운 인연이 된 이성우(李性雨) 선생님과 토요회 여러분들, 승속(僧俗)을 떠나 후원을 아끼지 않으셨던 학해(學海) 스님 등 이루 다 거명할 수 없는 많은 분들께 이 자리를 빌어 고개 숙여 감사의 말씀을 전한다. 또한 위축될 대로 위축된 인문 과학의 현실 속에서도 졸역(拙譯)의 출간을 쾌히 허락해 주신 을유문화사(乙酉文化社) 정진숙(鄭鎭肅) 사장님을 위시하여, 여러 모로 힘써 주신 편집부 직원들께 깊은 감사를 드린다.

지난 겨울 유난히도 아름답고 포근했던 계룡산 자락의 설화(雪華)를 되새기면서.

1997년 10월

역자 유영봉은 삼가 씀

無衣子詩集

상 권

하 권

상권

진병도량(鎭兵道場)을 행하다가 게(偈)를 지어 대중에게 고함

누구나 각각 처음
보리심을 내는 것은,
일신(一身)의 해탈만을
구하기 위해서가 아니지요.

지금 한창 전쟁이
날마다 다투어 일어나,
온 세상 사람들이
슬프게도 서로를 죽입니다.

머리를 숨기어 온전하게 앉아서
스스로 편안함만 즐기고,
지혜는 있으되 자비심이 없다면
어찌 보살이라 하리오?

감히 바라나니
정성 모아 진병(鎭兵)에 힘쓰시어,
애군 우국(愛君優國)에
마음이 목타듯 하십시오.

爲鎭兵作偈告衆

各曾初發菩提心　不爲一身求獨脫
方今干戈日競起　四海人民苦相殺
藏頭穩坐愛自便　有智無悲豈菩薩
敢請藂誠力鎭兵　愛君憂國心如渴

* 鎭兵 : 外侵이나 內亂에 대비해 兵力을 地方에 주둔시키던 일, 또는 그 任務를 가리킴. 특히 鎭兵道場은 나라의 兵亂을 佛力으로 진압시키기 위해 행하던 高麗時代 특유의 佛敎儀式이었음.
* 藂 : 佛家에서는 '叢'을 '藂'로 쓰는 경우가 자주 있음. (☞ 특히 『無衣子詩集』 原文에서는 '叢'이 모두 '藂'로 표기되어 있는데, 이 책에서는 이제부터 별다른 설명 없이 '叢'의 뜻으로 쓰인 '藂'字를 모두 '叢'으로 바로잡도록 한다.)

선암사(仙巖寺)의 훈장로(訓長老)께 드림

십여 년을
이웃하고 살면서,
선암사가 있다는 말만 듣고
잠시도 찾은 적이 없었지요.

오늘에야 지팡이 함께하여

비로소 골짜기로 들어서니,
경치에다 인심마저 좋아서
마음 열 만하구려.

하늘가에 늘어선 봉우리는
병풍을 펼친 듯, 화살을 꽂은 듯.
문 밖의 맑디 맑은 계곡물은
비파를 타는 양, 거문고를 타는 양.

신령스런 탑 한 쌍이
마주 서서 짝 이뤘고,
참된 중 오백 명이
절간을 이뤘구려.

贈仙巖訓長老

十餘年在比隣住　聞有仙巖未暫尋
今與杖俱初入洞　境兼人好可開心
天涯列岫排屛簇　門外淸溪鼓瑟琴
靈塔一雙成對偶　眞僧五百作叢林

* 長老 : 學德이 높고 法臘이 오래 되어 大衆의 존경을 받는 승려를 일컫는 말.
또 年老한 승려를 일컫기도 함.
* 叢林 : 많은 僧侶들이 모여 修行하는 場所, 곧 寺刹을 달리 이르는 말임.

절 안에 오백나한(五百羅漢)을 모신 당(堂)이 있길래

이 절간이 지어진 게
어느 시대런고?
존상(尊像)이 단엄하여
고금에 드물도다.

다행히도 구름 사이
통하는 길 있으니,
깊은 산 속 숨었다고
오가는 데 응당 꺼리지 말지니.

寺有五百羅漢堂

金堂抝構何年代　尊像端嚴罕古今
幸是雲中通有路　往來應不憚幽深

* 五百羅漢 : 阿羅漢果를 成就한 500명의 聖者란 뜻으로, 五百比丘 또는 五百上首라고도 함.
* 金堂 : 사찰, 가람을 뜻함.
* 尊像 : 부처나 보살 등의 影이나 像을 존중해 일컫는 말.

정랑중(鄭郎中)을 전별(餞別)하며

나무 위의
꾀꼴 노래 해맑으니,
누각 앞에
제비 춤이 가볍구려.

차 달이는 것으로
술 장만을 대신하여,
애오라지
그대 떠나는 걸 전별(餞別)하이.

餞別鄭郎中

樹上鶯歌淸　臺前燕舞輕
煎茶當沽酒　聊以餞君行

* 郎中 : 고려 시대 官職 이름의 하나.

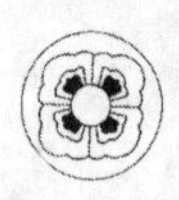

유점사(楡岾寺) 형공(逈公)의 방문을 받고 보잘것없는 시를 써서 전송함

물은 습한 곳을 좇아가고
불은 마른 곳을 좇아가며,
구름은 용을 따르고
바람은 호랑이를 따르지요.

소리가 같으면 서로 대답하고
기운이 같으면 서로 찾으니,
과연 원한에도 으뜸이 있고
빚에도 빚을 준 임자가 있겠지요.

나와 사형(師兄)은
각각 하늘가에 있으니,
이른바 서쪽의 겨자씨와 동쪽의 침 꼴이며
남쪽의 물고기와 북쪽의 날짐승 꼴이라.

우연히도 인연의 힘에
이끌리는 바가 되어,
부지불각(不知不覺) 중에

문득 서로 모였지요.

기쁨 가득 웃는 얼굴
마주 보며 얘기해도,
곡진한 그 정이란
다할 수가 없었어요.

오늘 아침 이별하고
뒷날 서로 그리다가,
꿈에 거듭 나비되어 만난다면
그야 물론 기쁘게 날으리다.

榆岾逈公見訪 書野語送別

水就濕兮火就燥　　雲從龍兮風從虎
同聲相應兮同氣相求　　果是寃有頭兮債有主
我與師兄各在天涯　　所謂西芥東針南鱗北羽
偶因緣力之所牽　　不覺不知忽然相聚
懽滿面咲相看語話　　不能盡覼縷
今朝送別後相思　　重夢蝶只應徒栩栩

* 西芥東針 : 『南本涅槃經』의 「純陀品」에 보면, "땅 위에다 바늘을 세운 다음 겨자씨를 던져 바늘에 적중시키기보다 부처가 세상에 나타나기가 더 어렵다〔芥子投鍼鋒 佛出難於是〕"는 표현이 있는데, 여기서는 逈公과 無衣子 두 사람이 그만큼 만나기가 어렵다는 의미로 빌려 쓴 것임.
* 夢蝶 : 莊子가 꿈속에서 나비가 되었는데 내가 나비꿈을 꾸는 건지, 나비가 내 꿈을 꾸는 건지 분간하지 못했다는 일화에서 나온 말로, 여기서는 그렇

게 꿈속에서나마 만나자는 간곡한 정을 담은 표현임.

어떤 일을 보고 느끼는 바가 있어서

꿩이 알을 낳았다
무성한 풀숲에다,
사람이 가져다가
닭 둥지에 넣었다.

닭은 사심 없이
모두 쪼아 알을 깠다,
꿩이 점점 자라나서
닭의 뜻에 어긋났다.

종자가 다르면
끝끝내 어쩔 수 없지마는,
고요히 생각하니
마음에 깨우침이 있도다.

이와 달리 올빼미를 생각해 보면
새끼가 어미를 잡아먹지요,

그대에게 감사드리는 일 줄었지만
그대의 마음만은 알고 있답니다.

因事有感

雉有卵兮草萋萋　人取卵兮安栖鷄
鷄無私兮啐啄齊　雉稍長兮心意乖
種性異兮卒難廻　靜言思兮心悠成
飜憶土梟雛食母　謝君尙消知君懷

* 土梟 : 올빼미.

늘어선 봉우리

햇살이 쏟아지니
암벽은 금빛으로 찬란하고,
꽃이 피어나니
비단 폭이 쌓인 듯.

왕이 친히
감상하실 수 있도록,

억지로 산에다가
누대를 빌려 놓은 듯.

列嶂

日射金壁燦　花開錦綺堆
王侯示親賞　强作假山臺

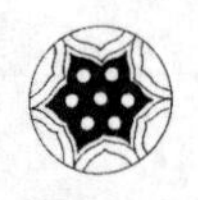

서백상좌(栖白上座)에게 보여 줌

진원(眞源) 한번 깨달으면
문득 마음이 휴(休)가 되나니,
또 다시 그리 할 수 없더라도
부처의 구원 있으리라.

순일(純一)함이 비로소
무학도(無學道)가 되나니,
마음을 어지럽혀
아득히 거칠게 달리지 마라.

示栖白上座

眞源一了便心休　不得還依有佛求
純一始爲無學道　亂心麤過莫悠悠

* 眞源 : 진리의 근원, 곧 마음.
* 休 : 망녕된 생각은 물론, 구도의 생각까지 모두 그친 大安心處.
* 無學道 : 3道의 하나로, 모든 煩惱를 끊고 眞理를 證得하여 다시 더 배울 것이 없는 圓滿하고 샘이 없는 智慧.

변선사(弁禪師)의 부음(訃音)을 듣고

올 때도
나보다 먼저 오시더니,
갈 때도
나보다 먼저 가셨구려.

진중하던
변사형(弁師兄)이시여!
아득하게
혼자서 멀리도 떠나셨구려.

내 어찌
오래도록 머무르랴?
부질없는 인생살이
나그네 신세인 걸.

가고 머문 발자취
돌이켜봐도,
털끝만큼이나
얻을 것이 없구려.

聞弁禪師訃

來時先我來　去時先我去
珎重弁師兄　冥冥獨遐擧
而我豈久存　浮生如逆旅
返觀去住蹤　不得絲毫許

서상(西上) 이자수(李子壽)를 전송하며

뜨거운 날씨에
더운 땅으로 가니,

머리마저 뜨겁다고
물리치려 고생하네.

나에게
청량산(淸凉散)이 있으니,
그대도
한잔을 마셔 보소.

送李公西上子壽

熱天歸熱地　熱惱苦爲排
我有淸凉散　憑君服一杯

* 淸凉散 : 여기서는 煩惱의 불꽃을 제거해 주는 부처의 말씀, 곧 佛法이란 뜻으로 쓰였음.

선상(禪床)을 새로 칠하고

예쁘게 꾸미기를
수놓은 비단으로 하였으니,
여러 부처님네는

어찌 그리 부유한가?

부서진 것 고치기를
타다 남은 쏘시개로 하였으니,
조주(趙州)의 선사(禪師)께선
어찌 그리 가난했나?

新漆禪床

粧飾以文繡　諸佛何大富
補以燒短薪　趙州何大貧

* 補以~大貧 : 趙州禪師가 부서진 상을 고치는데, 마땅한 목재를 구하지 못해 타다 남은 불쏘시개를 사용했던 일화가 있음.

파초

심지처럼 솟아난 푸른 밀랍은
연기 없는 촛불이요,
잎에 둘리운 쪽빛 적삼은
춤추려는 소매라나.

시인의 취한 눈엔
이리 보일 터이지만,
나에게는 파초를
그대로 돌려둠만 못하다오.

芭蕉

心抽綠蠟燭無烟　葉展藍衫袖欲舞
此是詩人醉眼看　不如還我芭蕉樹

대혼상인(大昏上人)이 차를 얻어가며 시를 달라길래

이름이 대혼(大昏)이라 어두운 곳에서
잠만 잘까 두려우니,
모름지기 향긋한 차
자주 달여 마시게나.

날마다 염불(念佛)을 하는 것은
본래부터 꿈속의 일이리니,
부처님의 분부를 받잡거든
그대는 전하시게.

大昏上人因丐茶求詩

大昏昏處恐成眠　須要香茶數數煎
當日香嚴原睡夢　神通分付汝相傳

* 上人 : 知德을 겸비하여 모든 僧侶와 衆生들에게 스승이 될 만한 高僧을 일컫는 말임.
* 香嚴 : 香光莊嚴의 준말로, 향에 쪼이면 항상 향내가 나는 것처럼 항상 부처를 염하면 부처를 뵐 수 있다는 뜻임.
* 神通 : 禪定을 수행함으로써 얻는 無碍自在한 초인간적이며 불가사의한 능력. 부처는 여섯 가지 신통을 갖추었다고 함.

시자(侍者)에게 눈꺼풀이 얼마나 되느냐 물었는데 대답이 없길래 시를 지어 보여 줌

구지선사(俱胝禪師) 손가락은
길이가 그 얼마며,
아무개 눈꺼풀은
두껍기가 그 얼만가?

바로 너의 도 넉넉해서
온 세상을 포괄해도,

나의 도는 전혀 없어
꿈에서나 보일라나?

억지로 제 아무리
문수보살께 여쭈어도,
물 젖은 종이로다
호랑이 묶는 헛수골쎄.

당일에 우바리(優婆離) 존자가
인도하려 한다면,
무수히 현신(現身)하사
허공을 채우시라.

—위 시는 문수보살에게 보여 장난친 것이다.

問侍者眼皮濶多少無對 作詩示云

俱胝一指長多少　某甲眼皮濶幾何
直饒儞道該天地　我道驢年夢見麽
强安排向五臺中　濕紙徒勞裹大蟲
當日優婆離欲擯　現身無數滿虛空
—右示謾文殊漢

* 俱胝 : 스승 天龍禪師가 세운 한 손가락을 보고 大悟하여, 그 후로는 學人들의 질문에 오직 한 손가락만을 세워 답하였다는 구지선사를 가리킴. 俱胝一指라는 禪宗의 話頭를 남겼음.
* 某甲 : 아무개. 어떤 사람.
* 驢年 : 당나귀 띠에 해당하는 해라는 뜻으로, 결코 오지 않는 때를 가리킴.

* 五臺 : 智慧第一의 문수보살이 사는 五臺山을 가리킴.
* 大蟲 : 호랑이를 가리킴.
* 優婆離 : 부처의 10대 제자 가운데 持誡第一이던 인물로, 佛經의 一次結集 때 律藏을 주로 맡았음.

금성(錦城) 경사록(慶司祿)의 시를 차운해서

— 일에서 십운까지

사람들아
사람들아
업보에 따라
몸을 받느니라
고락의 과보는
선악의 인연이니
사악과 망녕 따르지 말고
항상 바르고 참됨 행하여
부와 귀는 쌀겨로나 여기고
인과 의로는 갑옷, 투구 삼으라
오묘한 이치 찾아 진리를 얻으면
절로 골격이 바뀌고 정신 맑아진다네
몸뚱어리는 지수화풍의 현상을 벗어나고

마음 역시 생각 따라 바뀌는 때와 먼지 아니네
궤임 없는 탑 가운데 밤낮없이 타오르는 등불이요
뿌리 없는 나무 위에 언제나 봄으로 피어나는 꽃이라
바람결 스치는 밝은 달에 누가 아프며 누가 나을쏜가
구름 덮인 푸른 산은 어느 것이 옛 것이고 새 것이랴
사방으로 통하는 한 줄기 길은 성현들이 걸어온 자취이니
온갖 수레 궤를 같이한 까닭에 예나제나 다 함께 나아간다네.

次錦城慶司祿 從一至十韻

人
人
隨業
受身
苦樂果
善惡因
不循邪妄
常行正眞
粃糠兮富貴
甲胄兮義仁
況須參玄得旨
自然換骨淸神
體不是火風地水
心亦非緣慮客塵
沒縫塔中燈燃不夜
無根樹上花發恒春

風磨月白兮誰病誰藥
雲合青山也何舊何新
一道通方爲聖賢之所履
千車共轍故古今而同道

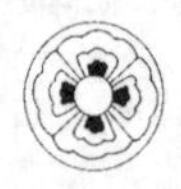

신사년(辛巳年) 이월 초닷샛날에 월등사(月燈寺)를 들러서 당두대로(堂頭大老)를 뵈었을 때 승평군(昇平郡)의 사군(使君) 품좌(品坐)와 함께 밤에 이야기를 하다가 화제가 죽헌(竹軒)이 읊어 남긴 시에 이르렀다. 백운자(白雲子)가 선창(先唱)을 하고 두 공께서 뒤에 화답(和答)을 하였는데, 당두대로께서 내게도 운(韻)에 따라 지을 것을 명하셨다. 마침내 거친 말을 엮어서 엄한 명령에 짐짓 막음을 한다

눈을 두르고 바람에 춤추는
모양도 사랑스럽고,
마음 비우고 마디마저 있으니
그 도(道) 가볍지 않도다.

노사께서 당연히
두각을 드러내셔,
향엄격죽성(香嚴擊竹聲)을

기다릴 필요 없구려.

辛巳二月初五日 由月燈寺謁當頭大老時 與昇平郡使君品坐夜話 話及竹軒留咏 蓋白雲子 倡於前 而二公和於後 當頭命予以塞韻 卒織蕪辭 姑塞嚴命

帶雪無風形可愛　虛心有節道非輕
老師頭角當呈露　不待香嚴擊作聲

* 當頭大老 : 當頭는 禪寺에서 주지를 일컫는 말로, 堂上이라고도 함. 大老는 존경받는 노인이라는 뜻으로 쓰임.
* 香嚴擊作聲 : 香嚴智閑이 용맹 정진하던 중, 풀을 베다가 던진 기왓장이 대나무에 맞는 소리를 듣는 순간 깨달음에 이르렀다는 禪話. 줄여서 擊竹이라고도 함.

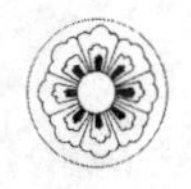

진양(晉陽)에서 교화(敎化)를 행한 뒤 정랑중(鄭郎中)에게 감사하여

사신(使臣)의
손을 빌어,
진양(晉陽) 땅의
개화문(開化門)에 들었도다.

새로이 비 내려
온갖 풀을 적시고,
점차로 새싹들은
뿌리를 내리누나.

꽃과 잎이
마침내 열매를 기필하듯,
가문에는
길이 자손 있으라.

목인(木人)도 오히려
감동해서 울거늘,
깊으신 은혜에
애오라지 감사드리네.

晉陽行化後 謝鄭郎中

賴得星郎手　晉陽開化門
雨初霑百草　芽漸發諸根
花葉終期菓　家門永有孫
木人猶泣感　聊以謝深恩

* 星郎 : 使臣. 星使라고 표현하기도 함.
* 木人 : 나무로 만든 인형. 木偶, 木偶人이라고도 함.

작은 연못

대숲 가에 자리한
푹 꺼진 작은 연못,
거울함을 언제나
눈앞에 열어 놓은 양.

천 줄기 대나무가
푸른 옥으로 거꾸로 솟았고,
만리의 푸른 하늘
둥그렇게 잠기었네.

盆池

盆池陷在竹邊　鏡匣常開目前
倒卓千竿碧玉　圓涵萬里青天

문선배께서 대나무를 옮겨 심어 주심에 감사드리며

너무도 고마울쏜,
문선생이시여 !
몇 줄기 대나무를
옮겨 온 이후.

눈앞에
더운 기운 사라지고,
창 밖에
바람 소리 납니다.

어스름 저녁빛엔
푸르스름 안개와 어울리고,
맑은 밤하늘엔
밝은 달빛이 새어납니다.

더욱 사랑스런 것은
찬비가 지난 후에,
잎마다 매달린
눈물 방울.

謝文先輩移竹

多謝文夫子　移來竹數莖
眼前消暑氣　窓外助風聲
薄暮和烟碧　淸霄漏月明
更憐寒雨裡　葉葉泣珠成

정랑중(鄭郎中)의 「부죽(賦竹)」에 화답함

하늘이 주신 성품
스스로 남달라서,
온 숲의 나무들이
나와는 다툴 수 없지요.

지조를 지킴은
눈을 능가하는 기개이고,
우뚝하니 가녀린 모습은
봄꽃을 비웃지요.

색깔은
달마(達摩)의 눈동자와 함께 푸르르고,

소리는
속인(俗人)의 귀를 맑게 하지요.

오직 부끄러운 일은
위수(渭水) 강가에서,
일찍이 강태공(姜太公)의 이름을
낚아올린 일뿐이라.

和鄭郎中賦竹

天與性自異　千林莫我爭
操持淩雪概　危脆笑春英
色共禪眸碧　聲敎俗耳淸
唯嫌渭水畔　曾釣大公名

* 眸碧 : 푸른 눈의 禪師인 達摩를 가리킴.
* 大公 : 渭水에서의 곧은 낚시로 이름 높은 太公望 呂尙을 가리킴.

사뇌사(思惱寺)에서 집회(集會)를 파하고 시주(施主) 등의 전송을 받고 돌아와 감사드리며

현인(賢人)과 범인(凡人)을
수천 명 잡아 놓고,
비싼 양식 좀먹은 지
어언 오십 일.

돌아보니 내 어찌
높아져서 스승이 되리?
여러 사람들 따르면서
부처처럼 받드누나.

헛되이 손가락 굽어보길
두서너 번,
그 은혜 만분의 일도
갚을 길이 없구려.

다만 하나
그대에게 일러줄 일이란,
저건 대체

무슨 물건인고? 쯧!

思惱寺罷會 施主等相送 至還謝之

籠羅龍蛇數千衆　蝗蠹桂玉半百日
顧予何足尊爲師　諸子相從奉如佛
徒勞屈指于再三　無計報恩之萬一
只有一事報君知　伊麼兮是何物咄

* 龍蛇 : 龍은 훌륭한 인물을, 뱀은 평범한 인물을 가리킴.
* 蝗蠹桂玉 : 하릴없이 빈둥거리며 땔감과 식량을 축내는 것을 뜻하는 말임.
* 伊麼 : 저것.

이윤(李允) 등 세 사람이 각자 편지를 써 온수(溫水) 길 위에서 맞이하길래 이 시를 지어 사례함

온 세상
가난히 살림을 꾸리느라,
부지런히
잠시도 쉬질 않누나.

하물며
추수철을 만났으니,
바쁘기가
어찌 끝이 있으랴?

자못 괴이토다!
세 거사(居士)분께서,
잠시 한가한 틈
어렵게 만드심이.

며칠씩 걸리는 거리에서
나를 마중하려고,
헛되이 걸어오셔
다리품을 파시었네.

제각각 한 통씩
편지를 주셨으니,
글자마다
금과 옥을 울리는 듯.

무엇으로
이 은혜에 보답하랴?
민간의 노랫가락
신령스런 음악에 해당하네.

李允等三人 各自削牘 迎於溫水路上 作此謝之

擧世貧治生　區區不暫息
況當秋收時　忙忙有何極
頗怪三居士　偸得小閑隙
邀我數日程　徒行費脚力
各投一尺牘　字字鏘金玉
何以報此恩　巴音當靈曲

* 巴音 : 民間에서 불려지는 노래.

스님을 전송하며

출가(出家)하면
모름지기 자재(自在)해야 하거늘,
몇 번이나
조사관(祖師關)을 깨쳤는가?

호젓하게
세상 밖을 노닐면서,
고결한 마음으로

속세를 비웃누나.

한 조각 구름에
몸뚱어리 쾌활하고,
구름 걷힌 달님에
마음은 맑고도 한가로워.

바루 하나에다
떨어진 한 벌 승복으로,
수없이 많은 산을
새처럼 날아 넘네.

送僧

出家須自在　幾個透重關
獨步遊方外　高懷傲世間
片雲身快活　霽月性清閑
一鉢一殘衲　鳥飛千萬山

* 關 : 오묘한 이치에 들어가기 위해 거쳐야 할 요긴하고도 힘든 關門. 여기서는 禪關, 祖師關을 뜻함.
* 方外 : 세상 밖, 곧 佛門.

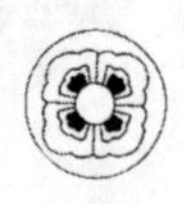

역계(譯誡)

무척이나 둥글둥글
돌덩이를 갈아대나,
그 손잡이는
손 끝에 있나니.

이들을 군사라고
말이라고 부르려니,
흉중에 길러지는
해로운 생각들을 죽일지라.

때때로 지게 되면
근심·번뇌 끝이 없고,
때때로 이기게 되면
그 기쁨 무한하리.

탐(貪)·진(嗔)·치(痴)는
내 오만함을 질투하니,
열심히 공부해서
날 가는 줄, 밤 한가함 모르게 하라.

아! 세간(世間)·출세간(出世間)에
저들 모두 물리치면,
악적(惡賊)들은 여기에
다시 찾지 못하리라.

譯誡

忒殺團圝磨礱碎石　　握在手端
將謂是軍是馬　　殺害念牢畜于心肝
時乎負則莫涯憂惱　　時乎勝則無限喜歡
貪嗔痴妬我慢　　埋頭不覺日盡夜闌
噫敗他世出世間　　惡賊無以過乎遮般

* 이 시의 제목「譯誡」는 무슨 뜻인지 분명치가 않다. 戒律을 풀이하여 짓는다는 뜻의 '譯戒'가 아닌가 싶은데, 확실히 알 수가 없으므로 그냥 原文에 있는 題目을 그대로 따랐다.
* 忒殺 : 매우, 무척, 특히라는 뜻을 지닌 말임.
* 埋頭 : 머리를 푹 파묻고 열심히 책을 읽으며 공부함.
* 世出世間 : 世間과 出世間. 세간은 煩惱와 生死에서 벗어나지 못한 경지로, 곧 迷惑의 世界, 출세간은 거기에서 벗어난 경지, 곧 깨달음의 세계.

기사뇌가(碁詞腦歌)

그대여,
우희조(憂喜鳥)를 본 적 있나?
푸른 산 뾰쪽 봉우리에
높다라니 있다가,

세상의 가소로운
이야기를 들으면,
소리 놓아
때때로 한 번씩 웃었다지.

우연히 고기 탐하는
올빼미를 따라,
멀리 있는 마을에 가
장난치며 노닐다가,

갑자기
그물에 걸려들어,
몸 빠져날
기약을 잃었다네.

마음이란 모름지기
경계(境界)에 따라 생겨나니
깊숙한 계곡에서
마땅히 노닐지라.

—위는 「우희조가(憂喜鳥歌)」이다.

碁詞腦歌

君看憂喜鳥　高在碧山嶠
聞世可笑事　放聲時一笑
偶隨貪肉鴟　聚落遠遊嬉
忽爾入羅網　出身無可期
心生須托境　窮谷宜捿遲
—右憂喜鳥歌

* 憂喜鳥 : 實在하지 않는 새로, 修行者나 僧侶들을 상징한다고 여겨짐.
* 捿遲 : 자연 속에서 유유자적하며 지냄.

천조상좌(天照上座)가 빗소리를 듣다가 송(頌)을 청하길래

처마 끝에 빗방울

방울방울 이어지고,
문 밖의 계곡 물소리
소리소리 자꾸만 급해진다.

깨달음이란 많이 알아
고달프게 수행하며 익히는 것만 아니니,
다만 한 처소 구하여
휴복(休復)을 이루거라.

天照上座 因雨請頌

簷頭雨滴滴相續　門外溪聲聲轉急
不在多聞苦修習　只求一處成休復

* 休復 : 고요히 마음을 쉬면서 본래의 眞面目으로 돌아감.

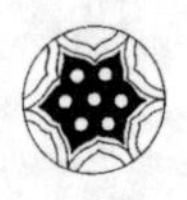

복천사(福川寺)

구름 싸인 바윗굴은
높이 솟아 우뚝하고,
꽃피는 달밤의 돌시내는

차갑고도 조용하다.

깊은 계곡 숨은 절은
더위 몰라 하나니,
맑은 물에 걸친 다리
서늘한 게 가을마저 얻은 듯.

福川寺

巖岫窣雲高屹屹　石溪花月冷湫湫
寺藏幽谷不知暑　棧壓清流剩得秋

미륵암(彌勒巖)

자비로운 절간 문을
속세 위해 크게 여니,
시끄러운 저잣거리 일찍이
몇 사람에게 뵈줬을까?

미륵보살 나타났다
어느 누가 말했는가?

복천사(福川寺)에 지금 벌써
온몸 현신(現身)하셨거늘.

彌勒巖

慈門大啓爲迷津　鬧市曾經示幾人
誰道當來方現出　福川今已現全身

* 迷津 : 迷妄의 세계. 번뇌에 시달려 헤매는 이 세상. 迷界라고도 함.
* 曾經 : 일찍이. 이전에 벌써 겪음.
* 當來 : 미륵보살. 當來道士라고도 함.

소요곡(逍遙谷)

대붕(大鵬)의 바람치는 날개는
몇만 리를 난다지만,
굴뚝새의 숲속 둥지는
나뭇가지 한 가지로 족하다네.

길고 짧음 비록 다르나
모두가 자적(自適)하노니,

닳아빠진 지팡이와 헤진 장삼은
응당 서로 어울리리.

逍遙谷

大鵬風翼幾萬里　斥鷃林巢足一枝
長短雖殊俱自適　瘦笻殘衲也相宜

* 大鵬~一枝 : 『莊子』의 「逍遙遊」편에 보면, 大鵬은 한 번 날갯짓으로 팔만 리를 날고, 굴뚝새는 단지 숲속의 나무 한 가지에 집을 짓는다는 내용이 있는데, 이 구절을 빌려 표현한 것임.

금성동(金城洞)에서

진나라의 만리장성(萬里長城)
겨우 이대(二代) 전해졌고,
천금처럼 귀했던 동오(童塢)도
몇 년을 못살았지.

탐하지 않는 마음을 보배 삼으면
보배는 무진장할 것이요,

덕(德)으로 성(城) 삼으면
성 비로소 견고해지리.

金城洞

萬里秦城纔二世　千金童烏未多年
不貪之寶寶無盡　以德爲城城始堅

* 童烏 : 漢나라 揚雄의 아들로 뛰어난 재주를 지녀 아홉 살 때 이미 아버지가 『太玄經』을 찬하는 작업에 참여하는 天才性을 보였으나 애석하게 夭折하였다고 함.
* 不貪之寶 : 宋나라 子罕은 淸廉潔白하여 '不貪爲寶'라 하며, 일절 뇌물을 받지 않았다고 함.

지족(知足)의 즐거움

뜬구름 같은 부귀가
나를 어찌하리오?
분수따라 사는 생애
또한 스스로 예쁘거늘.

단지 근심만 생기지 않는다면

어찌 반드시 술을 찾을쏘냐?
해탈의 경지 얻어
문득 집을 삼으리라.

知足樂

浮雲富貴奈吾何　隨分生涯亦自佳
但不愁來何必酒　得安心處便爲家

* 安心處 : 安心立命處의 준말로, 곧 해탈의 경지를 가리킴.

물시계

가을 바람 세차고
가을 서리 되더니만,
세월은 자꾸자꾸
저물어 가는구나.

온갖 나무 잎이 지고
모든 산에 단풍인데,
소나무와 대나무만

홀로이 푸르고녀.

인간의 세상에서
몇 살이나 살 수 있나?
세월은 바삐바삐
번개처럼 지나가네.

모름지기 힘써서 반성하고
자세히 살핀다면,
한바탕 꿈자리는
찾아오질 않으리라.

更漏子

秋風急秋霜苦　　歲月看看向暮
群木落四山黃葉　　松筠獨蒼蒼
人間世能幾歲　　忽忽光陰電逝
須猛省細思量　　無來一場夢

* 一場夢 : 본래는 '한바탕 꿈'이란 뜻으로 덧없는 人生을 가리키는데, 여기서는 輪廻의 굴레에서 벗어나지 못하고 다시 태어나는 것을 말함.

원기(元其) 상인(上人)에게 답함

—서(序)가 있음.

때마침 전단(錢旦)이 찾아와 기쁘길래, 길을 잘 인도해서 본사실(本師室)로 들어와 애오라지 짧은 글을 지어 오래 두고 쓸 계책이 되게 하고자 한다.

구름과 물은
빈 곳에서 생겨나고,
불성(佛性)이란
참으로 돌아가야 하느니라.

생각컨대
일상사를 당해서,
제일 먼저
고령기(古靈機)를 생각하라.

答元其上人 幷序

審來錢旦喜 善爲道路 入本師室 聊述短篇 以資長策

雲水虛以生　家山實以歸
想當揩背處　先念古靈機

* 家山 : 보통은 고향을 뜻하지만, 여기서는 사람들 누구나가 지니고 있는 마음의 고향, 곧 佛性을 뜻함.
* 揩背處 : 청소하고 등지고 만나는 등의 日常事.
* 古靈機 : 옛날 훌륭한 祖師들이 지니고 있던 根機 또는 資稟.

식심게(息心偈)

가는 세월 총총히
물 흐르듯 빠른데,
늙은 빛 슬금슬금
날마다 머리 위로 오른다.

다만 이 한 몸도
나의 것이 아니거늘,
관두어라, 몸 밖에서
다시 무얼 구하리오?

息心偈

行年忽忽急如流　老色看看日上頭
只此一身非我有　休休身外更何求

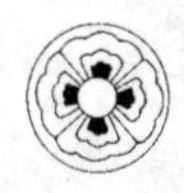

연못가에서 우연히 읊음

산들바람이
솔소리를 불러오니,
쓸쓸한 게
맑고 또한 애처롭다.

밝은 달은
심파(心波)에 떨어져,
해맑고도
깨끗이 먼지 하나 없구나.

보고 듣는 것이
너무나 상쾌하여,
시구를 읊조리며
혼자서 배회한다.

흥 다함에
고요히 앉아 보니,
마음이 차갑기가
죽은 재 같아라.

池上偶吟

微風引松籟　肅肅淸且哀
皎月落心波　澄澄淨無埃
見聞殊爽快　嘯咏獨徘徊
興盡却靜坐　心寒如死灰

최시랑(崔侍郎)께 답함

나랏일에 힘을 쓰사
날마다 바쁘시고,
우국(憂國)에다 우민(憂民)에다
마음씀이 많으시네.

한켠에서 위세를 떨치셔도
백성들은 바람결에 풀 눕듯이 따르고,

천리 머나먼 곳에
사신(使臣) 임무 다하시네.

答崔侍郎

賢勞王事日忙忙　憂國憂民用意長
威振一方風草偃　使華千里耀皇皇

* 風草偃 : 『孟子』의 '君子之德 風 草上之風 必偃'이란 말에서 온 것으로, 바람이 불면 풀들이 따라 눕듯 君子의 德은 크고도 자연스럽다는 뜻임.
* 使華~皇皇 : 『詩經』의 「皇皇者華」篇을 빌려 쓴 구절로, 임금의 명을 받아 使臣으로 가서 주어진 임무를 훌륭하게 완수한다는 내용임.

천태종(天台宗)의 편조선사(遍照先師)께서 조서(詔書)를 받고 산에서 나가는 것을 전송하며

삼백여 일 동안을
함께 가고 머무르며,
서로가 따르기를 한결같이
바람이 범 따르듯 하였지요.

봄을 타고 손을 놓아
서울 향해 돌아가니,
어느 날에 산중에서
다시 서로 만날까요?

送天台遍照先師應詔出山

三十餘旬同去住　相隨一似風從虎
乘春別指帝鄉歸　何日山中復相聚

* 別指: 헤어지면서 잡은 손을 놓음.

자비사(慈悲寺)에서 이틀 밤을 자며 일암(逸庵)의 시를 차운(次韻)함

누각에 밤이 들어
창 밖에 외로운 달 걸렸으니,
잠에서 깨어나
반가이 옛 이웃을 만났구려.

새벽 닭 홰치는 소리에

날이 샘을 알았고,
나 자신이 호랑나비 되었던
봄꿈에서 깨나게 하네.

대나무와 둥근 달은
차갑게 마주섰고,
소나무와 바람소리
담박해서 친근토다.

이것저것 듣고 봄에
정녕 속기(俗氣) 없으니,
싸르르 상쾌한 기운이
온몸을 관통하네.

信宿慈悲寺 次韻逸庵

夜樓窓外掛孤輪　睡罷欣欣得舊隣
賴有早鷄報聲曉　免教胡蝶夢酣春
竹君飽月冷相對　松叟吟風淡以親
只此見聞殊不俗　凄然爽氣一通身

* 胡蝶夢 : 莊子가 꿈속에서 나비가 되었는데 내가 나비꿈을 꾼 건지, 나비가 내 꿈을 꾼 건지 분간하지 못했다는 일화에서 나온 말로, 여기서는 봄날 깊은 잠에 빠진 無衣子 자신을 가리킴.

열가(悅可) 상인(上人)이 「화엄경(華嚴經)」을 손으로 썼기에 게(偈)를 지어 칭송함

『대천경(大千經)』 책들이
붓끝에서 나오니,
힘찬 획들 쇠인 양 은인 양
제각각 빛을 뽐네.

만약 절의 큰 방에다
그걸 한 번 붙인다면,
용궁의 무진장 불경들도
많다고는 못하리라.

悅可上人 手寫華嚴經 作偈贊之

大千經卷出毫芒　鐵畫銀鉤各放光
若會當頭這一着　龍宮海藏未爲多

* 上人 : 知德을 겸비하여 모든 승려와 중생들에게 스승이 될 만한 高僧.
* 大千經 : 『華嚴經』의 또 다른 이름.
* 當頭 : 여기서는 住持라는 뜻으로 쓰인 것이 아니라, 절의 큰 방에다 커다랗게

써 붙이는 글귀를 가리킴.

* 龍宮海藏 : 經典이 많이 쌓여 있다는 迦羅龍宮의 창고를 가리키는데, 줄여서 龍藏이라고도 함.

백금으로 만든 병을 주시길래 기뻐서

붉게 달은 화로에 새로이 달궈져
찬란하게 빛나더니,
배는 불러 큰 데다가
입은 크게 벌어졌네.

화엄삼매(華嚴三昧)의
바다 향해 던진다면,
그 술병 단 한 번에
푸른 물결 들여마심 보리로다.

施白金甁隨喜

紅爐新鍛爛生光　肚裡恢恢口大張
投向華嚴三昧海　看渠一吸盡滄浪

원등사(遠燈寺)에서

신성한 암굴 고요히
바위 속에 뚫렸고,
용천(龍泉)은 시원스레
바위 틈에 솟구친다.

높다란 이 절 기이해서
새삼스레 가슴이 설레는데,
나는 듯 위태로운 용마루와 처마는
은하수에 맞닿는다.

들녘의 물줄기는 흩어진 거울마냥
조각조각 반짝이고,
내 덮인 산마루는 늘어선 소라처럼
푸르고도 아름답다.

구름 너머 또다시
만경창파(萬頃蒼波) 있거늘,
한 번 바라봄에
모두가 이 암자로 드는 듯.

遠燈蘭若

聖窟寂寂刳雲根　龍泉冷冷迸石眼
新構高齋也大奇　飛甍危簷接霄漢
野水鏡散光片片　烟岑螺排翠炎炎
雲端更有萬頃海　一望都盧入此庵

* 蘭若 : 절, 사찰을 뜻함.
* 雲根 : 바위를 가리키는 말임.
* 石眼 : 바위틈에서 솟아나는 옹달샘을 가리킴.
* 霄漢 : 은하수를 가리키는 말임.
* 都盧 : 다, 모두라는 뜻으로 쓰이는 말임.

파초

먼저 피고 나중 피어
번갈아 다발 이룸 어지럽고,
연녹색과 진녹색으로
같은 녹색 아니로다.

꽃술에 두른 이슬은
화촉(華燭)의 촛농인 듯,

가벼운 잎에 사나운 바람은
푸른 난새〔鸞〕 싸우는 듯.

나무꾼은 사슴 덮어 숨겼으니
정녕 꿈결이요,
거사들은 몸만을 알아보니
바로 봄이 아니로고.

안개비에 뒤덮인
조그만 뜨락에서 싸우는 양하여,
쓸쓸히 정좌(靜坐)하고
냉정히 바라보니,

푸른 비단 두 뺨에
천 가닥 실날 같은 뼈요,
푸른 구슬 중심에는
하나의 날개 기둥이라.

하늘하늘 가볍고도 부드럽게
바람결을 따라서 햇님을 희롱하면,
암컷〔凰〕 찾는 푸른 봉(鳳)이
새롭게 꼬리를 펼치는 듯.

芭蕉

先開後發亂交攢　淡綠濃蒼匪一蒼

帶露芳心淚華燭　戰風輕葉鬪青鸞
樵人覆鹿是眞夢　居士喻身非正觀
爭似小庭煙雨裡　蕭然靜坐冷相看
綠羅兩腋千絲骨　碧玉中心一羽梁
獵獵輕柔弄風日　求凰翠鳳尾初張

* 凰·鳳 : 봉황새 가운데 암컷이 凰이고, 수컷이 鳳임.

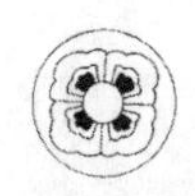

보성(寶城) 태수(太守) 이시랑(李侍郎)이 베풀어 준 연지원(蓮池院)의 잔치에 감사하여

우뢰같이 울리는 악기 소리에
백 가지 놀이가 펼쳐지고,
구름처럼 차려진 음식들은
많은 돈을 쓰셨구려.

그대의 참된 정성
지극히 고맙지만,
내 실속 없고 거친 데다
덕망 없음이 부끄럽네.

謝寶城守李侍郎蓮池院宴

雷動樂音呈百戲　雲興供具費千金
感君悃愊誠之至　愧我虛荒德不任

* 寶城 : 오늘날의 全羅南道 寶城郡을 가리킴.

복성(福城)으로 가는 도중에

긴 강을 끼고 가는
지루한 나그네 길,
흥이 나서 높다랗게 외치면
마음이 다 트이네.

낙엽은 물살에 흘러내려
색색의 돛배인 양 한들대고,
부평초는 점점이 물에 떠서
파아란 동전을 흩뿌린 듯.

차갑고 푸르른 강에 잠겨
거꾸로 선 첩첩의 봉우리들,

야트막한 맑은 물에 노닐며
작은 고기 엿보는 오리떼.

뜻밖에 쓸쓸히
가랑비 지나감에,
말끔히 씻기운 가을 빛이
산야(山野)에 찾아든다.

福城道中

漫漫客路傍長川　乘興高吟思豁然
落葉泛流飄彩舫　浮萍點水撒青錢
山沈寒碧倒疊嶂　鴨戲淺淸窺小鮮
忽有蕭蕭微雨過　洗新秋色入林泉

* 福城 : 오늘날의 全羅南道 寶城郡 福內里를 가리킴.

봄이 가는 것이 슬퍼서

봄이 장차 저무는 걸
남몰래 슬피 여겨,

조그만 꽃밭에서
시 한 수를 읊노라.

잎사귀에 바람 부니
놀란 듯 푸르름이 날리고,
꽃잎에 비 내리니
나풀대며 붉은빛이 떨어진다.

나비란 놈은
붉은 꽃술 물고 가고,
꾀꼬리란 놈은
푸른 버들눈을 맞아 온다.

향긋하니 보드랍고
따스한 봄날 일,
새순들은 솔잎과 댓잎처럼
차고도 담박한 모습일세.

惜春

暗惜春將季　沈吟小苑中
葉風飜駭綠　花雨落粉紅
蝶兒咂去花脣赤　鶯友迎來柳眼青
芳菲軟暖春家事　笋似松筠冷淡形

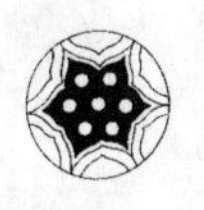

혜경(惠卿)이 「장자(莊子)」와 「노자(老子)」를 풀이한 책을 보고

『장자』와 『노자』라는 책에다
현묘함을 못다 하자,
남몰래 불미(佛味)를 끌어다가
억지로 꿰매다 갖추었네.

그대, 어리석은
장사치를 못보았나?
붉게 달은 우리 금을 훔쳐다가
너희들 비단으로 싸는구나.

讀惠卿莊老解

莊老之書未盡玄　潛牽佛味强和硏
君看短販無知漢　偸我燒金裹汝錦

* 惠卿 : 宋나라의 學者 呂惠卿을 가리키는데, 『道德眞經傳』 4卷을 撰하였음.

대나무

나는
대나무를 사랑하나니,
추위와 더위에도
끄떡하질 않누나.

풍상을 겪으면서
마디 더욱 굳어지나,
하루 종일
스스로 마음은 비웠다오.

달빛 아래에선
맑은 그림자 흩뿌리고,
바람 앞에선
범음(梵音)을 띄우나니.

하이얗게
머리에 눈을 이면,
뛰어난 정취가
절간에 생겨나네.

竹尊者

我愛竹尊者　不容寒暑侵
經霜彌勵節　終日自虛心
月下分淸影　風前送梵音
皓然頭載雪　標致生叢林

* 竹尊者 : 대나무〔竹〕를 '尊者'로 높여 擬人化한 표현임.
* 梵音 : 부처님의 설법이나 독경소리 등을 뜻함.

여뀌꽃

마디를 품은 것이
여느 풀과 다르더니,
가을 깊자
색 더욱 기이토다.

얼룩무늬 갈대와 함께 서도
개의칠 않더니만,
응당 남이 알아주길
바라지도 않누나.

산들바람 부는 곳에
향기를 뿜어내고,
햇살이 비출 적엔
예쁜 빛 생겨나네.

강호에 살고 싶은
마음이 한없더니,
이 꽃을 마주하자
눈살이 풀리누나.

蓼花

抱節殊凡草　秋深色轉奇
自甘班葦立　應不要人知
香適風輕處　光生日照時
江湖無限意　對此足開眉

전향(篆香)

실낱처럼
향연기 피어 올라,

고요한 방안에
끊임없이 이어진다.

한 번 태우면
거북등에 수많은 금 갈라지듯,
아홉 번 굽이쳐도
거미줄이 끊임없이 이어지듯.

오래된 거울은
빛을 감춰 시컴치만,
식은 재에
불꽃 피어 붉도다.

겹겹으로
비단 같은 꿰맴을 열고 나와,
보배 같은 불씨가
바람 쏘여 오묘하다.

篆香

縷縷香烟上　綿綿靜室中
一鑽龜兆現　九曲蟻絲通
古鏡韜光黑　寒灰發焰紅
重重開錦縫　寶卽妙當風

병자년(丙子年) 시월 초길일(初吉日)에 보성(寶城) 태수(太守) 이공(李公)께서 귤 한 가지를 보내 왔는데, 길이가 한 척 남짓하고 굵기는 엄지 손가락만한 게 열매가 잔뜩 달려 세어 보니 30여 개로 모두가 살이 쪘길래 시를 지어 부처님께 바친다

수십 개의 금구슬이
한가지를 둘렀으니,
묘하게도 둥글어 살지고 큰 것이
무척이나 드물고 기이할쎄.

발돋아 미진불(微塵佛)께
받들어 바치노니,
바라건대, 법문(法門)을 많이 들어도
성과(聖果)를 얻게 하소서.

丙子十月初吉 寶城守李公 送橘一枝 長一尺許 大如拇指 結實如蜂屯 數之僅三十箇 箇箇肥大 作詩獻佛

數十金丸遶一枝　妙圓肥大甚希奇
翹成奉獻微塵佛　願得多聞聖果兒

* 微塵佛 : 수없이 많은 부처님을 가리키는 말임.
* 多聞 : 法門을 많이 듣고 받아들이는 일.
* 聖果兒 : 菩提涅槃. 聖道의 수행을 통해 얻은 진정한 결과.『능엄경』에 '비록 多聞을 했다고 하더라도 聖果를 이루지 못한다'는 말이 있음. 兒는 助字.

백중사(白中使)를 머무르게 하며

지금 일이 아주 급해서
병력을 동원하기 급하나니,
나라를 근심하는 마음
매우 애를 쓰는구려.

하루쯤 말 달리길 쉰다 한들
크게 잘못된 일 아닌데다,
간밤에 비마저 새로 내려
그대를 머무르라 하는구려.

留白中使

方今事急急驅軍　憂國憂家意甚勤
一日停驂殊不惡　夜來新雨爲留君

* 白中使 : 白은 姓氏. 中使는 都城에서 온 使臣으로, 內使라고도 달리 부름.

비 개인 뒤의 솔뫼

비 개인 뒤
시원스레 목욕하고 나온 듯,
내〔嵐〕가 엉겨
푸르름은 방울져 떨어질 듯.

뚫어지게 바라보다
정다운 시 읊조리니,
온 몸이
차고도 푸르른다.

雨後松巒

雨霽冷出浴　嵐凝翠欲滴
熟瞪發情吟　渾身化寒碧

파근사(波根寺) 현판(懸板)에 있는 시를 차운해서

지리산 서쪽에
오래된 암자 있어,
저녁 구름 깊은 곳에
종소리가 천년 세월 드문드문.

소나무 단(壇)에 한가로이 앉아서
스님은 학을 보고,
누각 밖에 날다 지쳐
새들은 숲속에 깃을 든다.

불골(佛骨)의 새로운 색은
금빛으로 찬란한데,
사람 얼굴 늙는 빛은
나날이 들며 나네.

하늘마저 아끼는
복천(福泉)이라 이 절은,
그 명성이
영호남(嶺湖南)에 제일일세

次波根寺板上韻

智異山西有古庵　踈鐘千載暮雲深
松壇閑坐僧看鶴　樓外倦飛鳥宿林
佛骨新光金曨曨　人顔老色日浮沈
福泉蘭若天慳祕　冠甲湖州嶺以南

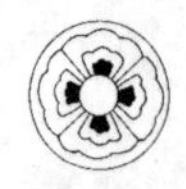

또

삼국 시대(三國時代)
이전의 암자로서,
두류산 골짜기 깊은 곳에
엎드린 듯 숨었나니.

만고의 종소리가
스님네 절집에서 울려나고,
천추의 달님은
벽라 숲에 걸렸도다.

스님이 백석(白石)으로 돌아가니
계곡의 물소리 매끄럽고,

새들이 푸른 산을 건너니
나무 그림자 잠긴다.

복천사란 옛 이름은
숨은 뜻이 있는지라,
불일(佛日)의 빛이
뚝 떨어진 남쪽에 적중하네.

又

三韓天地以前庵　伏在頭流洞府深
萬古鐘鳴雲水寺　千秋月掛薜蘿林
僧歸白石溪聲滑　鳥度靑山樹影沈
舊號福泉緣底意　佛影光射斗中南

* 三韓 : 이전에는 三國을 흔히 三韓으로 표기하기도 하였음.
* 頭流 : 智異山의 古號.
* 雲水 : 雲水衲子의 준말로, 僧侶를 뜻함.
* 白石 : 자세하지 않지만 地名으로 여겨짐.

또

두류산 위
암자 있어,
용담(龍潭) 혜노사(惠老師)의
법어(法語)가 깊어 가나니.

발을 스치는 소리들은
바람이 집으로 날라왔고,
구슬을 꿴 듯 물방울들은
비 갠 숲에 달려 있다.

동쪽에서 들려오는
까마귀 울음 소리 들어 보고,
매양 — 두 글자 결락(缺落) —
해그림자 지는 것을 바라본다.

속세 어느 곳에서
소식을 전해 올까?
촌사람의 몸으로 지팡일 짚으면서
계곡의 남쪽 길을 거닌다.

又

頭流山上有山庵　龍潭惠老法語深
摽箈聲聲風送戶　聯珠箇箇雨過林
占聞東角鴉啼驗　每看□□日影沈
何處塵間消息到　野人錫杖路溪南

* 每看□□日影沈 : 원문에는 "每看日影沈"으로 되어 있는데, 추측컨대 '看'과 '日' 사이에 西方이나 西向, 西邊 따위의 두 글자가 탈락된 것으로 보인다.

김석사(金碩士)의 시를 차운(次韻)해서

석사(碩士)의 나그네 차림은
깨끗한데 맑기까지 하려 한데,
오늘에 이르도록
그의 시구(詩句) 남녘 땅에 진동하네.

만났던 자리에서 처음에는
단란하단 홍취만을 느꼈더니,
헤어진 이후에야 마침내
내 자신 비루함을 알았도다.

그 기상은
천 봉우리에 성난 바람 울리는 듯,
그 정신은
만 골짜기에 새로이 비 개어 맑은 양.

살아 생전 무엇하러
부끄런 짓 하리오?
다만 긴 세월
역사에 이름을 남겨야지.

次金碩士韻

碩士客儀粹欲清　至今詩句動南城
逢場始覺團欒興　別後終知鄙吝生
氣像千峰風怒震　精神萬壑雨新晴
當年何用羞恥行　永世只垂竹帛名

* 竹帛 : 歷史. 종이가 없던 시절에는 대쪽과 비단폭에 글씨를 썼던 까닭에, 오늘날 책 · 역사를 뜻하게 되었음.

또

푸른 옷 입음에
골격이 해맑으니,
조만간 임금의 부르심이
먼 성에 내리리라.

벼슬만을 바라는 짓은
굴뚝새 같은 세상의 속물들이지만,
한 번의 날갯짓으로 남쪽을 나는
붕새처럼 자신의 삶 즐기시라.

인간사의 부귀를
중이 어찌 상관하랴?
꿈 밖의 세계에
그대 홀로 맑도다.

운수납자 지은 시가
모과처럼 보이나니,
읊조리다 자리 긁으며
헛된 이름 부끄러워 하는도다.

又

青衫骨格以之清　早晩鶴書下遠城
望北鵵鶵皆世漢　圖南鵬搏樂吾生
人間富貴僧何念　夢外乾坤子獨晴
雲水詩篇看木果　沈吟刮席愧虛名

* 鶴書 : 朝廷에서 招致하는 書狀. 鶴頭書, 鵠書, 鵠頭書라고도 불림.
* 望北 : 보통은 임금이 계시는 북쪽을 바라본다는 뜻으로 쓰이지만, 여기서는 벼슬이 내려오기를 苦待한다는 뜻으로 쓰였음.

또

그 기상 또한 응당
얼마나 맑은가?
진(秦)나라의 옥(玉)과 만리성(萬里城)을
때려 부수는 듯.

불문(佛門)의 고승(高僧)들은
— 한 글자 결락(缺落) — 운치 없고,
시단(詩壇)의 거장(巨匠)들은

많은 학생 있다네.

구만리 장천(長天)은
오늘도 넓은데,
삼천(三千)의 세계(世界)는
어느 날에 맑아질꼬?

궁달(窮達)이란
산승(山僧)의 바람 아니니,
더럽고 혼탁한 속세에서
모름지기 명성 없기를.

又

也應氣像若許淸　撞破秦玉萬里城
佛法古錐無□韻　詩壇巨擘有諸生
卽今九萬長天濶　何日三千世界晴
窮達山僧非所望　腥塵天地不須名

* 秦玉 : 이른바 '和氏의 구슬'로, 뒷날 진나라에 들어가 최초의 玉璽가 되었음.
* 佛法古錐無□韻 : 原文에는 "佛法古錐無韻"으로 되어 있는데, '無'와 '韻' 사이에 한 글자가 缺落되어 있다고 여겨진다.
* 古錐 : 高僧을 뜻하는 다른 말임.
* 諸生 : 여러 學生, 많은 學人.
* 三千世界 : 三千大千世界의 준말. 고대 인도인들의 宇宙觀에 의하면, 須彌山을 중심으로 네 개의 大洲가 있고 그 둘레에 九山과 八海가 있는데, 이것을 小世界라고 함. 小世界 천 개가 모인 것을 中千世界라고 하고, 中千世界 천 개가 모인 것을 三千大千世界라고 함.

* 腥塵天地 : 비린내 나는 티끌 세상. 곧 俗世.

제목 미상

—다음은 『梵音集』에서 옮겨 실은 것임.

봄 산은
어지러이 첩첩으로 푸르르고,
가을 물은
새파란 하늘에 출렁출렁.

하늘과 땅 사이에
외로운 몸이,
홀로 서서
어디메뇨, 끝간 데를 바라누나.

題目未詳

—左梵音集中轉集

春山亂疊靑　秋水漾虛碧
寥寥天地間　獨立望何極

* 이 시는 原文에 「左梵音集中轉集」이라는 題目으로 登載되어 있는데, 이는 제목이 아니라 補註로 보아야 옳다. 따라서 이 시의 題目은 알 수가 없다.

통도사(通度寺) 계단(戒壇)

—아래의 두 시는 통도사 종각의 현판에서 뽑아 실은 것이다.

부처님의 사리를
높은 단에 모셨거늘,
뒤엎어진 솥허리에
불에 탄 흔적이라.

얘기를 듣자하니, 부처께서
이 탑이 타던 날,
한쪽이 연달아 타오를 때
무간지옥(無間地獄) 내보이셨다네.

題通度寺戒壇

—左二首 通度寺鐘閣懸板鈔集

釋尊舍利鎭高壇　覆釜腰邊有火瘢
聞道黃龍灾塔日　連燒一面示無間

* 黃龍 : 부처를 가리키는 말로 흔히 쓰임.
* 無間 : 無間地獄의 준말. 무간지옥은 팔대 지옥의 하나로, 五逆罪의 하나를 범하거나 因果를 무시하고 三寶淨財인 절이나 탑을 무너뜨리거나 聖衆을 비방하고 공연히 施主한 물건을 축내는 사람들이 이 지옥에 빠진다고 함.
* 참고로, 역자가 확인한 바에 의하면 通度寺 梵鐘閣의 懸板 가운데 이 두 시는 現傳하지 않는다.

가사(袈裟)

가만히 머리를 조아리고
공경하는 마음으로 귀의하노니,
이는 우리 부처께서
입으시던 옷이라.

이에 그려 보노라!
영산(靈山)의 사자좌(獅子座) 위에서,
장엄(莊嚴)하신 백복(百福)으로
위대하던 그 모습.
— 정우(貞祐) 구년(九年) 임오(壬午) 중동(仲冬) 고려(高麗) 조계산(曹溪山) 수선사(修禪社) 무의자(無衣子) 진각(眞覺) 지음.

袈裟

慇懃稽首敬歸依　是我如來所着衣
因憶靈山猊座上　莊嚴百福相巍巍

— 貞祐九年壬午仲冬 高麗曹溪山修禪社 無衣子眞覺述

* 莊嚴百福 : 부처에게는 32가지의 미묘하고 거룩하신 모습〔相〕이 있는데, 백 가지 공덕을 쌓은 인연에 의해 각각의 한 相好가 이루어졌기에 이렇게 말함. 百福莊嚴으로 표현하기도 함.

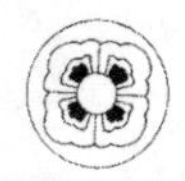

출가(出家)할 때 집을 하직하며 지은 시

— 이하의 시는『조선불교통사(朝鮮佛敎通史)』 가운데에서 옮겨 실은 것임.

불법(佛法)에
뜻을 두고 사모하와,
찬 재 같은 마음으로
좌선(坐禪)을 배우나니.

공명(功名)이란
하나의 깨어질 시루이고,

사업(事業)이란
목적을 달성하면 덧없는 것.

부귀(富貴)도
그저 그렇고,
빈궁(貧窮)도
또한 그런 것.

내 장차
고향 마을 버리고,
소나무 아래에서
편안히 잠이나 자려네.

得度時辭家詩
—此下 朝鮮佛教通史中轉集

志慕空門法　灰心學坐禪
功名一墮甑　事業恨忘筌
富貴徒爲爾　貧窮亦自然
吾將捨閭里　松下寄安眠

* 得度 : 出家하여 중이 됨.
* 空門 : 佛門. 佛家.
* 忘筌 : 『莊子』의 '得魚而忘筌'에서 나온 말로, 목적을 달성하면 그 과정과 방법을 잊는다는 뜻임.

진일상인(眞一上人)이 와서 말하기를, "저는 타고난 성품이 산란하여 능히 다스릴 수가 없으며, 혹 고요한 곳에 엎드려 있더라도 곧 마음이 우울하여 아무것도 할 수 없는 상태에 빠지게 됩니다. 오로지 이 두 가지가 병인데, 청컨대 법게(法偈)를 얻어 병을 다스릴 처방(處方)을 삼고자 합니다" 하였다

실제(實際)는 본래부터
잠잠하니 고요하고,
신기(神機)는 저절로
영험하고 밝도다.

운명을 따르고
허랑(虛浪)한 생각 잊는다면,
혼침(昏沈), 도거(掉擧) 두 기둥에,
무슨 상관 있을쏘냐?

정신이 맑디 맑아
잊음 없는 것이 진(眞)이요,
고요히 분별치 않음이
바로 일(一)이라.

다만 그대 이름
저버리지 않으면 되는 것을,
무엇하러
다른 방법 쓰려는가?

眞一上人 來言曰 某乙賦性散亂 未能調攝 或於靜處捺伏 則更落昏沈 惟此二病是患 請得法偈 爲對治方

實際本來湛寂　神機自爾靈明
任運忘懷虛浪　何關沈掉兩楹
惺惺無忘曰眞　寂寂不分是一
但能不負汝名　何用別他術

* 某乙 : 아무개. 여기서는 자기 자신을 가리키는 말로 쓰였음.
* 實際 : 虛妄을 떠난 涅槃의 깨달음.
* 神機 : 신령스런 根機.
* 沈掉 : 昏沈과 掉擧의 준말. 마음이 우울하게 되는 것과 마음이 교만하고 들떠 있는 것을 뜻하는 말임.

외롭고 분해서 부르는 노래

사람이

천지간에 태어나면,
흰 해골에 아홉 구멍
누구나 똑같은데.

누구는 가난하고 누구는 부유하며
누구는 귀하고 누구는 천한데다,
누구는 예쁘고 누구는 추하니
이 무슨 연유인가?

일찍이 듣자하니
조물주는 본래 사심 없다는데,
이제사 알겠도다
그 말이 거짓말일 뿐임을.

호랑이는 발톱이 있으나
날개는 없고,
소란 놈은 뿔 있으나,
사나운 이빨이 없지.

그런데 모기와 등에는
무슨 공이 있길래,
날개까지 있는데다
침마저 가졌는가?

학의 다리 길지만
오리 다리 짧으며,

새는 다리 두 개인데
짐승 다리 넷이로다.

물고기는 물에서는 날쌔지만
뭍에서는 형편없고,
수달은 뭍에서도 날래지만
물에서도 날래다네.

용·뱀·거북이·학은
수천 년을 사는데,
하루살인 아침에 태어나서
저녁이면 죽는다네.

모두가
한 세상을 살거늘,
어찌하여 천 가지로
만 가지로 다르느뇨?

그런 줄도 모르면서
그러한가?
대개 누가
시켜서 그러는가?

위로는
하늘에 물어보고,
아래로는

땅에도 따져본다.

하늘과 땅
묵묵히 말 없음에,
뉘와 함께
이 이치를 논해 보리.

가슴 속에 쌓여 있는
외로운 이 울분,
해가 가고 달 갈수록
골수를 녹이누나.

기나긴 밤 더디더디
어느 때나 새려는고?
자주자주 서창(書窓)을 바라보며
울기를 그치잖네.

孤憤歌

人生天地間　白骸九竅都相似
或貧或富或貴賤　或姸或醜緣何事
曾聞造物本無私　乃今知其虛語耳
虎有爪兮不得翅　牛有角兮不得齒
蚊虻有何功　旣翅而又觜
鶴脛長兮鳧脛短　鳥足二兮獸足四
魚巧於水拙於陸　獺能於陸又能水

龍蛇龜鶴數千年　　蜉蝣朝生暮當死
俱生一世中　　胡奈千般萬般異
不知然而然　　夫誰使之使
上以問於天　　下以難於地
天地默不言　　與誰論此理
胸中積孤憤　　日長月長銷骨髓
長夜漫漫何時曉　　頻向書窻啼不已

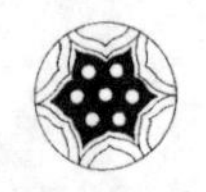

하늘과 땅을 대신해서 답을 함

천 가지로 만 가지로
죄 다른 일들이란,
모두가 망상(妄想) 따라
생겨나는 것이로다.

만에 하나
이 분별심(分別心) 벗어나면,
무엇인들
다 같은 것 아니겠나?

代天地答

萬別千差事　皆從妄想生
若離此分別　何物不齊平

하권

산중에서 우연히 읊음

묏부리에 가려지고 구름에 봉해져서
열어 뵈려 해도 열리지 않는 이곳에,
경행(經行)하다 때때로
푸르른 이끼 위에 앉아 본다.

그러면서 복수에만 매달렸던
그 사람 생각해 보니,
한가한 틈을 내어 잠시 이곳 오는 일을
어느 누가 이해하랴?

山中偶吟

巖僻雲封撥不開　經行時復坐青苔
因思土面灰頭者　誰解偸閑暫此來

* 經行 : 禪을 하는 중간 중간에 쉬기 위해 이리저리 산책하는 일.
* 土面灰頭者 : 얼굴에 옻칠을 하고 숯을 먹어 용모와 목소리를 바꾸어서 죽은 왕의 원수를 갚고자 했던 晋나라 智伯의 신하 豫讓을 가리킴.

금강암(金剛庵)의 서대(西臺)에서

깊은 흥취 불쑥 일어
잡아두기 어렵길래,
지팡이 불러다가 암자 나서
높다란 벼랑 위로 오른다.

아득히 마을을 바라보니
복숭아꽃 시들어,
비로소 봄빛이
저물 때임 알겠도다.

맑고도 따스한 날 구름 없어
사방이 탁 트였고,
눈앞의 좋은 경치
곳곳이 알록달록.

미웁게도 촌로(村老)들이
따비밭을 태우나니,
쑥밭 타며 연기 일어
좋은 산을 가로막네.

題金剛庵西臺

幽興無端縱不羈　出庵呼杖陟高危
遙看聚落桃花老　始覺春光欲暮時
晴暖無雲四望寬　目前佳境數般般
生憎野老燒畬火　蓬焞輿煙碍好山

금산(金山)

나로서는 금산(金山)을
석산(石山)이라 여기나니,
아니라면 어떻게
인적 끊긴 한가함을 얻으랴?

원근의 기름진 땅
다른 곳을 보노라면,
검게 태워 갈아대서
쉴 사이가 없도다.

題金山

賴我金山是石山　不然何以得空閑
看他遠近膏腴地　燒玄耕來無歇間

금강암(金剛庵)의 초은대(招隱臺)에서

소나무가 덮어 주고 바윗돌이 굽이쳐서
외진데다 으슥하여,
돌상〔石床〕의 이끼 낀 자리에다
이 몸을 온전하게 숨겨 본다.

요즈음 사람들은
속세에서 분주하길 좋아하니,
산중의 담박하고 한가함을
믿을려나, 말려나.

題金剛庵招隱臺

松覆岩隈僻更幽　石床苔座穩藏頭
時人愛走芳菲地　能信山中淡閑不

* 芳菲地 : 名利를 탐하는 俗世.
* 마지막 구절 "能信山中淡閑不"에서 韻으로 쓰인 '不'은 '否'와 통해 쓰는 글자 이므로, 原文을 그대로 따랐다.

전녹사(田祿事)에게 답함

그대는 속세로
나는 산중으로 돌아가네,
서로 만나 잠시도
어긋남이 없었는데.

공계(空界) 색계(色界) 모두가
밤 어둡고 낮 밝으니,
어느 누가 거사님이
노승 얼굴 닮았다 헐뜯으랴?

答田祿事

君去城市我青山　相見無虧頃刻間
夜暗日明空色界　誰非居士老僧顔

* 空色界 : 空界와 色界. 空界는 彼岸의 세계를 뜻하고, 色界는 俗界, 迷妄의 세계를 뜻함.

마곡사(麻谷寺)의 누교(樓橋)

앞으로 오고 뒤로 가고
물살은 아득한데,
물줄기 중간쯤을 가로질러
이 누교(樓橋)를 지었구나.

설령 하늘 닿는
큰 물결이 일더라도,
나그네가 이곳에 이르르면
끝내 걱정 없으리라.

題麻谷樓橋

前來後去水悠悠　橫截中流構此樓
設有滔天洪浪起　行人到此竟無憂

성주사(聖住寺) 천변(川邊)에서 차를 마시며 이야기하다 주지 스님의 시를 차운해서

새로 지은 시원한 대(臺) 위에서
내가 온 걸 위로해 주시니,
구름에 취하고 달에 취해
앉았다가 돌아가길 잊는도다.

이 놀이 응당
입에서 입으로 전해져서,
청산과 함께 남아
길이길이 사라지지 않으리라.

聖住川邊茶話　次韻住老

新築涼臺慰我來　雲酣月醉坐忘廻
此遊應在口碑上　留與青山永不灰

* 聖住寺 : 지금은 사라진 신라 시대의 절로, 忠南 保寧郡에 그 터가 남아 있음.
* 住老 : 주지 스님. '老'는 존경의 뜻으로 붙이는 글자임.
* 口碑 : 世間에서 입으로 전해짐.

**길가에서 얼굴과 눈이 없는 석상(石像)을 보았는데,
그 곁에 몰자비(沒字碑)가 서 있었다.
이에 옛사람의 뜻에 감동해서 짓는다**

석인(石人)에게
얼굴과 눈 없으니,
그 공덕(功德)은
생각하고 의논키가 어렵도다.

바다 같은 먹물로도
다 쓰기가 어려워,
생각컨대
몰자비(沒字碑)로 세운 듯.

路畔見無面目石人　傍立沒字碑　因感古人之意　有作

石人無面目　功德叵思議
海墨書難盡　惟標沒字碑

* 石人 : 무덤 앞에 세우는 사람 형상의 文官石, 武官石 따위를 가리키는 말. 또 는 진리의 본체를 의미하기도 함.

* 沒字碑 : 아무런 내용도 새기지 않은 비. '白碑'라고도 하는데, 功德이 아주 높은 인물의 경우에 碑面을 그냥 비워둔 채로 세웠었음.

이성현(利城縣)에서 묵으면서 완산(完山)의 임태수(任太守)에게 지어 줌

완산(完山)의 봄 바람에
웃고 서로 헤어져,
이성(利城)의 가을 해에
웃고 서로 만났구려.

만날 때나 헤어질 때
한결같이 미소 지어,
봄이 가고 가을 와도
옛 얼굴 그대롤세.

宿利城縣 贈完山任太守

完邑春風笑相別　利城秋日笑相逢
相逢相別一微笑　春去秋來依舊容

* 利城 : 全州와 金堤 사이에 있던 옛 地名.
* 完邑: 全州의 古號임.

능가산(楞伽山) 묘덕암(妙德庵) 균장로(筠長老)의 옛 처소에서

—지금은 한정상인(閑靜上人)이 암자를 짓고 문수보살(文殊菩薩)을 모신 까닭에 이름을 묘덕암(妙德庵)이라고 하였다.

구름 내달리고 물살 휘도는 곳에
만봉(萬峰)이 둘렀는데,
그 가운데 외로운 암자가
그림보다 곱도다.

한 점의 세속 티끌
날아들지 못하거늘,
하늘이 한정도인(閑靜道人) 시켜
예서 살게 하였구나.

題楞伽山妙德庵筠長老舊居

—今有閑靜上人構之 以安文殊 故名曰妙德庵

雲奔浪卷萬峰圍　中有孤庵畵不如
一點俗塵飛不入　天敎閑靜道人居

* 원문에는 「題楞伽山妙德庵筠長老舊居 今有閑靜上人構之 以安文殊 故名曰妙德庵」이라는 제목으로 되어 있는데, 제목을 「題楞伽山妙德庵筠長老舊居」로 하고, '今有閑靜上人構之 以安文殊 故名曰妙德庵'을 序나 補註로 보는 것이 옳다.

정장암(靜莊庵)에서 진락공(眞樂公)의 시를 차운해서

천하에 제일 가는
장관(壯觀)이라,
자꾸 보고 돌아보며
모두 다 보려 하네.

연기는 그물처럼
섬을 덮어 푸르르고,
단풍은 비단인 양
바위 곁에 수놓았네.

수천 길의 바다는
띠를 엮어 놓은 듯,
만 첩 되는 산들은
병풍을 둘러친 듯.

의상대사(義湘大師)
숨어 살던 옛 처소에,
뒤따라 오르는
내 자신이 부끄러워.

題靜莊庵　次眞樂公韻

壯觀甲天下　全收顧眄間
煙羅冪島碧　楓錦襯嵓斑
帶束千尋海　屛圍萬疊山
湘師舊所隱　慚愧我追攀

* 眞樂公 : 高麗 中期의 文人 李資玄의 諡號임.
* 湘師 : 新羅時代의 高僧 義湘大師(西紀 625~702)를 가리킴.

소소래(小蘇來)에서 진락공(眞樂公)의 시를 차운해서

산도 새파랗고
바다도 새파란 빛,
오랜 세월 마음대로
그 빛을 토해내고 머금누나.

몇 명인가?
예나 제의 유랑자들,
노닐고 구경하기 소홀해서
찾아들 줄 모르는도다.

題小蘇來　次眞樂公韻

山蒼蒼與海蒼蒼　吐去呑來用意長
多少古今流浪子　等閑遊翫未還以

몽인거사(夢忍居士)가 목우시(牧牛詩)를 청하길래

인가(人家)의 밭에다가
풀어 놓으니,
물긷는 거세(去勢)된 소를
한가로이 바라보네.

때때로
겨우 풀숲에 들어보나,
코뚜레를 잡아당겨
문득 머리 돌리게 되는구나.

하루하루 오래되어
바야흐로 익숙해져,
몇 해를 지나면서
저절로 그렇게 되었구나.

영겁의 세월 속에
방목(放牧)을 집착치 않게 되니,
누가 감히
세월을 헤아리랴?

夢忍居士請牧牛詩

放在家田地　閑看水牯牛
有時纔入草　拽鼻便回頭
日久方純熟　年來得自由
劫中牧不着　誰敢計春秋

한가위에 달을 보다가

밝은 구슬, 흰 구슬이
인간 세상 있다면,
세도가가 빼앗고 권력가가 다투어
한가롭게 버려 두질 않으리라.

물에 비친 저 달 만약
세상의 보배가 되었다면,
어찌 궁벽한 산골까지
비추도록 두었겠나?

中秋翫月

明珠白璧在人間　勢奪權爭不放閑
若使水輪爲世寶　豈容垂照到窮山

귤을 주신 분께 감사드리며

가을이라 새벽녘에
금빛 귤을 집어드니,
이에 맞춰
옥 같은 이슬이 내립디다.

맑고 맑은 향기가
선방(禪房)에 가득 차니,
막혔던 콧구멍이
시원스레 뚫리네요.

謝人惠橘

秋曉摘金橘　和將玉露來
淸香滿禪室　穿得鼻孔開

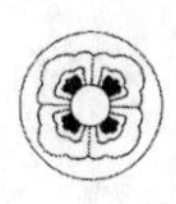

쌍봉장로(雙峰長老)의 「감춘(感春)」시에 화답(和答)하여

봄소식은 어찌하여
가려 가며 오는가?
소식 닿는 곳마다
꽃들은 분수 따라 피어나네.

불쌍토다, 고목에는
무정하게 오랫동안 소식 없어,
몇 년 세월 흘렀건만
끝내 봄소식 돌아올 줄 모르누나.

和雙峰長老感春

春信何曾取捨來　到頭隨分有花開
可憐枯木無情久　幾度寒暄竟不廻

* 寒暄 : 세월을 달리 표현하는 말임.

묘고대(妙高臺) 위에서 지음

고개 마루 걸친 구름
한가로이 걷히잖고,
계곡물은 어찌 그리
빨리도 달리는가?

소나무 아래에서
솔방울 주워다가,
차 달여 보니
차 맛 더욱 향긋하이.

妙高臺上作

嶺雲閑不徹　澗水走何忙
松下摘松子　烹茶茶愈香

봄날 산에서 놀다가

봄날이 정녕
따뜻하고 아름다워,
나와서 노니니
마음이 자적하네.

양지 바른 언덕에서
고사리랑 고비나물 캐어 보고,
응달진 계곡에서
샘과 돌을 찾아 보네.

바윗돌에 서린 물방울은
맑은 물에 서늘하게 떨어지고,
계곡 따라 핀 꽃들은
푸른 물에 불그스레 잠기었네.

소리 높여
쾌활하게 노래 부르니,
깊고 외진 이곳 산보
즐겁기가 한량없네.

春日遊山

春日正暄姸　出遊心自適
陽崖採蕨薇　陰谷尋泉石
巖溜冷飛淸　溪花紅蘸碧
高吟快活歌　散步愛幽僻

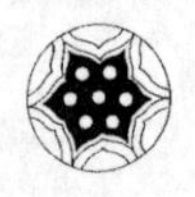

냉취대(冷翠臺)

성근 소나무에
달빛 응당 하얗고,
깊은 골짜기에
바람 족히 맑도다.

웃고 즐기며
마음대로 노니니,
오르락내리락
곳곳마다 평안토다.

冷翠臺

疎松宜月白　幽峽足風淸
笑傲縱遊戲　高低隨處平

* 隨處 : 어느 곳이나, 이르는 곳마다라는 뜻임.

폭포

층층의 절벽에서
빨리도 쏟아내려,
차가운 물소리가
계곡에 메아리치네.

곱디 고운
단 한 점의 티끌도,
그 어느 곳
머물 데가 없으리라.

瀑布

迅瀑落危層　冷聲聞還壑
纖纖一點塵　無處可栖泊

다천(茶泉)

소나무 뿌리에서
이끼를 털어내자,
샘물이
영천(靈泉)에서 솟구친다.

상쾌함은
쉽게 얻기 어렵나니,
몸소
조주(趙州) 선(禪)에 들지어다.

茶泉

松根去古蘚　石眼迸靈泉
快便不易得　親提趙老禪

* 石眼 : 바위틈에서 솟아나는 옹달샘을 달리 표현한 말임.
* 趙老 : 趙州禪師(西紀 778~897)를 가리킴. 看話禪과 茶에 얽힌 수많은 일화로 유명한데, '趙州禪'이라 하면 차 마시는 일을 뜻함.

맑은 못

차갑기가
얼음 녹은 물 마시듯,
빛나기가
새로 닦은 거울인 양.

다만 한 가지
맑은 맛을 가지고,
천차만별 그림자를
훌륭히도 비추누나.

清潭

寒於味釋氷　瑩若新磨鏡
只將一味淸　善應千差影

사계절에 대한 느낌

—회문체(回文體)임.

봄

꽃 떨어지면
봄이 감을 아파하고,
새가 울면
해가 짐을 슬퍼한다.

불성(佛性)을
그리워 연연하나니,
어찌해야 빨리빨리
달려갈 수 있을까나?

여름

불꽃이 타오르듯
햇살은 이글대고,
땀은 비 오듯이
주룩주룩 흐른다.

그런데도
연진(烟塵) 속을 내달리고,
끓는 가마솥 더듬는 걸
스스로 달게 여기누나.

가을

나뭇잎 떨어지는
가을의 서글픈 날,
매미도 처량하게
저녁 바람 슬퍼한다.

홀로이
늙은 솔에 앉은 학아!
세상의 영욕을
어찌 너와 함께하랴?

겨울

매서운 추위가
뼛골 속에 싸늘히 스미는데,
깊은 밤에
오롯이 앉아 있다.

경계 끊은
그 마음 어떠한고?

눈 속의 달보다
더욱 정결하도다.

四時有感　回文

花落傷春暮　鳥啼悲日斜
家山好戀戀　何奈走波波

火熾日爍爍　汗下雨溹溹
可復走烟塵　甘自探湯鑊

木衰秋慘日　蟬窘夕悲風
獨也古松鶴　榮辱奚汝同

澈寒淸入骨　更深坐兀兀
絶界心如何　潔愈雪中月

* 家山 : 본래는 고향이란 뜻으로 주로 쓰이는데, 여기서는 사람들 누구나 가지고 있는 佛性이란 뜻으로 쓰였음.
* 譯文에 小題目으로 붙인 '봄' · '여름' · '가을' · '겨울'은 譯者가 이해하기 쉽도록 편의상 붙인 것이다. 그리고 이 시는 回文體이기 때문에 거꾸로 읽어도 그 뜻이 통한다. 참고로 이 시를 계절별로 뒤집어 읽어보면 다음과 같다.

波波走奈何　부랴부랴 달려 보면 어떨까나?
戀戀好山家　산 속의 집이 몹시도 그립구나.
斜日悲啼鳥　저무는 해에 우는 새를 슬퍼하고
暮春傷落花　늦은 봄날에 지는 꽃이 안타깝네.

鑊湯探自甘　끓는 솥 더듬기를 스스로 달가워하고
塵烟走復可　먼지 속을 내달릴 수 있을까나?
溹溹雨下汗　주룩주룩 비처럼 흐르는 땀,
爍爍日熾火　이글이글 햇님은 불타오르네.

同汝奚辱榮　너와 함께 어찌 영욕을 겪을까나?
鶴松古也獨　학과 솔은 예로부터 외롭네.
風悲夕窘蟬　바람이 소슬하니 저녁 매미 군색하고
日慘秋衰木　햇살이 처량하니 가을나무 시드누나.

月中雪愈潔　달빛 속의 눈 더욱 정결한데,
何如心界絶　어찌해야 마음 속의 경계를 끊을까나?
兀兀坐深更　오롯이 앉아서 깊어 가는 밤,
骨入淸寒澈　뼛골에 스미는 싸늘한 추위가 매섭구려.

흥이 나서

지루하던 장마비는
가을 오자 걷히고,
추위 맞은 매미란 놈
저녁 나절 더 애닯네.

길을 가는 도중에
돌아가는 나그네조차 없으니,

쓸쓸한 생각
벗어날 길이 없네.

偶興

積雨秋來霽　寒蟬晩更哀
途中未歸客　未免思悠哉

쌍봉대로(雙峰大老)께서 "일찍이 듣자하니, 하룻밤의 대화는 십년의 독서보다 낫다는데 다행히 이틀밤을 모셨으니 그 즐거움 과연 어떠할까?" 라는 시를 주시길래, 차운하여 답시(答詩)를 지어 올림

서로가 이렇게
만나 볼 수 있게 되니,
멀리 편지 띄우려고
고생하지 않네요.

지금 이곳에서
이별한 뒤에라도,

다시금 만나 뵈면
또 어떨까요?

雙峰大老見贈曰 曾聞一夜話 勝讀十年書 幸玆陪信宿 其樂果如何
次韻奉答

既得賴相見　無勞遠寄書
從今一別後　再會又何如

* 원문에는 「雙峰大老見贈曰」이라는 제목 아래 "曾聞一夜話 勝讀十年書 幸玆陪信宿 其樂果如何"라는 시의 全文이 실려 있고, 또 줄을 바꿔 「次韻奉答」이라는 제목 아래 "既得賴相見 無勞遠寄書 從今一別後 再會又何如"라는 시의 全文이 따로 실려 있어서 마치 이 두 작품이 무의자의 것인 양 잘못 登載되어 있어 위와 같이 바로잡았음을 밝혀 둔다.
* 信宿 : 이틀밤을 잔다는 뜻을 지닌 말임.

연지(蓮池)에 샘물을 대며

금빛의 모래땅 위에
맑은 못이 열렸고,
벽옥 같은 대통 끝에
떨어지는 샘물이 걸쳤어라.

반짝이는 밝은 구슬이
연잎 위에 쏟아지니,
구름 없는 하늘에서
비 내리듯 보이누나.

蓮池注泉

金沙地面開清沼　碧玉竿頭掛落泉
玫瓅明珠瀉荷葉　相看雨下不雲天

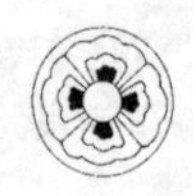

산에서 놀다가

시내에 이르러선
내 발을 씻고,
산을 보면서는
내 눈 맑게 한다오.

한가하게 영욕을
꿈꾸지 않으니,
이 밖에 다시
구할 것이 없어라.

遊山

臨溪濯我足　看山淸我目
不夢閑榮辱　此外更無求

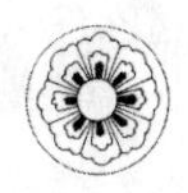

왔다가 금방 가고자 함에 지은 시

멀리 떨어진 지
수 년 동안,
사모하는 마음은
날을 이었네.

만난 기쁨
미처 풀기도 전에,
작별을 고하는 뜻
어찌 이리 빠른가?

쌓인 눈은
지나는 사람 막고,
삭풍(朔風)은
고목에서 우는데.

하룻밤 머물러
밤새도록 애기하며,
끝없이 쌓인 시름
모두 다 씻어내세.

見訪促回作詩

隔濶數年間　懷思日以續
相逢興未闌　告別意何速
積雪碍行人　朔風鳴古木
留連話一霄　洗盡愁萬斛

* 留連 : 떠나지 못하고 머뭇거리는 모양.

옛 마을을 지나며

한 번 고향을 이별한 지
어언 십오 년,
이로부터 옛일을 생각하면
언제나 눈물만 주루룩.

만나는 사람들 절반 가량
서로 알지 못하겠고,
조용히 생각에 잠겨
흐르는 물만 탄하노라.

過古鄕

一別家鄕十五年　此來懷古一潸然
逢人半是不相識　嘿思悠悠嘆逝川

* 이 시의 題目「過古鄕」은「過故鄕」의 誤記로 여겨지는데, 여기서는 그냥 原文의 題目을 따랐다.

유상인(遊上人)의「고열(苦熱)」시에 화답하여

시절이
육칠월을 당하니,
낮도 뜨겁지만
밤 또한 뜨겁구려.

그대에게

시원한 처방을 주려 하나니,
속세일랑 잊고서
불리(佛理)에 빠져 보시게.

和遊上人苦熱

時當六七月　晝熱夜亦熱
與儞清涼方　紅爐一點雪

* 紅爐一點雪 : 뜨거운 화로 위에 한점의 눈이 녹아 없어지듯 도를 깨달으면 속세에 물든 혼탁한 마음이 탁 트여서 밝아짐을 비유한 禪語. 줄여서 紅爐點雪이라고도 함.

양상인(亮上人)을 전송하며

서리가 내려 봐야
억센 풀을 알 수 있고,
물 속에 들어가야
키 큰 사람 보이는 법.

먼지 가득한 길에서

너를 시험하나니,
열심히 공부해서
속진(俗塵)에 빠지지 마라.

送亮上人

經霜知勁草　入水見長人
試汝塵中路　埋頭莫沒塵

* 埋頭 : 열심히 공부함. 책을 읽는 데 열중하면 저절로 목이 움츠러든다는 뜻에서 나온 말임.

근친(覲親)하러 가는 옥상인(玉上人)을 전송하며

순(舜)임금은 오십의 나이에도
부모를 그렸으며,
노래자(老萊子)는 칠십의 나이에도
부모 위해 춤까지 추었다네.

하물며 지금 병든 부모께서
편지로 부르는데,

어찌 차마 머뭇머뭇
하늘만을 바랄쏘냐?

送玉上人覲親

大舜慕於知命歲　老萊戲至縱心年
況今親病以書召　何忍留連望昊天

* 覲親 : 出家한 僧侶가 父母를 뵈러 俗家를 찾는 일.
* 知命歲 : 孔子의 '五十而知天命'에서 유래한 말로, 50세를 가리킴.
* 老萊 : 楚나라의 賢人 老萊子. 70의 나이에도 어린아이 옷을 입고 부모 앞에서 재롱을 피우며 부모를 즐겁게 하였다고 함.
* 縱心年 : 孔子의 '七十而縱心所欲不踰矩'에서 유래한 말로, 70세를 가리킴.
* 留連 : 차마 떠나지 못하고 머뭇거리는 모양.

그림자를 마주하고

못가에
홀로이 앉았다가,
못 아래서
우연히 중 하나를 만난다.

묵묵히 웃으며
서로를 바라보나니,
그대 말 걸어도
대답하지 않을 걸 나는 안다네.

對影

池邊獨自坐　池低偶逢僧
嘿嘿笑相視　知君語不應

작은 연못

바람 자고
고요히 파도 일지 않으니,
삼라만상이
눈에 가득 비치누나.

많은 말이
무어 필요하랴?
바라만 보아도
뜻이 벌써 족한 걸.

小池

無風湛不波　有像森於目
何必待多言　相看意已足

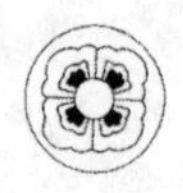

지공상인(智空上人)의 「송귤(送橘)」시에 화답하여

멀리서 온 편지
한결같이 향긋한 꽃 대하는 듯,
아름다운 문장들이
수십 줄.

성성이 붉은 피 같은
마음을 기울여,
동정(洞庭)의 누르른 빛
귤을 보내시었네.

잇속으로 들어가니
온몸이 서늘하고,
쟁반에 담아 두니
온 방안이 향긋해.

목노(木奴)라고
부르기 전에 벌써,
향기 뿜어
과일 중의 왕이 되네.

和智空上人送橘詩

遠信一對芳　佳章數十行
心傾猩血赤　橘寄洞庭黃
入齒通身冷　堆盤滿室香
木奴呼未稱　嗅作菓中王

* 洞庭 : 江蘇省 吳縣의 洞庭山을 가리키는데, 귤의 産地로 유명함.
* 木奴 : 귤의 다른 이름으로 삼국 시대 吳나라 李衡이 맨 처음 그렇게 불렀음. 이 시에서는 '나무 가운데 종놈'이란 뜻의 直譯을 취해 썼음.

도리율(忉利栗)을 주신 분께 감사드리며

옥 같은 껍질을
집어서 벗겨 보니,
금빛 구슬이

연하고도 빛나누나.

과연 도리천에서
내려온 듯,
은은하게
온 하늘을 두르른 향내로다.

謝人惠忉利栗

玉殼拈初剝　金丸軟更光
果從忉利下　隱隱帶天香

* 忉利栗 : 무엇인지 분명치는 않으나, 이 시의 내용으로 보아 향이 좋은 밤의 일종인 듯함.
* 忉利 : 忉利天의 준말. 佛敎의 宇宙觀에서 俗界 6天 가운데 第2天. 부처가 어머니 마야부인을 위해 이 곳에 올라가 說法을 행하였다고 함.

여거사(廬居士)에게 나라의 부름에 응할 것을 힘써 권하며

시위 떠난 화살이
물릴 기세 없듯이,

그대, 처음 먹은 마음을
저버리지 않으려 함 크구나.

지나왔던 길
다시 밟아,
임금님을 도와서
불교를 비호함이 어떨까?

苦勸廬居士赴召命

箭旣離絃無返勢　多君不欲負初心
何妨復踏從前路　更贊皇風護釋林

* 皇風 : 임금의 德化를 가리킴.
* 釋林 : 佛敎의 또 다른 표현임.

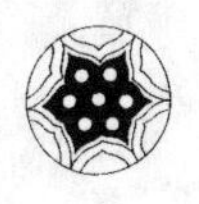

하중사(河中使)에게 마음을 적어서 줌

시방 세계(十方世界)가
별 다른 길 아니니,
천리 또한

이웃을 이루지요.

하물며 다시 자주
서로 얼굴 대하니,
친한 가운데
또 친해지네요.

敍懷贈河中使

十方無別路　千里亦成隣
況復頻相面　親中又更親

* 河中使 : 河는 姓氏이고, 中使는 서울에서 온 使臣에 대한 稱號임.
* 十方 : 十方世界의 준말. 東西南北 四方과 東北, 東南, 西南, 西北의 四維와 上下에 있는 세계.

육미상인(六眉上人)이 부모님을 뵈러 가는 것을 전송하며

아득한 천리길
다 가서,
중이 된 아들이

고향집 아버지를 뵈러 가네.

모두가 같은 몸, 같은 운명인 것을
서로 알지 못하나,
구름 스스로 내리는 곳에
산은 저절로 머물렀도다.

送六眉上人省親

行盡迢迢千里路　白雲兒就青山父
同身共命不相知　雲自下來山自住

* 白雲兒 : 떠다니는 구름 같은 승려의 신분이 된 아들.
* 青山父 : 青山처럼 머물러 고향을 지키는 아버지.

완상인(頑上人) 화염(化鹽)이 시를 구하길래

완아!
정신을 잘 차려라,
운기(運機)하다
완공(頑空)에 떨어지지 말아라.

다만 소금이나 장 같은
일상의 것들도 소홀히 말지니,
이게 바로
마조(馬祖) 집안 가풍(家風)이란다.

頑上人化鹽求詩

頑乎善着精彩　運機莫落頑空
但能不少鹽醬　便是馬祖家風

* 精彩 : 발랄한 기상.
* 運機 : 機를 움직임. 機는 佛陀의 教法을 받아 그 教化를 입을 수 있는 素質이나 能力, 또는 教의 對象이 되는 것을 가리킴.
* 頑空 : 겉은 단단하지만 알맹이는 없는 것을 이르는 말임.
* 不少鹽醬 : 스승 懷讓의 어떻게 지내느냐는 질문에 "自從胡亂後三十年 不少鹽醬"이라고 답한 馬祖 道一의 말을 빌려 쓴 구절임.
* 馬祖家風 : 마조 이전의 六祖 慧能까지는 理想禪이 主流를 이루었다가, 마조의 시대에 이르러 비로소 生活禪이 된 사실을 소금과 장으로 비유해 쓴 대목임.

빙등영(氷燈詠)

얼음산 속에다

등불 하나 밝히니,
잠시 후 갑자기
천 가닥 옥으로 부서진다.

크나큰 영산(靈山)에서
화산(華山)이 나뉜 듯,
계족산(鷄足山) 봉우리서
가섭(迦葉)이 으뜸으로 꼽힌 듯.

깊은 계곡 비어 서늘하게
높은 하늘 열었고,
첩첩의 봉우리들 높이 솟아
옥덩이를 늘어놓았도다.

그 속에 차가운 샘
바닥까지 맑으니,
갓끈이나 씻을 뿐
어찌 발을 씻으랴?

氷燈詠

氷山中安一盞燈　須臾忽拆千條玉
髣髴巨靈分華山　依俙迦葉擘鷄足
深谷虛凉豁洞天　重峰峇峉排叢玉
中有寒泉徹底清　只可濯纓那濯足

* 濯纓, 濯足 : 屈原의 「漁父辭」 가운데 "滄浪之水淸兮 可以濯吾纓 滄浪之水濁兮 可以濯吾足"이란 구절에서 따온 말임.

팔령사(八嶺寺)의 동재(東齋)에서 자다가 이경상(李敬尙)의 시를 차운(次韻)해서

— 회문체(回文體)임.

경계가 기이하다
들은 지 오래거늘,
일찌감치 찾지 못한 것이
부끄럽도다.

고요한 방 안에서
창문을 열어 보니,
돌아오는 배들은
바다 가운데 점으로 찍혀 있네.

둘러진 봉우리는
푸르른 화살인 양,
한겨울 대나무는
비취빛 숲인 양.

기나긴 하루해를
기뻐하고 웃으니,
다행히도
벗들 잔뜩 모였도다.

宿八嶺寺東齋　次李敬尙韻 回文

境奇聞已久　愧不早來尋
靜室開䆫眼　歸帆點海心
逈岑靑簇簇　寒竹翠林林
永日終懽咲　幸多朋盍簪

* 盍簪 : 친구들의 모임을 뜻하는 말.

경계가 깊숙한데
놀고 싶은 마음 따라,
이곳까지
찾아들었도다.

고요한 절집에
일 없음을 사랑하고,
높다란 암자에
마음이 툭 터진다.

돌아가는 구름은

절벽을 스치고,
울던 새는
깊은 숲에 숨는구나.

오래 가는 이 맛이
참다운 맛일려니,
다행히도
속세를 벗어났기 때문일레.

境幽乘逸興　是處遍搜尋
靜院憐無事　高庵可豁心
迴雲磨絶壁　啼鳥隱深林
永味眞眞味　幸爲離緩髻

* 원문에는 이 시가 마치 한 首처럼 연결·수록되어 있는데, 韻을 따져 보면 '尋'·'心'·'林'·'髻'의 네 개의 韻字가 똑같이 중첩·사용된 두 편의 시가 분명하다. 따라서 여기서는 두 작품으로 분리하여 수록토록 한다.
* 緩髻 : 상투를 틈. 곧 머리를 기르는 속세를 가리킴.

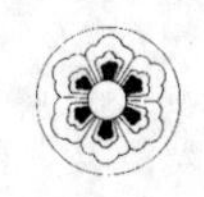

기능(技能)을 경계함

대덕(大德)들은
뛰어난 기능을 행함이 없었나니,
모름지기 솜씨 좋은
여러 재능 배우지 말자꾸나.

능력 있는 사람은 언제나
능력 없는 사람에게 부림을 받나니,
반드시 무능이
유능보다 낫다고 믿어 보자.

誡技能

大德無爲絶技能　不須工巧學多能
有能常被無能使　須信無能勝有能

천관산(天冠山)의 의상암(義相庵)에서 우거(寓居)하다가 몽인거사(夢忍居士)가 남긴 시를 보고 차운(次韻)해서 마음을 적어 봄

절간의 주인돼도
이 또한 걱정이니,
세상 싫은 승려들이
귀찮게도 찾아든다.

바위 사이 뚫린 길은
이끼 길러 막아 끊고,
바닷가에 솟은 산은
사립 닫아 밀쳐둔다.

종일 부는 솔바람은
맑은 소리 듣기 좋고,
때 맞춰 뜨는 산의 달은
내 좋은 친구로다.

다행히 내 집은 저절로
속박을 벗었으니,

일생을 운수(雲水)의 마음으로
살아갈까 맹세한다.

寓居天冠山義相庵　見夢忍居士留題　次韻敍懷

主席叢林是所憂　厭離雲水苦相侵
養苔封斷巖間路　掩戶推還海上峰
竟日松風淸可耳　有時山月好知音
儂家幸自脫羈絆　誓畢一生雲水心

* 厭離 : 厭離穢土의 준말로, 속세의 더러움을 싫어해 여기에서 벗어난다는 뜻임.
* 雲水 : 雲水衲子의 준말로, 흐르는 구름처럼 물처럼 떠다니며 사는 먹물옷의 승려를 지칭함.
* 知音 : 자신을 알아주는 좋은 친구라는 뜻의 故事成語임.

여섯 운(韻)으로 된 시를 또 지음

이 산 경관 빼어나다
명성을 오래 전에 들었거늘,
오늘에야 찾아와 노닐어 보니
과연 그 이름에 걸맞도다.

늙은 소나무랑 강파른 돌들은
오래됨과 괴이함을 다투고,
높은 탑과 솟은 봉우리는
깊고 험함 겨루누나.

강바람은 유리 접어 부채질하듯
살랑살랑 부드럽고,
숲의 새는 금슬(琴瑟) 울려 연주하듯
해말갛게 울어댄다.

천리 밖에 구름 싸인 돛배는
오락가락 길 잃었고,
만 겹의 연기 덮인 섬들은
흐렸다 갰다 변덕 부린다.

이백(李白)과 두보(杜甫)의 비단 같은 시심(詩心)도
시구로 배껴내기 어렵고,
왕희지(王羲之)나 우세남(虞世男)의 신비스런 필력(筆力)도
그림으로 그려내진 못하리라.

진중한 불암산(佛岩山)에
철면피 내 자신,
우뚝한 암자에 높다라니 누워서
남은 생애 맡기리라.

又成六韻

此山形勝久聞名　今卜來遊果稱情
松老石癯爭古怪　塔高峰峻競崢嶸
江風扇皺瑠璃軟　林鳥奏鳴琴瑟淸
千里雲帆迷居住　萬重煙島混陰晴
錦心李杜詩難好　神筆王虞畵不成
珍重佛岩之鐵面　卓庵高臥寄殘生

* 瑠璃 : 佛家의 七寶 가운데 하나인 靑色 寶石의 이름.
* 李杜 : 唐나라 中期의 大詩人인 李白과 杜甫를 가리킴.
* 王虞 : 唐나라 初期의 名筆家인 王羲之와 虞世男을 가리킴.

패주(貝州) 죽림사(竹林寺)에 묵는데 눈이 와서

절간에
잔설 내림에,
맑은 자태 다시금
기이하고 빼어나네.

미웁게도 하늘이

늦게 바람 불어대서,
눈가루 되날리다
흩어져 내리누나.

宿貝州竹林寺有雪

叢林得微雪　淸恣更奇絶
生憎老呼風　掀飜下玉屑

* 貝州 : 全南 寶城郡의 古號.
* 玉屑 : 하얀 눈가루를 가리키는 말임.

청암사(淸庵寺)에서 묵다가

좋은 경치 골라다닌 봄놀이가
정결한 가람에 이르러,
물외(物外)의 가풍(家風)에
실컷 끼어 보는도다.

경계 고요하고 사람 한가하니
속계(俗界)의 맛 전연 없어,

정녕코 청암(淸庵)이라
이름 지을 만.

留題淸庵寺

春遊選勝到精藍　物外家風得飽參
境靜人閑無俗界　命名眞箇是淸庵

* 物外家風 : 佛家, 佛門을 가리킴.

봄날 저녁 연곡사(燕谷寺)에서 노닐다가 당두로(堂頭老)에게 지어 줌

봄이 깊은 옛 사찰은
고요하여 할 일 없고,
바람 그치자 한가로운 꽃잎은
계단에 떨어져 가득하다.

저녁 하늘에
구름 맑고 담박함이 좋은데,
온 산에 어지럽게

때맞춘 두견새 울음 소리.

春晩遊燕谷寺 贈堂頭老

春深古院寂無事　風定閑花落滿階
堪愛暮天雲晴淡　亂山時有子規啼

이별하며 또 지어 줌

하늘 빛 음침한 게
비 내릴 듯 머금었고,
산 모양 참담한 게
근심하는 안색(顏色)이라.

다행히도 그대와
쉽게 손을 놓지만,
이 같은 정다운 사귐은
눈물 떨구잖기 어려워.

又贈別

天色陰沈含雨意　山容慘淡作愁顔
幸爲道友分携易　若是情交不淚難

* 道友 : 함께 공부하고 수행하는 사람을 가리키는 말. 다른 말로 道伴.

정상국(鄭相國)과 이별하며 지어 줌

삼 년을 연모하고 우러렀는데
한 번 와 주심에,
며칠 동안 조용히
붙어다녀 얘기를 나눴지요.

이별에 즈음해서
서로가 한 구절씩 지어 보니,
은은한 그 미소가
게라산의 절간을 넘네요.

贈別鄭相國

三年戀仰一來參　數日從容幾接談
臨別相呈一句子　微微笑透揭羅藍

* 相國 : 宰相.
* 揭羅 : 본래는 揭利駄 羅鳩山으로, 부처가 說法을 하던 곳. 耆闍崛, 伊沙崛, 羅鳩脂 등으로도 불리는데, 번역하여 鷲頭, 鷲峰, 靈鷲라고도 함.

반죽장(斑竹杖)을 만들고 초상화(肖像畵)를 그린 데다 시를 지어 보내 옴에 차운해서 답함

잘 꾸민 보배로운 지팡이는
기이한 재주 다 부렸고,
그림 위에 시까지 붙였으니
그 뜻 더욱 분명코나.

일찍이 산승(山僧) 만나
꾸불꾸불 되었으니,
다시 몇 개 가져다가
의지할 지팡이를 삼을까나?

飾斑竹杖 并畫影作詩見贈 次韻答之

粧成寶杖盡奇工　影質并投況意濃
早被山僧俱拗折　更將何箇倚爲笻

조월암(祖月庵)

암자 주변 푸르름은
만 길 되는 절벽에 둘러졌고,
하늘가 비취빛은
천첩 산에 무르녹아.

종일토록 올라오는
사람들 말을 잃고,
바람 자는 하늘에
조각 구름 한가롭다.

題祖月庵

庵畔蒼圍萬仞壁　天涯翠縮千重山
盡日登臨人嘿嘿　無風片段雲閑閑

밤이면 달님이
푸르른 산마루에 솟아남이 어여쁘고,
아침이면 햇님이
붉은 노을 태우는 것이 사랑스러워.

내에 덮인 점점의 봉우리는
푸른 장막 펼쳐진 듯,
안개에 잠긴 질펀한 골짜기는
얼어붙은 강물이 둘려진 듯.

夜憐桂轂湧青嶂　朝愛火輪燒赤霞
點點煙岑排翠幕　漫漫霧壑匝氷河

* 桂轂 : 달을 가리키는 말임.
* 火輪 : 해를 가리키는 말임.

인월대(隣月臺)

우뚝 솟은 바위산은
몇 길인지 알 수 없고,
그 위의 높다라한 누대(樓臺)는

하늘 끝에 닿았도다.

북두(北斗)로 은하수를 길어다가
끓이는 한밤의 차,
차 달이는 연기 싸늘하게
달 속의 계수나무 감싸누나.

隣月臺

巖叢屹屹知幾尋　上有高臺接天際
斗酌星河煮夜茶　茶煙冷鎖月中桂

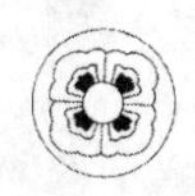

능운대(凌雲臺)

햇살이 번뜩이는 용비늘은
천구덩이 물빛이요,
구름 쌓인 코끼리뼈는
만 첩의 바위산.

굽어보고 가까이 봄에
뛰어난 기상 더욱 솟아나니,

자연의 신비스런 조화는
용렬하고 평범함을 벗었도다.

凌雲臺

龍鱗閃日千凹水　象骨堆雲萬凸巖
俯瞰傍睽增逸黍　自然神化脫庸凡

피서대(避暑臺)

바위산 꼭대기에 달은 밝아
때 없이 비춰 오고,
옹달샘의 바람 맑아
종일토록 불어 오네.

온 세상의 사람들과
이 상쾌함 나누기를 바라지만,
이러한 마음 능히
몇 사람이 알려는가.

避暑臺

巖頭月白無時照　石眼風淸盡日吹
願與世人分爽快　此心能有幾人知

* 石眼 : 바위틈에서 솟구치는 옹달샘을 표현한 말임.

신사(信士) 배윤량(裵允亮)에게 보여 주며

오늘에서 옛날을 바라보면
지난 밤 꿈 같으니,
뒷날 다시 오늘을 생각해도
또한 응당 그러하리.

이 한 생애 돌아보면
몇 때나 되려는가?
애닯도다, 세월이
흐르는 물 같음이.

어느 겨를에 다른 사람 구제할지
그저 아득하고,

모름지기 나 자신 깨우치기
급급키만 하구나.

지난 일을 잘 알아서
닥칠 일 분명 알면,
사생(死生)과 영욕(榮辱)에
무엇을 근심하고 기뻐하랴?

示信士裵允亮

今之視昔如昨夢　後復思今亦應爾
顧此生兮能幾時　悲夫逝者如流水
悠悠奚暇涉他緣　急急要須明自己
已事了然明得來　死生榮辱何憂喜

* 信士 : 佛敎를 믿고 배우는 在家弟子 가운데 男子를 가리키는 말임. 優婆塞라 고도 함.

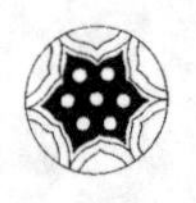

느지막이 장마가 개길래

점점이 열린 산빛

보아도 물리잖고,
씻어낸 꾀꼴소리
들을수록 새롭도다.

늦장마가 단번에 개니
고맙기 한량없어,
또렷한 이 재미가
한가한 사람 위로하네.

晩晴

點開山色看無厭　洗出鶯聲聽更新
多謝晩霖特一霽　着些滋味慰閑人

산을 나오며 찬(讚)함

눈꺼풀은
삼천 세계(三千世界) 다 덮고,
콧구멍에
백억(百億)의 몸 잘 숨긴다.

사람들 개개가 장부(丈夫)거늘
어느 누가 굽힐쏜가?
벌건 대낮에
남을 속이지 말도록.

出山相讚

眼皮盖盡三千界　鼻孔盛藏百億身
箇箇丈夫誰受屈　靑天白日莫謾人

* 三千界 : 三千大千世界의 준말. 고대 인도인들의 宇宙觀에 의하면, 須彌山을 중심으로 네 개의 大洲가 있고 그 둘레에 九山과 八海가 있는데 이것을 小世界라고 함. 小世界 천 개가 모인 것을 中千世界라고 하고, 中千世界 천 개가 모인 것을 三千大千世界라고 함.

황중사(黃中使)의 시를 차운해서

사신의 그림자가
조계수(曹溪水)로 떨어져,
휘황찬란 광채가
천지간을 비추누나.

위엄으로 빈한한 중 위협해도
어쩔 수가 없으리니,
비로소 아시리라, 중이란
코뚜레로 꿸 수 없는 소 같은 존재임을.
—조칙으로 불렀지만 응하지 않고 이 시를 지었음.

次黃中使韻

使星影落曹溪水　光芒爍爍照天地
威迫寒僧不奈何　始知禪者無巴鼻
—宣喚不應故云

* 中使 : 서울에서 온 使臣을 부르는 말임.
* 使星 : 使臣을 가리키는 말임.
* 曹溪水 : 실제의 물을 가리키는 것이 아니라, '절'을 빗대어 쓴 표현임.
* 無巴鼻 : 게으른 중이 죽으면 콧구멍 없는 소가 된다는 禪話에서 온 말임.

동심미(東深眉) 상인(上人)에게 부치는 시

그대 보았는가?
넓고 넓은 태허(太虛) 속에

바람따라 오고 가는
조각난 구름들을.

구름들은 마땅히 비웃으리.
상인(上人)께서 오랜 세월 굴을 지켜,
동쪽 깊고 깊은 곳
앉은 자리 뿌리 내림을.

寄東深眉上人

君看廓落太虛裡　往來隨風片片雲
應咲上人長守窟　東深深處坐生根

검원두(儉園頭)가 송(頌)을 지어 달라길래

듣자하니, 옛 선화(禪和)는
흙덩이 깨지는 소리를 듣고,
홀연히 삼천계(三千界)를
깨우쳤다지.

분부하노니, 괭이 자루

네가 지녀 가져서,
그대 몸을 따라다녀
자재(自在)할 수 있게 하라.

儉園頭求頌

聞古禪和擊土塊　忽然打破三千界
钁頭分付汝提持　受用從君得自在

* 園頭 : 사찰에서 채소밭을 가꾸는 所任을 맡은 승려를 지칭하는 말임.
* 古禪和擊土塊 : 무슨 故事인지는 未詳. '禪和'는 '參禪을 하는 사람'이라는 뜻으로, '和'는 친근한 사람에게 붙이는 말임.

금성(錦城)의 임태수(任太守)를 전송하며

밝게 밝게 살피심은
얼음 계곡의 사람마냥,
따사롭게 대하심은
봄볕 속을 거니는 듯.

전주, 나주 목사(牧使) 직책

연달아 지켰으니,
이제 떠나셔도 그 덕망은
영원히 새롭게 기려지리.

送錦城任太守

皎皎若照人氷鑿　溫溫然有脚陽春
全羅二牧連作守　此去甘棠永更新

* 甘棠 : 『詩經』의 「甘棠」篇에서 뜻을 취해 온 것으로, 백성들이 팥배나무 아래에서 善政者의 德을 기린다는 내용임.

남포원루(南浦院樓)에서 놀다가 모란을 보고

율(律)이 매고 선(禪)에 묶여
잠시도 한가할 틈 없었거늘,
쾌청치 않은 날씨 속에
봄도 따라 스러졌네.

조루(潮樓)에 다행히도
남은 꽃이 있어서,

한 번 웃고 애오라지
하루 여한 삼아 본다.

遊南浦院樓看牧丹

律縛拘禪未暫閑　春從不快裡消殘
潮樓幸有餘芳在　一笑聊爲一日閑

김랑중(金郎中)께 드림

나라를 걱정해야 함은
바로 이때,
어진 신하는 나랏일을
모름지기 사양하지 말아야.

더위를 피함만이
정녕 도를 구하는 것 아니요,
공평히 다스려서 맑고 평안해지면
도가 여기 있나니.

贈金郎中

憂國憂家正是時　賢臣王事不須辭
避署未必眞求道　公理淸平道在玆

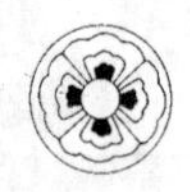

글을 부탁하길래 한 편을 써서 줌

물집에 흰 붓 담자
붓끝 예리하기 송곳 같고,
회계산(會稽山)의 어여쁜 대붓자루
얼룩무늬 아름답다.

수행하는 이에게
은근히 부탁하자니,
한 자루 붓끝 아래
천만 가지 말이로다.

乞筆　因書一絶與之

月窟雪毫穎銳　稽山錦管爛斑
慇懃囑藏禪者　一筆句下千般

* 月窟 : 벼루에 먹물이 고일 수 있도록 움푹 패인 부분. 이른바 '물집'임.
* 稽山 : 中國의 會稽山으로, 반점이 있는 질 좋은 대나무가 많이 난다고 함.
* 藏禪者 : 禪을 통해 修行하는 僧侶를 가리키는 말임.

솔과 잣을 심고

솔 심고 잣 씨 뿌려
절집에다 보인 것은,
무더운 여름철에
푸른 그늘 좋아해서만은 아니려다.

다만 오랜 세월 지나
낙엽이 모두 질 때 기다렸다,
너희들만 호올로
푸르른 걸 보렴이라.

栽松栢

栽松種栢示叢林　非但炎天愛翠陰
直待千秋黃落盡　看渠獨有歲寒心

* 歲寒心 : 『論語』의 '歲寒然後 知松栢之後凋'란 구절을 따다 쓴 말로, 날씨가 추워지면 비로소 소나무와 잣나무만이 지조를 지켜 시들지 않음을 알 수 있다는 뜻임.

혼원상인(混元上人)이 「원각경(圓覺經)」의 찬(讚)을 청하길래

대광명장장(大光明藏章)

신령스런 빛 안팎 없이
허공에 빛나고,
공덕은 갠지스 강 모래알보다 많이
그 속에 담겼도다.

범부(凡夫)와 성인(聖人) 본래부터
다름이 없었나니,
다시금 어디에서
진리를 찾으려는가?

混元上人請圓覺經讚

大光明藏章

靈光無外爍虛空　德過恒沙蘊箇中
凡聖本來同一地　更於何處覓圓通

* 混元 : 뒷날 無衣子의 뒤를 이어 修禪社 4대 社主를 지낸 眞明國師의 法號.

문수장(文殊章)

몸과 마음에 미혹되어
고통의 윤회(輪廻)를 받게 되면,
모든 인연으로도
천진불(天眞佛)을 알지 못하게 되나니.

법행(法行)을 알려 함이
최초의 인(因)이 되니,
하늘에 본래 허공화(虛空花) 없고
진리의 달님 하나뿐이라.

文殊章

妄認身心受苦輪　都緣不識天眞佛
欲知法行最初因　空本無花天一月

* 天眞佛 : 法身佛의 또 다른 이름. 衆生이 本有한 天眞獨朗한 그대로가 佛이라는 뜻임.
* 法行 : 바르게 修行함.
* 虛空花 : 迷惑에 의한 幻影의 하나로, 眼疾을 앓는 사람이 虛空에 꽃이 아물거리는 것을 보게 되니, 이것을 虛空花라고 하여 事物의 實體가 없는 데 비유됨.

보현장(普賢章)

환(幻)을 닦는 것을 비유하자면
나무 둘이 서로 비벼대다,
불붙어 연기와 재로
모두 흩어져 사라짐이라.

최후에 정녕 어찌될까
알고자 한다면,
만리되는 한 덩어리
쇳덩이가 돼야 하리.

普賢章

幻修如木兩相磨　火了煙灰都散滅
欲知末後苟如何　萬里凝然一條鐵

* 末後 : 最後, 窮極, 至極 등의 뜻으로 쓰임.

보안장(普眼章)

수많은 가르침의 바다는
하나의 털끝에서 나왔나니,
교차하는 그림자 거듭거듭
제망(帝網)에 차갑게 비추누나.

법계(法界)의 현문(玄門)은
분수 밖이 아님이라,
그대 먼저 이공관(二空觀)에
드는 것이 기쁘구려.

普眼章

恒沙教海一毛端　交影重重帝網寒
法界玄門非分外　歡君先入二空觀

* 帝網 : 因陀羅網. 帝釋天의 寶網. 모든 法이 重重無盡으로 相卽相入하는 것을 보이는 法門을 뜻함.
* 二空觀 : 我空과 法空의 道理를 觀하는 것.

금강장장(金剛藏章)

허공화(虛空花)가 생겨남도 멸함도 없다고
헛되이 얘기하니,

광석에서 금을 중히 여김은
금이 다시 생겨나서가 아님이라.

이덜 가도 중생들은
본래가 부처이니,
하물며 제불(諸佛)들이
무명(無明)하다 의심하랴?

金剛藏章

空理幻花無起滅　金重鑛穢不重生
何適衆生本成佛　況疑諸佛更無明

* 幻花 : 虛空花.
* 不重生 : 鑛石을 녹여서 金을 얻는데, 이때 다시 금이 생겨나는 것이 아니라 본래부터 금의 성분이 여러 광물질 속에 숨어 있다가 녹아서 나오는 것이라는 『원각경』의 비유를 끌어 쓴 대목임.
* 本成佛 : 일체의 중생들이 본래 그대로가 부처라는 뜻임.
* 無明 : 사물의 있는 그대로를 보지 못하는 不如實智見.

미륵장(彌勒章)

중생들의 병은 본래
모두가 무지(無智)에서 받은 것,
보살의 약처방은
커다란 지혜와 자비.

병 나아 약 물리치면
바야흐로 자재(自在)해지나니,
묘장엄(妙藏嚴)의 땅에서
놀고 즐김 얻으리라.

彌勒章

衆生病本全痴受　菩薩醫方大智悲
病去藥除方自在　妙藏嚴域任遊戱

* 妙藏嚴 : 妙藏嚴王. 아주 오랜 옛날 宿王華如來가 『法華經』을 설할 적에 그의 부인과 두 아들이 묘익을 얻었다고 함. 『法華經』 27品에 그에 관한 내력이 「妙藏嚴王本事品」으로 남았음.

청정혜장(淸淨慧章)

앞으로 앞으로 걸어가
점차 잘못 깨닫고,
뒤로 뒤로 물러나 생각하면
도리어 발휘하게 되나니.

곧바로 진견(眞見)과 망견(妄見)이
생겨나지 않으면,
탁 트여 눈으로 보듯
두루두루 빛나리라.

清淨慧章

前前步步漸知非　後後心心轉發揮
直下不生眞妄見　朗然如日遍光輝

위덕자재장(威德自在章)

사마타(奢摩他)와
삼마지(三摩祗)는,
정(靜)과 환(幻) 모두
적멸선(寂滅禪)이 아니라오.

필경의 깨우침의 성(城)은
본래 둘이 아니니,
문 얻으면 곧 들어가
머뭇거리지 말지라.

威德自在章

奢摩他與三摩祗　靜幻雙非寂滅禪
畢竟覺城元不二　得門便入莫留連

* 奢摩他 : 우리 마음 가운데 일어나는 妄念을 쉬고, 마음을 한 곳에 集中하는 상태.
* 三摩祗 : 정력에 의해 번뇌를 여의고 마음이 평등, 평정한 상태. 三摩鉢提라

고도 함.

변음장(辨音章)

삼관(三觀)의 바퀴들은
비단으로 서로 이뤄졌으니,
단(單)과 복(複)의 여러 닦음이
이십오 종류로다.

원명(圓明)으로 드는 방편에
오직 돈오(頓悟)만을 뺀다면,
고금의 어느 누가 문을 통해
밖으로 나아가지 않았던가?

辨音章

三觀諸輪綺互成　單複齊修二十五
唯除頓覺入圓明　古今誰不出由戶

* 三觀 : 奢摩他, 三摩祗, 禪那의 통칭.
* 圓明 : 圓滿明朗의 준말로, 훌륭하고 완전한 것.
* 頓覺 : 小乘에서 大乘에 이르는 얕음에서 깊음으로의 차례를 밟지 않고 단번에 깨닫는 것. 다른 말로 頓悟.

정제업장장(淨諸業障章)

증오(證悟)란 아상(我相) 인상(人相)
중생상(衆生相) 수명상(壽命相)이,
전(轉)하여 서로 인(因)이 됨을
아는 데 있음이라.

도적인 줄 알면서 장차 아들 삼으라고
가르치지 말지니,
몇 년을 노력하며 고생한들
다만 저절로 가난해지는 것을.

淨諸業障章

證悟居依是我人　衆生壽命轉相因
莫教認賊將爲子　勤苦多年只自貧

* 證悟 : 올바른 智慧로 眞理를 證得하여 깨달음.
* 我相 : 五蘊이 화합하여 조직된 것을 實我가 있다고 하고, 또 내 것이 있다고 착각하는 것.
* 人相 : 나는 사람이므로 地獄趣나 畜生趣와 다르다고 집착하는 것.
* 衆生相 : 衆生의 몸이 生存하고 있다는 미혹된 생각.
* 壽命相 : 일체 業智가 볼 수 없는 것이 마치 목숨과 같다는 미혹된 생각.
* 轉 : 사물이 因緣에 의해 생기는 것.
* 因 : 因緣의 結果를 가져오는 직접적인 內的 原因.

보각장(普覺章)

스승을 구하려면 모름지기
진정(眞正)한 이를 구해야,
순풍이나 역풍 속에서도
서원(誓願)이 바뀌지 않나니라.

다만 네 가지 마음을 발하여
네 병을 여의어야 하나니,
누가 능히 이를 어기고 막아
보리(菩提)에 들어갈 수 있을까나?

普覺章

求師須要得眞正　逆順風中誓不移
但發四心離四病　孰能違拒入菩提

* 四心 : 相에 머무르지 않고, 항상 淸淨하며, 梵行을 찬탄하며, 중생을 律儀 아닌 데 들어가지 않도록 하는 네 가지 마음.
* 四病 : 作病, 任病, 止病, 滅病의 總稱.
* 菩提 : 佛, 緣覺, 聲聞이 각각 그 果에 따라 얻는 깨달음의 智慧.

원각장(圓覺章)

삼기(三期)에 따라서 들어가

먼저 예불(禮佛)하고 참회하며,
삼관(三觀)에 골라서 의지하여
공을 쌓아야 하느니라.

먼지 모두 닦이어 없어진 곳이라야
그대 비출 거울이 되나니,
별세계(別世界)는
옥항아리에 있느니라.

圓覺章

隨入三期先禮懺　卜依三觀造功夫
塵消磨處憑君鑑　特地乾坤在玉壺

* 三期 : 백이십 일, 백 일, 팔십 일의 세 기간.
* 三觀 : 奢摩他, 三摩祇, 禪那의 통칭.
* 玉壺 : 壺中世界란 말로 곧 항아리 속의 별천지.

현선수장(賢善首章)

이 경의 내용 들어본
청정(淸淨)한 눈은,
칠보(七寶)로 온 삼천 세계에
보시함을 뛰어넘고.

수많은 중생을 교화하여
아라한과(阿羅漢果) 얻게 해도,
어찌 이 경의 반게송(半偈頌)을
베푸는 데 이르랴?

賢善首章

聞此諸經淸淨眼　全超施寶滿三千
化恒沙衆成羅漢　那及玆經半偈宣

* 七寶 : 金, 銀, 琉璃 등 佛家의 일곱 가지 보배.
* 羅漢 : 여기서는 阿羅漢果라는 뜻으로 쓰였음. 小乘에서 최고의 깨달은 자리라는 뜻으로 쓰임.

총송(總頌)

노파심 간절하여
고생하며 지성껏 하였으니,
어찌 다투어 오묘한 진리를
전하기가 어려우랴?

열두 개 장(章)마다에
부처님의 진리가 이르지 않은 것은,
남겼다가 앞으로
잔뜩 모인 이 가운데 사람에게 부치렴이라.

總頌

老婆心切苦諄諄　爭奈難傳妙斲輪
十二章章詮不及　留將密付箇中人

* 妙斲輪 : '절묘하게 깎은 바퀴'란 뜻으로 여기서는 오묘한 부처의 진리를 가리킴.

응률선사(膺律禪師)의 「구법(求法)」시를 차운해서

넓고도 큰데다
무의(無依) 무상(無相)한 몸이라,
선가(禪家)에선 냄새로 맡고 알아
본래인(本來人)이라 하지요.

다만 스스로
허명(虛明)한 곳 잘도 비추니,
어찌 다른 데를 좇아가서
고생스레 나루를 묻겠는가?

次膺律師求法韻

廓落無依無相身　禪家喚作本來人
但能自照虛明地　何更從他苦問津

* 本來人 : 깨달은 경지에서 나타나는 自然 그대로 조금도 人爲를 더하지 않은, 모든 사람들이 갖추고 있는 心性을 말함. 다른 말로 本來面目.
* 問津 : 나루터를 물음. 轉하여, 學問이나 眞理의 世界로 들어가는 入口를 물어 찾음.

내가 꿈에서 대비보살(大悲菩薩)을 뵈었다. 그분은 나에게 "너는 인(印)을 바로잡을 수 있는가?" 하셨다. 나는 "그 인을 가져다 주십시오" 하였다. 보살께서는 손을 들어 잡아끄는 시늉을 하시었는데, 온몸에서 빛이 나와 천지를 두루 비추면서 마침내 허공을 밟고서 가시었다. 나도 그 뒤를 따라갔다. 꿈에서 깨어나 이에 찬(讚)을 짓는다

관세음보살님의
크고 자비로운
노파심(老婆心)에
머리를 조아리네.

손에는
무늬 없는 인(印)을 드시고,
내 콧구멍 깊숙이
도장을 찍으셨네.

어찌 오직
인(印)에만 무늬가 없으리오?
몸 또한
찾을 곳이 없는 것을.

그래서 언제나
여기에서 벗어나질 못하나니,
해맑은 바람결이
대숲에 흩어지네.

予夢見大悲菩薩 爲予曰 子能正印否 予應曰 將印來 菩薩擧手作提勢 通身放光 遍照天地 遂步虛而往 予亦從之 及覺乃作贊曰

稽首觀世音　大悲老婆心
手提無文印　印我鼻孔深
豈唯印無文　身亦無處尋
而常不離此　淸風散竹林

* 無文印 : 文字와 言語를 超越하여 眞理의 本體를 깨닫는 것을 가리킴. 心印이라고도 함.

작은 글자로 쓴 「금강경(金剛經)」을 찬(贊)함

—서(序)가 있음.

도자(道者) 경연(炅然)이 조그마한 고리 속에 『금강경(金剛經)』을 베껴 썼는데 마음에 착안을 해서 글자 글자를 모기눈처럼 그렸고 소라 무늬로 재주를 부렸는데 단지 붓을 놀린 것이 공교로울 뿐 아니라 또한 기계를 설치한 것이 묘했으니, 진실로 마음이 정결하고 지혜가 뛰어나지 않다면 어찌 이런 경지에 오를 수 있겠는가? 그를 위해 찬한다.

진실한 형상〔實相〕은
모양이 없음〔無相〕이오,
본체는 스스로
둥글고 비었도다.

허공에서
비춤을 잃음 없고,
비추어도
남겨둠이 없도다.

인연따라

만 가지로 나뉘지만,
막힘없이
한 가지로다.

대비대지(大悲大智)하신
부처님께서,
어느덧
나를 일으키셨네.

발을 씻고
가부좌를 하심에,
수보리 장자(長者)께서
보고 깨우쳤다네.

이로 인해
더욱 가르침을 청함에,
이에 물 쏟듯이
가르침을 내리셨지.

비록
사생(四生)을 제도했다 하지만,
그 근본은
내게 있지 않도다 하고.

지금 이
조그마한 전륜장(轉輪藏)에,

삼반야(三般若)가
모두 갖춰 있으니.

문자(文字) 속
가운데서,
개안(開眼)을
얻을 일이로다.

뗏목 타고
물결을 건너듯,
문득
피안(彼岸)에 오르리니.

小字金剛經贊 幷序

道者炅然 於少環中 寫金剛經 心着眼 字字畫如蚊睫 行布巧以螺文
非唯用筆之工 亦乃設機之妙 苟非心精智巧 何以臻此哉 爲之贊曰

實相無相 體自圓虛
虛不失照 照無遺餘
隨緣萬別 不癈一如
大悲大智 於焉起予
洗足敷坐 空生覰破
因而請益 乃爾注下
雖度四生 亦本無我
今此小輪 具三般若

於文字中　着得開眼
乘筏超流　便登彼岸

* 空生 : 부처의 10대 弟子 가운데 解空 第一인 須菩提의 번역한 이름.
* 請益 : 배우기를 청함. 제자가 되기를 청함.
* 四生 : 생물이 태어나는 네 가지 형태. 곧 胎生, 卵生, 濕生, 化生을 가리킴.
* 小輪 : 轉輪藏. 大藏經을 소장해 두는 곳간이란 뜻으로, 經을 넣어 회전하도록 만든 자그마한 일종의 책궤.
* 三般若 : 文字般若, 觀照般若, 實相般若의 총칭.

청량굴(淸凉窟)

―서(序)가 있음.

옛굴에 살면서 선사(先師)를 앙모(仰慕)하였는데 삼가 원적(圓寂)하신 날 새벽을 맞아 「유거(幽居)」 시(詩)의 운(韻)을 받들어 잇는다.

뜨거운 번뇌는
저 명리(名利)를 좇음이니,
청량의 옛굴에다
한가한 정 붙였노라.

눈앞의 꽃 모두 지면
허공마저 사라지고,
마음자리 평안하면
온 세계가 평안하네.

겁 밖의 세계는
예나 제나 넓디 넓고,
병 속의 해와 달은
점점 새로 밝아오네.

국사(國師)께서 한 번 떠나심을
그대는 아는가, 모르는가?
비로봉 정상에
높이 오르셨다네.

題淸凉窟 幷序

依栖古窟 仰慕先師 謹當圓寂之晨 奉繼幽居之韻

熱惱還他逐名利　淸冷古窟屬閑情
眼花落盡虛空落　心地平來世界平
劫外乾坤依舊濶　壺中日月漸新明
國師一訣君知否　高蹈毘盧頂上行

* 圓寂 : 高僧의 죽음. 다른 말로 入寂.
* 眼花 : 迷惑에 의한 幻影의 하나로, 虛空花를 가리킴. 『능엄경』에 의하면, 눈

병이 난 사람의 눈에는 허공에 꽃과 같은 것이 어른거리는 것처럼, 실체가 없는데도 실체를 본다고 착각하는 것을 뜻함.

* 壺中日月 : 漢나라의 仙人 壺公이 항아리 하나로 집을 삼고 술을 즐기며 세속을 잊었다는 고사에서 나온 말로, 別天地 또는 仙境을 이름. 壺天 또는 壺中天地라고도 함.

선사(先師)를 모시고 장실(丈室)에서 눈을 끓여 여럿이 차를 마시다가

어제는 저물녘에
부슬부슬 비 내리다,
새벽 오자
놀랍게도 한 자나 쌓인 눈.

구덩이, 꺼진 곳 할 것 없이
고루 덮여 평평하고,
무게에 짓눌려
나뭇가지 부러지네.

숲의 새는
추워서 처마로 찾아들고,
암벽의 사슴들은

곤궁하여 굴 속으로 들어가네.

돌난간은
옥으로 된 누대인 양,
흙계단은
옥으로 괸 섬돌인 양.

그 위세 쳐들어와
선실(禪室)마저 싸늘하고,
그 빛깔 곁따라
창 너머로 들어오네.

산사람들
큰 추위를 견뎌내며,
차를 달여
좋은 봄을 마주하려

아이를 불러서
눈꽃을 가져다가,
쟁반에 하나 가득
옥가루를 쌓아 담네.

눈 위에 손자국이
새긴 듯 드러나고,
산세(山勢)를 방불하듯
삐죽삐죽 솟는구나.

구멍을 뚫어 보니
이게 바로 용천샘,
모두 다 떠다가
작설차(雀舌茶)를 달이네.

어찌 이게
스스로를 기쁘게 하렴인가?
중요한 건 남들에게
깨끗한 차 마시게 하렴이라.

이 오직
세상 밖의 맛이니,
인간 세상 쪽에다가
알려주진 마시게나.

아, 너는
본디 서생(書生)이었거늘,
속티 벗고
승려들 대열에 끼었구나.

자그마한 방에서
맑은 바람 마시고,
유문(儒門)의
가열참을 떨어내리.

모름지기

어깨 베던 힘〔斷臂力〕으로,
간절한 마음으로
안심결(安心訣)을 물으리다.

내 이제 질문 아닌
질문을 하리니,
청컨대 선사께선
설법 아닌 설법을 베푸소서.

陪先師　丈室煮雪茶筵

昨晚雨纖纖　曉來驚尺雪
均鋪坑塹平　重壓枝條折
林鳥寒入簷　巖鹿困投穴
石檻變瑤臺　土階成玉砌
威侵禪室凉　色傍經函徹
山人任大寒　茗葬酌佳節
呼兒取雪華　滿盤堆玉屑
手迹卽彫鎪　山形髣髴屼
鑿穴擬龍泉　挹澌煎雀舌
豈是自圖歡　要令他飮潔
此唯方外味　莫向人間泄
嗟汝本書生　脫俗參僧列
小室飮淸風　儒門祛酷熱
聊將斷臂力　切問安心訣
我欲不問問　請師無說說

* 龍泉 : 맑고 향기롭기로 이름 높은 중국의 샘 이름.
* 斷臂 : 慧可大師가 스스로 자신의 왼팔을 잘라 達摩大師에게 바쳐 道를 구하는 마음을 보였던 일화에서 나온 말로, 곧 道를 구하는 간절한 정성과 자세를 가리킴.
* 安心訣 : 安心의 비결. 安心이란 修行의 체험이나 佛法의 깨우침으로 인해 마음을 不動의 경지에 안주시키는 것. 또는 그러한 경지를 뜻하기도 함.

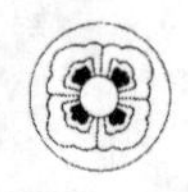

전물암(轉物庵)에 잠시 살면서

—세 수(首)임.

오봉산(五峰山) 앞
옛 바윗굴,
그 속에 한 암자가 있으니,
이름하여 전물암.

내 이 암자에
깃들어 살면서,
다만 하하 웃을 뿐
말하기 어려우이.

입술 일그러진 바릿대와
다리 부러진 솥으로,

죽 끓이고 차 끓이며
애오라지 하루 해를 보내노라.

게을러서 쓸지 않고
풀도 베지 않음에,
마당 풀이 구름같이 자라나서
무릎이 빠지도록 깊도다.

느지막이 일어남에
아침 나절 인시(寅時)를 모르고,
일찌감치 자리 들어
황혼의 술시(戌時)도 기다리지 않아.

얼굴도 씻지 않고
머리도 깎지 않고,
불경도 보지 않고
계율도 지키잖고.

향불도 사르잖고
좌선도 하지 않고,
조사(祖師)께도 부처께도
예불도 드리잖고.

사람 와서 괴이 여겨
무슨 종파(宗派)인가 아느냐 물으면,
일이삼사오륙칠이라

대답할 뿐.

말을 않고
비밀 지켜,
집안 흉이
바깥에 드러나지 않는다오.

마하반야바라밀.

寓居轉物庵 三首

五峰山前古巖窟　　中有一庵名轉物
我栖此庵作活計　　只可呵呵難吐出
缺脣垸絶脚鐺　　煎粥煎茶聊遣日
踈慵不掃復不芟　　庭草如雲深沒膝
晩起不知平旦寅　　早眠不待黃昏戌
不洗手不剃頭　　不看經不知律
不燒香不坐禪　　不禮祖不禮佛
人來怪問解何宗　　一二三四五六七
莫莫莫 密密密　　家醜不得外揚

摩訶般若波羅密

* 이 시의 '不洗手不剃頭' 구절 가운데 '不洗手'는 金達鎭翁이 번역한 『眞覺國師語錄』의 附錄으로 실린 同題目의 시를 따라 譯者가 삽입한 것이다. 그래야만 詩句의 배열과 韻이 맞는다.

* 그리고 이 시는 마치 세 首인 것처럼 原文에 수록되어 있으나 韻으로 보나, 詩想의 전개로 보나 분명 한 편의 古詩이다. 게다가 「寓居轉物庵 三首」라는 제목으로 미루어보더라도 아래의 두 首와 함께 도합 세 首가 된다.

오봉산의 산빛은
저물수록 푸르르고,
한 줄기 계곡 물소리는
새벽이면 더욱 커져.

물소리, 산빛 속에
저녁 가고 아침 오니,
맑은 노래 어느 뉘가
우리처럼 얻을쏘냐?

五峰山色昏彌翠　一帶溪聲曉更高
暮去朝來聲色裡　清歌誰得似吾曹

오경(五更)의 산달은
창 앞에 하이얗고,
몇 리인가 솔소리는
침상 위에 맑도다.

부귀한 자 수고 많고
빈천한 자 고달거늘,

숨어 사는 이 재미를
뉘 더불어 평해 볼꼬?

五更山月囱前白　數里松聲枕上淸
富貴多勞貧賤苦　隱居滋味與誰評

담령상인(湛靈上人)이 육잠(六箴)을 구하길래

눈에 대하여

티끌 속에
큰 경전(經典)이 있거늘,
어찌하여
보고도 깨닫지 못하는가?

어서 어서
아나율타(阿那律陀)의 눈을 뜨고,
서둘러서
가섭(迦葉)의 웃음을 지어라.

울창한

개울가의 소나무여,
푸르고 푸르른
언덕 위의 풀이여!

쯧,
쯧,
허물이
적지가 않구려.

湛靈上人求六箴

眼

塵中有大經	如何看不了
速撥律陀眼	早開迦葉咲
鬱鬱渭邊松	青青原上草
咄咄咄	漏逗也不少

* 律陀 : 부처의 십대 제자 중 天眼第一인 아누루타.
* 漏逗 : 번뇌 혹은 허물을 뜻함.

귀에 대하여

오음(五音)을
좇아다니지 말아라,

오음은
네 귀를 멀게 하나니.

관세음(觀世音)은
어디에 계시는가?
원통문(圓通門)은
봉해지지 않았거늘.

경쇠 소리는
밝은 달을 흔들어 울리고,
다듬이 소리는
흰구름 저편으로 오르내리누나.

쩝,
쩝,
좋이 삼십 대나
맞거라.

耳

莫逐五音去	五音令汝聾
觀世音安在	圓通門不封
磬搖明月響	砧隔白雲春
嚜嚜嚜	好與三十棒

* 五音 : 宮, 商, 角, 徵, 羽의 오음. 곧 音樂을 가리킴.

* 圓通門 : 지혜에 의해 깨닫는 眞如의 이치로 들어가는 문.

코에 대하여

향긋한 곳이라고
함부로 열지 말고,
냄새나는 곳이라고
억지로 막지 마라.

향천(香天)의 부처도
아니 되었거늘,
하물며
송장 썩는 나라랴.

솥에다는
녹차(綠茶)를 달이고
향로에는
안식향(安息香)을 사르누나.

껄,
껄,
그 어디서
선지식(先知識)을 찾을까나?

鼻

香處勿妄開　　　　臭中休强塞
不作香天佛　　　　況爲屍注國
鐺中煎綠茗　　　　爐上燒安息
呵呵呵　　　　　　其處求知識

* 屍注國 : 八大地獄의 하나인 屍糞增을 가리킴. 시체와 똥으로 가득한 이 지옥에 떨어지면 여기에서 벌레가 나와 가죽을 찢고 骨髓를 파먹는다고 함.
* 安息 : 香料의 하나인 安息香을 가리킴.

혀에 대하여

법희(法喜)의 맛난 음식
탐함이 없었거늘,
하물며 무명(無明)의 술을
즐길쏜가?

야호선(野狐禪)은
말하지도 마시게나,
종일토록 헛되이
입이나 벌린 게지.

묵묵히
사자굴에 들어가,

말하려면
사자후를 토하여라.

뉘 알리오?
언변과 침묵 밖에,
또다시
어떤 한 구절이 있음을.

舌

不貪法喜羞　　況嗜無明酒
莫說野狐禪　　終日虛開口
嘿入獅子窟　　語出獅子吼
誰知語嘿外　　更有那一句

* 法喜 : 불교를 믿고 수행하는 가운데 얻어지는 기쁨.
* 無明 : 사물의 있는 그대로를 보지 못하는 어리석음을 뜻함.
* 野狐禪 : 禪宗에서 깨달음을 얻지 못한 자가 깨달은 체하며 사람들을 속이는 것을 말함.

몸에 대하여

한 톨의 쌀도
씹지 말고,
한 올의 실도

걸치지 마라.

일상의 밥
잃을까,
본래의 옷
물들일까 두렵노라.

항아리 속
별천지(別天地)요,
겁(劫) 밖의
사위의(四威儀)라.

네가 만약
이러하질 못하다면,
어떻게
출가한 사람이라 이르랴?

身

莫咬一粒米	莫掛一條絲
恐失家常飯	須染孃生衣
壺中一天地	劫外四威儀
汝若不如是	何名出家兒

* 家常 : 일상, 보통.
* 孃生 : 태어난 그대로란 뜻임. 娘生으로도 쓰임.

* 四威儀 : 부처의 가르침에 꼭 들어맞는 일상의 起居動作인 行, 走, 坐, 臥의 통칭임.

뜻에 대하여

생각을 잊으면
귀신굴에 떨어지고,
마음에 집착하면
원심(猿心)이 날뛰나니.

다시금 이 두 가지 병
없애려 하지만,
야호(野狐)의 망상(妄想)
벗어나질 못하지.

물은
둥글고 모난 그릇 모두 따르고,
거울은
오랑캐나 한족(漢族)이나 모두 비추는 걸.

다만 이런 것에
익숙해지려며는,
오히려 귀머거리 눈봉사를
본받아야 할 것을.

意

忘懷墮鬼窟	着意從猿情
更擬除二病	未免野狐情
水任方圓器	鏡隨胡漢形
直饒伊麽去	猶較患聾盲

* 猿情 : 원숭이처럼 분주히 날뛰는 마음〔猿心〕의 실상이란 뜻임.
* 野狐情 : 野狐禪을 하는 妄念. 野狐禪은 깨닫지 못한 자가 깨달은 척하며 사람들을 속이는 것을 말함.

방일(放逸)함을 경계하며

습(習) 버리고 마음 돌려
해탈을 구하렴에,
서로 함께 속이기나 한다고
세상 사람들 비웃고 괴이쩍어 하누나.

살아 생전 오욕(五欲)을
뜻〔意〕에 따라 좇는다면,
죽은 뒤의 삼도(三途)는

누구에게 돌아갈까?

낮은 곳 가게 하려 몸 가벼이 해주면
날던 새 오히려 더 높이 날게 되고,
발 높이 하라고 다리 당겨 절게 하면
거북이 기던 속도 더 더뎌지지.

착하기 어렵고 악하기 쉬운 것이
오히려 이 같나니,
슬기 있는 무리들은
꼼꼼하게 생각하라.

誡放逸

背習回心求出離　世人笑怪共相欺
生前五欲從隨意　死後三途付與誰
就下身輕飛鳥升　高脚重跛龜速遲
善難惡易還如此　有智之流仔細思

* 習 : 煩惱에서 남은 氣를 習氣, 習이라고 함.
* 出離 : 迷惑의 世界를 벗어나 해탈의 경지에 이르는 것을 가리킴.
* 五欲 : 色·聲·香·味·觸의 五境에 집착해서 일으키는 다섯 가지 情欲, 또는 財欲·色欲·飮食欲·名欲·睡眠欲 등 다섯 가지 욕망의 총칭.
* 意 : 두루두루 생각하는 마음의 작용.
* 三途 : 三塗라고도 하는데, 火塗·刀塗·血塗의 총칭으로, 地獄·餓鬼·畜生을 말함.
* 다섯째와 여섯째 구절 "就下身輕飛鳥升 高脚重跛龜速遲"는 錯簡이 있는 것으로 여겨지는데, 다른 방도가 없어 여기서는 그냥 詩想의 展開에 맞추어 그 글

자들이 지닌 뜻에 따라 대강 꿰맞추어 번역하였음을 밝힌다.

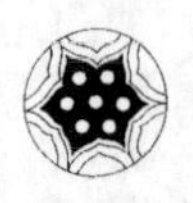

유수재(柳秀才)에게 화답(和答)함

선유(先儒)들은 지리(地理)에도 통했고
천문(天文)에도 통했는데,
후학(後學)들은 어찌하여
그러하질 못하는가?

앵무새 같은 헛된 재주로
터무니없는 칭찬받고,
거미 같은 작은 솜씨로
멋대로 헛된 이름 전하려 하누나.

모습이 파리하면
상갓집 개 같지만,
마음이 청정하면
물 위에 솟은 연꽃 같나니.

듣는 자들 옷깃에 꼭꼭 적어
항상 몸에 차고 둘러,

사악함을 버리고 바름으로 돌아와
좋은 인연 닦을지라.

和柳秀才

先儒通地又通天　後學云何却不然
鸜鵒狂才邀妄譽　蜘蛛少巧逞虛傳
形羸可似喪家狗　心淨須如出水蓮
聞者書紳常佩帶　捨邪歸正勝因緣

시(詩)로 오처(悟處)를 보여 주길래, 그 운(韻)을 따라 답함

물고기와 용은 물에 살아도
물이 뭔지 모르고,
운수 따라 파도 따라
물살 좇아 노닌다네.

본래부터 제자리를 떠나지 않았거늘
누가 잃고 얻었다 하며,
본시 미혹 없었거늘 깨우쳤다 말함은

그 무슨 까닭인가?

以詩呈悟處 依韻答之

魚龍在水不知水　任運隨波逐浪遊
本自不離誰得失　無迷說悟是何由

금강산의 형선사(逈禪師)께서 나의 개당록(開堂錄)을 보고 시(詩)를 지어 칭찬해 주시기를, "문수보살의 변화는 신묘해서 예측하기 어려우니, 소란 놈이 금털의 사자 새끼 낳았구나. 드러나는 온전한 위세 누가 감히 엿보랴만, 몸을 날려 크게 쓰일 줄을 저절로 알겠도다. 한 번 울부짖을 때마다 천 마리 마귀의 간담이 찢겨나고, 가는 곳마다 원만하게 조불(祖佛)의 근기(根機)로 돌이킨다. 미천한 이 몸 우습게도 헛되이 그 뒤를 쫓아다녀, 공연히 떠들어서 도리어 의심이나 자아낼 뿐" 하였다. 이에 운을 빌려 답한다

나를 불러 금털의 사자라 하니
어찌 그리 착각을 하셨는가?
나는 단지 원래부터
병이 든 고양이 새끼인 걸.

미친 개처럼 땅 위를 달려 봐도
오히려 따라잡기 어렵거늘,
사자가 몸 날리는 재주를
어찌 알 수 있으랴?

배 불리고 근심 없이 살아가니
도(道)가 있어 뵐 뿐이오,
종일토록 곤하게 잠만 자니
망기(忘機)한 듯 뵐 뿐이라.

문득 사람들에 핍박받아
갑자기 울음을 터뜨리면,
늙은 쥐 멀리서 듣고
어느 곳에 무슨 일 생겼나? 할 텐데.

楓岳迥禪師 見予開堂錄 以詩賀之曰 文殊變化妙難測 牛産金毛獅子兒 露地全威誰敢覰 飜身大用自相知 吼時裂破千魔膽 行處圓廻祖佛機 堪笑野干空逐迹 謾勞開口轉生疑 次韻答之

號我金毛何大錯　元來只是病苗兒
狂獹趂塊猶難及　獅子飜身又豈知
飽食無憂如有道　困眠終日似忘機
忽因人逼啼聲急　老鼠遙聞特地疑

* 祖佛 : 祖師와 佛陀.
* 野干 : 여우 비슷한 작은 짐승의 이름.

* 金毛獅子兒 : 어떤 승려 하나가 중국의 雲門禪師에게 "淸淨法身이 무엇입니까?" 물은 적이 있었는데, 운문이 '약초밭의 울타리〔花藥欄〕'라고 답하자, 그 승려가 다시 "그렇게만 생각하고 있으면 됩니까?" 되묻자 '金毛獅子'라고 답한 운문의 話頭를 끌어다 쓴 말인데, 그 후 金毛獅子라고 하면 뛰어난 禪僧을 뜻하는 말로 쓰이게 되었음. '兒'는 그냥 새끼란 뜻으로 쓰였음.

* 忘機 : 世俗의 욕심을 잊음.

보내 준 차와 아울러 정해문(呈解問)에 답하면서

기나긴 밤 오래도록
앉아 있다 힘들 적에,
차 끓이며 생각하니
그 은혜 끝 없습니다.

한 잔의 차에
어지러운 구름 다 물러가고,
뼛속 깊이 맑고도 찬 기운에
갖은 생각 사라집니다.

惠茶兼呈解答之

久坐成勞永夜中　煮茶偏感惠無窮
一盃卷却昏雲盡　徹骨淸寒萬慮空

* 呈解問 : 十八問의 하나로, 제자가 자신의 견해를 스승에게 제시하여 가르침을 청하는 물음.

과생대(過生臺)에서 지음

배고픈 새
갑자기 먹을 것을 만남에,
먹을까 말까
어느 쪽도 취하기가 어렵구나.

한 번 쪼아 보곤
백 번을 돌아보니,
자유롭질 못한 데서
슬픔이 생겼도다.

過生臺有作

飢鳥忽遇飯　貪畏兩難收
一啄百回顧　悲成不自由

금강자(金剛子)를 주심에 감사하여

붉은 물 든 검은 구슬
부질없이 다시금 구했더니,
형산(荊山)의 흰 옥덩이인 양
모진 수고 다했구려.

한결같이 다투어
금강자(金剛子)를 바치니,
괴롭게도 혜능(慧能)에게
비웃고 끄떡거림 얻었구려.

謝惠金剛子

赤水玄珠枉再求　荊山素璞費三投
爭如一薦金剛子　贏得曹溪笑點頭

* 金剛子 : 金剛樹의 열매로, 염주를 만드는 데 쓰임.
* 荊山素璞費三投 : 楚나라 和氏가 형산에서 흰 옥덩이를 얻어 이것이 옥임을 밝히기 위해 두 발이 잘렸으나, 세번째에는 마침내 文王에게서 옥임을 인정받았다는 故事가 쓰인 구절임.
* 曹溪 : 온갖 私有를 부정하고 한 개의 바루와 한 벌의 가사만으로 일생을 지냈던 曹溪의 六祖慧能을 가리킴.
* 點頭 : 고개를 끄떡거림.

백운암(白雲庵)을 향하면서, 「사중(辭衆)」 시(詩)를 차운(次韻)해서

병든 몸 잠시 쉬러
백운암을 향하니,
선승(禪僧)들은 절대로
자주 왕래 말게나.

조계(曹溪)의 선풍(禪風)은 본래무일물(本來無一物)이라
상주(常住)함이 없나니,
당중(堂中)에 주인 없다고
주인 없단 말 마시게.

向白雲庵　次辭衆

暫向雲庵養病身　禪流切勿往來頻
曹溪無物不常住　莫道堂中無主人

* 曹溪 : 六祖 慧能의 또 다른 이름.
* 無物 : 本來無一物의 준말. 六祖 慧能의 偈頌에서 나온 말로, 우주의 참모습은 우리의 分別妄想을 가지고 볼 수 있는 것이 아니며, 집착할 물건도 없다는 뜻임.

백운대(白雲臺) 위에서 선사(先師)를 그리며

저 강과 산은
그림에서 나온 듯,
바위와 묏부리는
병풍을 펼친 듯.

일찍이
선사(先師)의 입에,
몇 번이나
들어갔다 나왔나요?

白雲臺上憶先師

江山如畵出　巖嶂似屛開
曾向先師口　幾經呑吐來

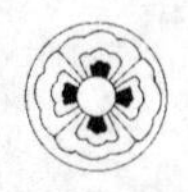

최전(崔塼)이 불법(佛法)을 구함에 이 시를 베껴 보냄

거울 속에
누구 모습 보이던가?
골짜기 안에서는
자신의 목소리가 들리는 법.

보면서 들으면서
미혹되지 않으면,
어느 곳인들
통해진 길 아니리오?

崔塼求法 寫此送之

鏡裡見誰形　谷中聞自聲
見聞而不惑　何處匪通程

서석산(瑞石山) 규봉(珪峰)에서 놀다가 남아 있는 시를 보고 차운해서

서석(瑞石)이란 이름으로
편안한 돌이라고 억지썼고,
규봉(珪峰)은 이름처럼
평탄하다 말 못하리.

보면 볼수록
황홀함이 더하고,
시구로 베껴내면 낼수록
완성하기 어려워.

우뚝 솟은 암벽은
사람의 기(氣)를 돋워 주고,
신령스런 대(臺)는
도(道)를 향한 마음 돕네.

이곳에 와
잠시 머문다면,
누군들

무생(無生)의 깨우침을 이해 못하랴?

遊瑞石山珪峰 見留韻次之

瑞石强安石　珪峰未稱平
看來看愈況　寫去寫難成
巖傑增人氣　臺靈助道情
暫來栖此地　孰不了無生

* 瑞石山 : 光州 無等山의 또 다른 이름.
* 無生 : 無生法印의 준말. 일체의 現像은 본질적으로 實體가 없이 空하므로, 生하고 滅하는 변화가 없다는 가르침임.

또

깊숙한 경치 찾다
겨우 여기 도착하니,
기분이 상쾌하고
마음마저 평안토다.

땅은 온통

드러냄을 감추고,
하늘은 훤히
나타냄을 아끼누나.

도 닦는 사람은
도에 취하고,
시 짓는 사람은
시정(詩情)을 펼치네.

저절로
방관(傍觀)하는 웃음 나오니,
큰 중도
속된 성품 드러낸다나.

又

尋幽纔到此　快得寸心平
地秘渾呈露　天慳豁現成
道人酣道賞　詩客暢詩情
自有傍觀笑　大僧生俗生

갈선생(葛先生)이 부쳐 온 시에 화답하여

봄누에는 실을 토해
도리어 자기 자신 얽어매고,
초파리는 옹기 속을
스스로 만족해 하나니.

그대 만일 속박에서 벗어나
인간 밖에 노닐고자 한다면,
어서 빨리 머리 돌려
우리 선(禪)을 배우시게.

和葛先生見寄

春蠶吐絲還自纏　醯鷄自足甕中天
君如脫縛遊方外　火急回頭學我禪

* 醯鷄 : 초파리. 초파리는 술독 안을 하늘로 여긴다는 뜻의 '醯鷄甕裏天'이라는 말이 있는데, 식견이 좁거나 어리석은 사람에게 빗대어 쓰임.
* 方外 : 인간 세상 밖.

또

나나 선생이나
모두 묶여 살아서,
그 얼마나 새장의 학이
구름 내려오길 기다리듯 하였던가?

달 밝으면 매양
그 해 약속 떠올리니,
어느 날에 산중에서
함께 선(禪)에 들어 볼꼬?

又

我與先生同在纏　回幾籠鶴望雲來
月明每憶當年約　何日山中共和禪

부채같이 둥근 달

팔월이라
보름날에,
달님이
하늘 복판 이르르니.

하얀 달그림자
차가운 물 위에 떨어졌고,
달님은 산호빛의 나뭇가지
걸렸구려.

團扇

八月十有五　月輪正當午
皎影落寒洲　掛在珊瑚樹

조월암(祖月庵)에서 피리 소리를 듣고

바위산이 만 겹을 두르르고
눈의 위세 대단한데,
마을의 피리 소리 한 자락에
봄 기운이 짙구려.

멀리 온 세상의
복숭아와 오얏나무 생각하니,
몇 가지에 꽃 희고
몇 가지에 꽃 붉던가?

祖月庵聞笛

巖屛萬疊雪威重　村笛一聲春意濃
遙想萬家桃李樹　幾枝花白幾枝紅

법(法)을 구함에 서암(瑞巖)의 주인공(主人公) 화두(話頭)로 게(偈)를 지음

—『조선불교통사(朝鮮佛敎通史)』에서는 이 시의 제목을 "해양의 불교 신자 십여 사람이 암자에 와서 법을 구하기에 서암의 주인공 화두를 들어 이에 일곱 가지 게를 설하였다〔海陽信士十餘人 到庵求法 擧瑞巖主人公話 因說七偈〕"라고 하였다.

주인공아! 예.
내 깨우침을 들거라!
가장 좋은 것은
살생(殺生)과 도둑질, 음행(淫行)을 굳게 없앰이라.

화취 지옥(火聚地獄), 도산 지옥(刀山地獄)은
어느 누가 만들었나?
너의 잘못된 행실과 마음에서
모두 생겨나니라.

求法擧瑞巖主人公話作偈

—朝鮮佛敎通史中 此題海陽信士十餘人 到庵求法

舉瑞巖主人公話 因說七偈

主人公諾聽我箴　最好堅除殺盜淫
火聚刀山誰做得　都緣是汝錯行心

* 瑞巖의 主人公 : 瑞巖和尙이 매일 主人公을 스스로 부르고 다시 스스로 응낙하면서, "惺惺히 나타나라", "다른 때나 다른 날 남에게 속임을 당하지 마라", "그렇지, 그렇지" 하고 自問自答하였다는 일화에서 나온 公案.

주인공아! 예.
내 가르침을 듣거라!
도처에서 사람을 만나거든
모름지기 입조심을 하거라.

입이란 앙화를 부르는 문으로
더욱 막을 일이니,
유마거사(維摩居士) 침묵한 취지에
참여하여 갖추어라.

主人公諾聽我諭　到處逢人須愼口
口是禍門尤可防　維摩默味參取

* 維摩默 : 維摩居士의 沈默. 病中에 방문한 문수보살의 法門에 沈默으로 一切法을 나타냈다는 禪話.

주인공아! 예.
내 말을 들어라!
십악(十惡)의 원수 같은 집안을
빨리 멀리 벗어나라.

악이란 제 마음에서 생겨 나와
도리어 제 자신을 해치나니,
나무에 번성한 꽃과 열매가
도리어 가지를 부러뜨리느니.

主人公諾聽我辭　十惡寃家速遠離
惡自心生還自賊　樹繁花菓返傷枝

* 十惡: 十不善이라고도 하는데, 殺生, 偸盜, 邪淫, 綺語, 妄語, 惡口, 兩舌, 貪, 瞋, 癡를 가리킴.

주인공아! 예.
내 얘기를 들어라!
아침 저녁 부질없는 목숨
능히 얼마나 되는고.

어제를 허송하고
오늘도 그러하면,
나서 오고 죽어 가는
그곳이 어딘가를 알겠는가?

主人公諾聽我語　旦暮浮生能幾許
昨日虛消今日然　生來死去知何處

주인공아! 예.
정신 바짝 차리거라!
열두 때를
항상 깨어 있으라.

원래부터 인간 몸은
세상에 전혀 근거 없나니,
꿈, 환상, 허공화(虛空花)를
잡아들려 하지 마라.

主人公諾惺惺着　十二時中常自覺
從來身世太無端　夢幻空花休把捉

* 空花 : 虛空花. 迷惑에 의한 幻影의 하나로, 눈병이 난 사람에게 虛空에 꽃과 같은 것이 어른거리는 것처럼, 實體가 없는데도 實體를 본다고 착각하는 것을 이름.

주인공아! 예.
너는 마음인가, 부처인가?
부처도 아니며 마음도 아니요
물건 또한 아니로다.

필경에는 어떠한 이름으로
무엇이라 부르리까?
주인공이라 부르지만
일찌감치 틀렸도다.

쯧!

主人公諾心耶佛　非佛非心亦非物
畢竟安名喚作誰　喚作主人早埋沒
咄

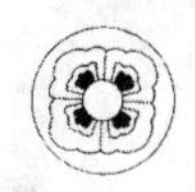

김선배께 답함

아상(我相)과 인상(人相)의 산 아래선
삼독(三毒)을 만나고,
역경(逆境)과 순경(巡境)의 길에서는
팔풍(八風)을 만나지요.

혹업고(惑業苦)가 어지러워
제지하기 어려우면,
마땅히 자주자주

주인공(主人公)을 부르시라.

答金先覺

我人山下逢三毒　逆順途中遇八風
惑苦紛然難制止　也宜頻喚主人公

* 我人 : 四相 가운데의 我相과 人相을 가리킴.
* 三毒 : 貪, 瞋, 癡의 총칭.
* 逆順 : 逆境과 順境을 뜻함.
* 八風 : 利, 衰, 毁, 譽, 稱, 譏, 苦, 樂의 총칭.
* 惑苦 : 惑, 業, 苦의 三道를 줄여서 쓴 말임.
* 主人公 : 참된 나로 곧 眞我, 佛性을 뜻함.

종둔상인(宗鈍上人)이 공양(供養)을 알리는 망치를 만들고 게송(偈頌)을 구하길래

아침마다 밥 익고
죽 익을 때,
천지를 진동하며
망치 한 번 내리친다.

수많은 성령(聖靈)들이
손 ― 한 글자 결락(缺落) ― 을 따르니,
배불리 코고는 곳에
길이길이 굶주림 잊으리라.

宗鈍上人 造飯子槌 求頌

朝朝飯熟粥成時　動地驚天下一槌
萬聖千靈隨手□　飽齁齁地永忘飢

* 萬聖千靈隨手□ : 원본에는 '手' 아래 □자리에 '?'가 되어 있는데, 아마도 筆寫하는 과정에서 무슨 글자인지 잘 몰라 표시해 둔 듯하다.

목련

잎을 보고 처음에는
감인가 의심했고,
꽃을 보고 다시금
연꽃인가 여겼도다.

어여쁘다!

정해진 상(相) 없어서,
양두(兩頭) 끝에
떨어지지 않음이여.

木蓮

見葉初疑柹　看花又是蓮
可憐無定相　不落兩頭邊

* 兩頭 : 有와 無, 是와 非, 迷와 悟 등의 대립적인 견해를 가리키는 말임.

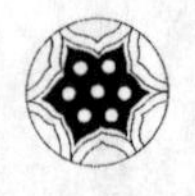

주장자(柱杖子)를 주신 분께 감사하며

울퉁불퉁 서려 있는
모습이 용과 같아,
손에 넣자
기운이 솟아나니.

천지를 머금었다 뱉었다
못함이 없을 듯,
갑자기 번개치고 비오다가

문득 갠 하늘 만들리라.

謝人惠柱杖

輪囷鹿縮狀如龍　入手令人氣轉雄
呑吐乾坤無不可　忽然雷雨忽晴空

소쩍새 울음을 듣고 시를 지어 대중들에게 보여 줌

좋은 세월 헛되이 보내는 건
마땅히 한탄해야 할 일,
여러 사람들에게 항상 권하나니
언제나 참선(參禪)하길 서두르라.

울어 울어 피울음 울어도
들어 보려 않는다면,
종일토록 입에다가
자물쇠를 채워도 괜찮으이.

聞子規示衆

應嗟虛度好光陰　常勸諸人急急參
啼得血流無採聽　不防終日口如鉗

올빼미를 빌어 사냥을 즐기는 중들을 경계하는 뜻을 담아 지음

이미 허공 속에
노니는 것 즐길 수가 있거늘,
어찌하여
마을의 한가운데 서성이뇨?

갑자기 기왓장을 불러올까
도리어 두렵거늘,
몸과 목숨 모두 갖다
애들 손에 맡겼구려.

賦鵋誡遊獵僧志

旣能遊戲虛空裡　何用盤旋聚落中

却恐忽然招瓦礫　全持身命付兒童

둔상인(鈍上人)께서 영신암(靈神庵)으로 돌아가시는 것을 전송하며

영신암(靈神庵) 누각 위는
정신을 평안케 하기 좋아,
내 돌아가
이 몸을 맡겨 볼까 싶은 곳.

그런데 부럽도다!
상인(上人)께서 나보다 먼저 가셔,
물가 바위 아래에서
천진(天眞)을 실컷 누리시려 한다니.

送鈍上人歸靈神庵

靈神臺上好安神　我欲歸歟寄此身
却羨上人先我去　水邊巖下恣天眞

* 天眞 : 不生不滅의 참된 마음. 또는 꾸밈이나 거짓 없는 自然 그대로의 깨끗하

고 純眞함.

금강암(金剛庵)에 머무르며 지음

—다섯 수(首)로, 서(序)가 있음.

이 산은 보배로워서 세상에서 '금산(金山)'이라고들 부른다. 방액(榜額)을 삼을 만한 돌이 있는데, 세속에서는 '이맛돌〔額石〕'이라고 부른다. 암자를 창건하신 장자(長者)께서 항상 『금강경(金剛經)』을 읽으셨으므로, 그 불경의 이름으로 암자의 편액을 삼았다. 겁화(劫火)가 털끝 같은 세상을 다 태우더라도 이 암자는 이 산중에 옛 모습 그대로 남아 있을 것이다.

남대(南臺)의 석액(石額)

금산의 석액(石額)이
바위 위에 걸렸으니,
어느 누가 산 앞에 이르러서
계곡 입구를 잃겠는가?

이끌리어 찾아온 사람들이
높이 눈을 들어 보면,

길을 잃고 연기나는 마을로
달려가진 않게 할 걸.

留題金剛庵 五首 幷序

此山可寶 世號金山 有石可榜 俗名額石 刱庵長者 常讀金剛貝經 題以爲庵額 劫火洞然毫末盡 此庵依舊此山中者乎

南臺石額

金山石額掛雲根　誰到山前昧洞門
引得來人高着眼　免敎迷路走煙村

* 貝經 : 佛經을 뜻하는 말로, 종이가 없던 시절 貝多羅樹 잎사귀에 佛法을 적었던 사실에서 기인함. 貝多羅, 貝葉, 貝多 등으로 불리기도 함.

돌로 만든 선상(禪床)

당양대(當陽臺) 위
돌로 만든 선상(禪床)은,
높고 커서 어느 누가
헤아려 볼 수 있으랴?

돌이켜 비야(毗耶)의
노거사(老居士)를 비웃나니,

구구하게 힘을 써서
부처 능력 빌렸다나.

石禪床

當陽臺上石禪床　高廣何人解度量
飜咲毗耶老居士　區區費力借燈王

* 毗耶老居士 : 毗耶는 곧 毗耶離城, 老居士는 維摩居士. 유마거사가 거처하던 곳이 바로 비야리성이었음. 『維摩經』에 의하면, 病中에 방문한 大衆들을 위해 유마거사가 神通力으로 處所를 넓혀 맞이하고 香積如來로부터 밥을 얻어다가 먹였다고 함.
* 燈王 : 부처의 또 다른 이름.

동대(東臺)에서

푸른빛 시들고 누른빛 성하게
밭과 들이 열린데다,
푸른 바다 꺼지고 비취 산 솟아나
바다와 산 첩첩코나.

가장 아름다운 건
천첩 바위 위에 가파르게 서서,
구름에 기대 앉은
만 년 묵은 소나무.

東臺卽事

綠瘦黃肥田野濶　蒼凹翠凸海山重
最憐壁立千巖上　坐依和雲萬歲松

서대(西臺)에서

바람 없는 땅을 향해
터를 잡아 누대를 지었으니,
밤이 다 지나도록
달님을 볼 수 있게 하였구나.

말 전해다오,
계곡 입구 흰 구름아!
왕래하는 사람들로 하여금
자주 찾아들지 말라고.

西臺卽事

修臺占向無風地　圖得終霄看月輪
寄語白雲開谷口　莫敎頻入往來人

굽은 잣나무

살지도 죽지도 않아
목숨은 끝이 없고,
굽혔다가 폈다가
변통을 다 갖췄네.

너 예쁘구나! 낭떠러지 바위에서
깊은 흥취 얻어서,
울긋불긋 꽃들 따라
봄바람을 다투지 않음이.

卷栢

不生不死壽無窮　能卷能舒具變通
愛汝隈巖得幽趣　不隨紅紫鬪春風

느낌이 있어서

봄풀 푸르다가
가을 되면 누렇고,

구름 덮인 계곡은 아침에 부옇다가
저녁 되면 거무스레 변하나니.

아, 어느 누가 예뻐나 해주는가?
뒤틀어진 한겨울의 소나무가
만고(萬古)에 푸르러
변함없이 한 빛임을.

感興

春秋草色青黃　旦暮雲谷白黑
誰憐偃蹇寒松　萬古青青色一

좌우명(左右銘)

보살들아
보살들아!
내 항상 머리를 문지름은
깊은 까닭 있어서라.

머리를 문지르며

이리저리 헤아리니,
나가고 처하는 본래 뜻은
무엇을 하잔단가?

모양은 중이면서
마음이 속(俗)이라면,
하늘 땅에
부끄럽지 않을쏜가?

거친 행동 미친 말을
네 멋대로 한다면,
확탕(鑊湯) 노탄(爐炭) 지옥(地獄)을
어찌 회피할 수 있겠는가?

左右銘

菩薩子菩薩子　　常自摩頭深有以
摩頭因得審思量　　出處本意圖何事
僧其相貌俗其心　　可不慚天而愧地
麤行狂言任爲汝　　鑊湯爐炭何回避

* 이 시의 題目은 「左右銘」이 아니라 「座右銘」이 옳다고 여겨지는데, 여기서는 그냥 原文에 따라 「左右銘」을 제목으로 삼았다.
* 鑊湯爐炭 : 지은 罪에 따라 끓는 물에 삶기는 고통과 숯불에 달궈지는 고통이 가해지는 鑊湯地獄과 爐炭地獄을 각각 이르는 말임.

등자(橙子)를 보내 줌에 스승이 소나무 가지를 꺾어 준다는 시를 지어 답함

은근하게 나에게
둥그레한 과일을 보내 주니,
무척이나 향기롭고
빛깔 더욱 기이코나.

아! 이 산중에 나는
가진 것이 없으니,
그대 위해 추운 땅의
푸르른 솔가지를 꺾어 보내노라.

作詩送橙子師折松枝答之

慇懃投我團圝菓　氣甚馨香色甚奇
嗟我山中無所有　爲君拈出歲寒地

* 橙子 : 등자나무 열매로, 주황색 빛을 띰.
* 歲寒 : 『論語』의 '歲寒然後 知松栢之後凋也'라는 구절에서 온 말임.

후생(後生)들을 훈계하는 시

망녕된 짓
미친 듯이 막힘 없나니,
다투어
오롯하게 앉으라.

대가(大家)들은
한결같이 면벽(面壁)해서,
소림선(小林禪)에
참여하여 얻었음을.

誡後生

妄作狂無碍　爭如坐兀然
大家齊面壁　參取小林禪

* 小林禪 : 達摩大師가 小林窟에서 9년 동안 面壁 參禪을 통해 깨우침을 얻었던 일을 가리킴.

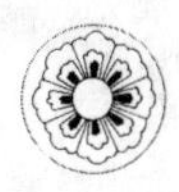

시자(侍者) 네 사람이 게송(偈頌)을 구하길래

희조(希祖)에게 보여 줌

마음을 깨달아야
큰 도에 이르나니,
범인(凡人)과 성인(聖人)은
한데 묶을 수 없는 법.

희구(希求)하면 곧
조사(祖師) 될 수 있나니,
끊임없이 바다 향한 시냇물을
배우도록 하거라.

侍者四人求頌

希祖

通心達大道　凡聖不同纏
希則可爲祖　還如學海川

현담(玄湛)에게 보여 줌

미혹의 바람이
깨우침의 바다를 일렁이니,
깨우침의 바다에
빈 물거품 생겨난다.

빈 물거품에
삼유(三有)가 들어붙어,
삼유가
잠시 동안 머무른다.

바람이 잠들면
물결은 저절로 고요하고,
거품도 사라져서
생겨날 수 없도다.

잠잠한
절벽의 물가들,
돌아봐도
물결은 아득키만.

示玄湛

迷風動覺海　覺海生空漚
空漚着三有　三有暫停留

風怗浪自靜　漚滅無從由
湛湛絶涯涘　顧之浪悠悠

* 三有 : 欲有, 色有, 無色有의 통칭. 또는 生有, 本有, 死有의 통칭으로 여기서 는 후자의 뜻임.

요묵(了嘿)에게 보여 줌

마음 항상 슬기롭고
입은 항상 닫고 있어,
장차 바보랑 짝할 듯하니
비로소 방편(方便)을 얻었구나.

스승의 문하에서
뛰어난 재주 내보이질 않으니,
이는 한 소식 하는데
아주 좋은 방편이라.

示了嘿

心常了了口常嘿　且作伴癡方始得
師佾藏錐不露尖　是名好手眞消息

* 藏錐 : '囊中之錐'의 故事에서 온 것으로, 재주가 있는 사람은 주머니 속의 송곳과 같아서 송곳 끝처럼 저절로 그 재능이 드러난다는 뜻임.
* 好手 : 좋은 방편.

* 眞消息: 해탈. 한 소식.

자한(自閑)에게 보여 줌

종일토록 청산은
흰 구름 속에 있고,
흰 구름은 하루 종일
청산에 있도다.

산이 구름을 돌아보지 않아도
구름은 산을 좋아하니,
산과 흰 구름
모두가 스스로 한가하다.

示自閑

終日靑山在白雲　白雲終日在靑山
山不顧雲雲戀山　山與白雲具自閑

구산조사(九山祖師)를 모두 찬미함

법을 위해 몸을 잊고
큰 바다를 건너심에,
아홉 등불 이때부터
온 세상을 비췄도다.

후손들은 이로부터
돌아보질 않지만,
신령스런 빛 벌써
숨겨지진 않았도다.

九山祖師都贊

爲法忘身越大洋　九燈從此曜諸方
兒孫自是不回顧　未必神光已覆藏

* 九山祖師: 九山禪門을 연 開山祖師들.

보조국사(普照國師)를 찬함

우뚝한 한 좌석이
크나큰 수미산(須彌山),
끝없는 풍파에
잠시도 기울어짐 없어라.

청정한 불일(佛日)은
널리 광명을 비추시나,
먼저 우리 나라 쪼이셔서
혼미함을 깨쳤도다.

普照國師贊

巍巍一座大須彌　無限風波不暫攲
放普光明淸淨日　照先東土破昏迷

* 須彌 : 須彌山. 古代 印度人들의 宇宙觀에 의하면, 世界의 한복판에 있다는 산임.
* 東土 : 우리 나라를 지칭하는 말임.

산중사위의(山中四威儀)

산 속을
걷노라,
한없이 맑은 바람
걸음마다 생겨나네.

천 봉 만 봉 모두 다
밟고서 다니노니,
한 자루 지팡이가
여기저기 다 따랐네.

山中四威儀

山中行　　無限淸風步步生
蹋盡千峰萬峰去　　一條榔栗任縱橫

* 四威儀 : 부처의 가르침에 맞게 일상에서 행해지는 동작인 行, 住, 坐, 臥의 총칭임.
* 一條榔栗 : 榔栗은 즐률나무로, 지팡이를 만드는 데 적합한 재료로 자주 쓰였음. 雲門禪師도 "天親菩薩 無端變作一條榔栗"이라는 말을 남긴 바 있음.
* 이 시는 모두 네 首로 구성되어 있는바, 원문에는 '山中行', '山中住', '山中坐',

'山中臥'가 모두 小題目으로 設定되어 있다. 그러나 각각 네 작품들의 韻字를 살펴보면 이들은 소제목이라고 하기보다는 모두 각 편의 첫 구절로 보아야 옳다.

산 속에
사노라니,
단지 그저 그럭저럭
아침 저녁을 보내누나.

야윈 학과 우뚝한 소나무는
서로 무리가 다르지만,
숨어 사는 정취를
상큼하니 스스로 얻었다오.

山中住　　　　　只麽騰騰過朝暮
瘦鶴翹松類不齊　　洒然自得幽居趣

산 속에
앉노라니,
곁에 오직 나를 모시는
또 다른 목상좌(木上座).

종일토록 바보처럼
묵묵히 말 없다가,

종전의 한담(閑談)들을
비로소 뉘우치네.

山中坐　　侍側唯餘木上座
憨憨終日嘿無言　　始悔從前閑說話

* 木上座 : 여기서는 좌선(坐禪)할 때 쓰는 나무로 만든 의자, 곧 禪床을 가리킴.

산 속에
눕노라니,
종래 한가했던 일들을
이제서야 깨닫노라.

옷 입은 채로
해 뜰 때까지 자지만,
모름지기 머리 잃은
미치광이 연야(演若) 닮진 않으리라.

山中臥　　頗覺從來得閑暇
和衣打睡到天明　　無須迷頭狂演若

* 演若 : 『능엄경』에 나오는 演若達多라는 美人의 이름. 그 여인이 거울을 통해 자신의 아름다운 얼굴을 바라보다가 문득 거울을 치움에 자신의 진면목이 사라지자 거울 속에 비쳤던 자신의 얼굴이 귀신이라고 여겨서 미쳐 달아났다고 함.

암자에서 빗소리를 듣다가

길에서 말 달릴 땐
당연히 비오는 게 싫었지만,
암자 속에 편히 앉았을 땐
모름지기 개지 않아도 된다오.

고맙게도 날이 개면
한가로이 유람할 수 있으리니,
처마 끝에 물방울 떨어지는 소리를
고요한 마음으로 듣는다오.

庵中聽雨

路上趨馳應厭雨　庵中燕坐不須晴
因慈歇却閑遊覽　靜聽簷頭滴瀝聲

중사(中使) 유규(庾珪)에게

나는 한 암자에 머무르며
편계(遍界)를 다니거늘,
그대는 만리를 행하면서
일신(一身)의 편안에만 머무누나.

머무는 바 없이 머무르고
행하는 바 없이 행하면서,
이 어떤 사람인가
스스로를 자세히 살피시라.

示中使庾珪

我住一庵行遍界　君行萬里住安身
住無住相行無相　仔細看詳是甚人

* 中使 : 朝廷에서 온 사신. 內使.
* 遍界 : 極樂 주변의 世界.

여름날 감원(監院)에서 처마를 고쳐 주려 하기에 시를 지어 거절함

삼복(三伏)의 더위가 사람을 푹푹 쪄서
시루 속에 앉았는 듯,
사지(四肢)에 줄줄 땀 흐르는 게
끓는 물을 덮어 쓴 듯.

소나무 잘라다가
짧은 처마 고치기를 허락하지 않는 것은,
맑은 밤의 달빛이
당(堂)에 가득 차는 것이 좋아서라.

暑月監院欲補簷　作詩去之

三伏蒸人如坐甑　四肢流汗似澆湯
短簷不許裁松補　爲愛清宵月滿堂

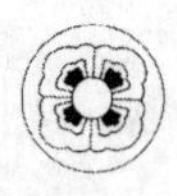

겨울날 석상암(石上庵)에서 자다가

돌부리 솟아난 험한 길이
걷기조차 어려우니,
대지팡이 이 몸을 따르다가
도리어 넘어져 자빠졌네.

하물며 날 추워져
얼음에다 눈까지 잦으니,
응당 석상암에
사람들 찾아들지 않으리라.

冬日寄石上庵

石頭路嶮足難措　竿木隨身猶蹉倒
況須天寒氷雪多　故應石上無人到

요자사(聊自寺)에서 자면서

불현듯
옛 절을 떠나서,
부질없이
먼 길의 나그네가 되었도다.

이제 오늘
그대를 지목해서 보나니,
몇 사람이던가?
스스로 할 바를 아는 사람이.

宿聊自寺

無端離古寺　枉作遠遊子
今日指君看　幾人知所自

신묘년(辛卯年) 팔월(八月)에 인홍사(仁弘寺)에 들렀다가 벽에 쓰인 시(詩)의 운(韻)을 빌려

푸르른 대나무는
깊은 뜰에 가득하고,
해맑은 바람은
낮은 담에 불어든다.

높다란 가을 하늘
해 짧아 안타깝고,
좋은 밤은
시간 길어 좋을씨고.

꽃비는
방장(方丈)을 두르고,
구름은
많은 향내 여는도다.

한 닷새

장구(杖屨)를 머무름에,
따뜻하게 대해 주어
오랠수록 더욱더 빛나는 듯.

辛卯八月 過仁弘寺 次壁上韻

綠竹滿幽苑　淸風入矮墻
高秋惜日短　良夜愛更長
花雨繞方丈　供雲開衆香
半旬留杖屨　慰對久彌光

* 方丈 : 사방이 1丈인 禪寺의 住持 處所를 가리키는 말임.

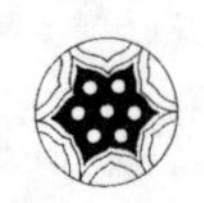

무위사(無爲寺) 공장로(恭長老)와 차를 마시며

무욕(無欲)과 무위(無爲)를
항상 스스로 지키면서,
세간(世間)의 가업(家業)
흥망을 맡았다오.

돌아볼 줄 모르고

앞만을 바라다보았으니,
도리어 앞으로
큰 허물을 불러올까 두렵다오.

茶無爲寺恭長老

無欲無爲常自守　世間家業任肥瘦
不知顧後但瞻前　却恐當來招大咎

* 當來 : 이제부터, 앞으로. 혹은 未來, 來世.

대소상인(大素上人)께 답하여

다만 도(道)와 행실이
참된지, 안 그런지나 알려 하고,
겉모습이
말랐나 안 말랐나는 살피지 마시게나.

기이토다!
강직한 늙은 선화(禪和)여,
기의(機宜)를 잘 분별하고

길흉(吉凶)을 잘도 아시누나.

答大素上人

但知道行眞非眞　莫管形骸瘦不瘦
奇哉强項老禪和　善別機宜識休咎

* 强項 : 목덜미가 강해서 쉽사리 고개를 숙이지 않는다는 뜻으로, 강직함을 이름.
* 禪和 : 參禪을 하는 사람. 和는 친근한 사람을 이르는 말임.
* 機宜 : 중생에게는 본래부터 지니고 있던 善根이 있어서 敎化에 便宜하다는 뜻임.
* 休咎 : 吉凶 또는 禍福.

연지(蓮池)에서

어지러운 잎사귀 여기저기
푸르른 일산으로 흔들리고,
예쁜 꽃 곱디 곱게
부처님 모습으로 솟았구려.

기이토다!

흙탕물 속에 살아 있음이여,
흙탕물은 어떻게
그 방편을 얻었느뇨?

蓮池

亂葉田田搖翠盖　佳花濯濯湧金仙
奇歟生在激泥水　泥水何曾着得便

* 金仙 : 부처를 이르는 또 다른 칭호.

연꽃 처음 터짐에
맑은 향기 뿜어내고,
빛나는 색 선명하게
남다름을 둘렀구나.

우습도다! 모란이
좋은 이름 훔침이여,
사람들에 굳센 향 풍기어
꽃 중의 왕 되었구려.

藕花初坼濆淸香　光色鮮明逈異常
堪笑牧丹偸勝號　被人剛嗅作花王

* 花王 : 모란의 別號.

가을날의 느낌

서풍이
깊은 숲에 불어오니,
가을빛은
어느덧 나뭇잎에 오른다.

이를 보고 느끼나니
백 년 사는 몸뚱이에,
늙음이 찾아듦이
어찌 그리 빠른고?

秋感

西風吹幽林　秋色忽上葉
感此百年身　老來何大捷

구승통(球僧統)께 답함

천명(天命)을 알아 즐김에
근심조차 잊었거늘,
하물며 산마저 거저 얻어
따뜻한 데 사시다니.

다행히도 오랜 세월 한가롭게
하루 해를 보내시고,
기쁘게도 일이라곤 없으셔서
깊은 도에 드시도다.

둘러 솟은 암벽들 그림같이 바라봄에
흥 절로 솟게 하고,
호수와 산 몸소 대해 봄에
하물며 근심이 있을쏜가?

귀양살이 오히려
좋은 곳 되었으니,
조용하고 편안하다
죄수 닮지 마소서.

答球僧統

樂天知命可忘憂　　況不買山居湲洲
幸得長閑消白日　　快因無事入玄樞
晝看屛簇猶媒興　　親對湖山矧有愁
遷謫返爲美處　　莫將安穩類幽囚

* 僧統 : 僧官의 이름으로 시대마다 맡은 역할이 각기 달랐는데, 고려 시대에는 敎宗의 最高 法階를 가리키는 말이었음.
* 玄樞 : 오묘한 眞理나 道.
* 이 시 가운데 '遷謫返爲美處' 구절은 아마도 '美'자를 중심으로 앞이나 뒤에 한 글자가 缺落된 것으로 여겨진다.

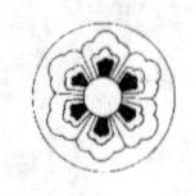

또

얻었다고 무엇을 기뻐하며
잃었다고 무엇을 근심하랴?
근심과 기쁨이란
생사의 바다를 벗어나지 못한 것.

스스로 영욕이라 느끼는 건
그림자나 메아리 같은 것을,

중요한 건 모름지기 언행을
기추(機樞)처럼 삼갈 일.

확탕(鑊湯)의 지옥서도
천 가지 고통을 견뎌낼 수 있으며,
신선 사는 섬에서도 도리어
아주 많은 근심을 품고 있는 법.
—이하 두 구절이 결락(缺落) 되었음

又

得之何喜失何憂　　憂喜不離生死洲
自感辱榮如影響　　要須言行愼機樞
鑊湯可忍千般苦　　仙島猶懷萬斛愁
□□□□□□□　　□□□□□□□

*機樞 : 가장 중요한 어떤 한 부분이나 일을 뜻하는 말임.
*萬斛 : 10말〔十斗〕을 斛이라고 하므로, 萬斛은 아주 많은 양을 가리킴.
* 이 시는 전체적인 構成으로 보아 마지막 두 句節이 缺落된 것으로 여겨진다.

본사(本師)를 뵈러 가는 수행자를 전송하며

산이 부르지 않아도
구름은 스스로 원해서,
모름지기 한 오라기 실낱이나
터럭만큼 떨어짐이 없도다.

送行道者歸覲本師

山不招雲自願　須不隔一絲毫

* 本師 : 몇 가지 뜻이 있는데, 여기서는 처음 出家할 때 削髮하고 戒를 준 스승이나 혹은 지식과 학문을 가르쳐 준 스승을 가리키는 듯함.
* 이 시는 완전한 형태로 남아 전해진 것으로 보기는 어렵고, 落句인 듯싶다.

세심정(洗心亭)에서

—서(序)가 있음.

일암거사(逸庵居士) 정공(鄭公) 분(奮)이 노계(老溪)에다 정자를 지었는데, 비록 마을에 있지만 빼어난 경치가 볼 만했다. 편액을 찾아보니 보이지 않길래 그 까닭을 물었다. 대답이 "다만 스님이 명명해 주시기를 기다렸을 뿐입니다" 하였다. 내가 그 아름다운 풍치를 보고 '세심(洗心)'이라 명명하였으니, 대개 높고 큰 소도원(素道院)의 정자에서 이름을 취한 것이다. 또 고덕(高德)의 시에서 '상(像)이 있으면 그림자에서 벗어나기 어렵다'라고 하였으니, 사람마다 마음을 닦지 않을 수가 없다는 뜻이다.

이상스런 과수(果樹)에다 이름난 화초들이
제각각 기이함을 뽐내고,
무성한 수풀에 곧게 솟은 대나무들
모두 서로 어울리네.

세심정 물가에
수많은 발길들,
단지 없는 건 외로운 원숭이가
매번 시간을 알리는 일.

題洗心亭 并序

逸庵居士鄭公奮 揚老溪亭 雖在里閭 形勝可愛 尋其額則蔑如也 問其故 對曰只待師之命之耳 予相其佳致 乃名之曰洗心 蓋取高大素道院之亭也 亦取古德詩云 有像難逃影 無人不洗心之意也

異菓名花各自奇　茂林修竹摠相宜
洗心亭畔千般足　只欠孤猨每報時

* 古德 : 古聖先德의 준말로, 옛날의 德이 높은 僧侶들에 대한 尊稱.

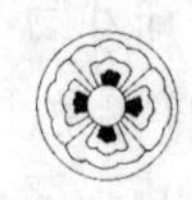

달을 읊음

구름 있으되
달빛은 언뜻 밝고,
물 없자
달그림자 되레 없네.

서쪽으로 가라앉음
의아 마소,
내일 밤 또다시

동에서 솟으리니.

詠月

有雲光乍晴　無水影還空
莫訝西沉去　明宵又出東

비가 온 뒤

기이한 새 소리소리
깊은 골에 메아리지고,
흰 구름 조각조각
푸른 산에 무너진다.

비 개인 뒤 정좌(靜坐)하니
사람마다 일이 없고,
구름도 무심한데
새만 홀로 바쁘구나.

雨後

怪鳥聲聲響幽谷　白雲片片彪青山
雨後靜坐人無事　雲自無心鳥未閑

봄 장마에 장난삼아 지음

울긋불긋 향긋한 꽃
불쌍도 하지,
온 봄 내내
비 안 온 적 없었으니.

하늘께선 어찌하여
맑은 날씨 아끼시사,
좋은 날은 잡아두어
꽃 묘판을 망치시나?

春霖戲作

紅紫芳菲事可悲　三春無日不淋漓
天上何用偏枯手　只管淸平破花罹

교룡은 웅크리고 벌은 숨어
남 모르게 슬픔에 젖고,
꽃잎은 근심하고 나뭇잎은 원망해서
눈물만 하염없이 주루룩.

봄 찾는 길목을
하늘께서 막고 끊어,
울타리 꽃그늘에
두건 뒤집어쓴 구경꾼 전혀 없네.

螭縮蜂藏暗自悲　紅愁綠怨淚淋漓
天敎塞斷尋春路　花下無人倒接䍦

* 倒接䍦 : 李白의 「襄陽歌」 가운데 한 구절인 "倒着接䍦 花下之迷"를 따다 쓴 대목으로, 接䍦는 두건의 일종을 가리킴.
* 원문에 위 시들은 한 首로 수록되어 있으나, 운으로 보아 두 首로 분리해야 옳다.

물가에서

맑게 괸 물가에

우연히 이르르니,
머리 가득 백발이
사람을 놀래키네.

세상 일도 근심 않고
내 일도 근심치 않았는데,
어느 누가 흰 털 길러
자라나게 하였는고?

臨水

偶爾來臨止水清　滿頭霜雪使人驚
不憂世事兼身事　誰得栽培白髮生

눈

검은 구름 문득 일어
조각을 이루더니,
모르는 새 갑자기
더욱 가득하구나.

어지러이 내리는 눈
쉴 사이가 없더니만,
대지가 일시에
흰 빛으로 찬란토다.

아마도 하늘의 바람이
추위를 떨치어,
은하수 물결을 번뜩이며
사방으로 흩어져 내리는가?

넓은 하늘 흩어져 내리어
언덕은 없어지고,
중도에 삭풍 만나
어지러이 날리며 떨어지는가?

雪

陰雲乍起成片段　不覺須臾忽彌漫
紛紛下雪無間斷　大地一時光燦爛
或恐天風蕩天寒　漢水飜波飛四散
散下長空絶涯岸　中遭朔吹吹零亂

* 漢水 : 은하수를 가리킴.

자잘하게 얼어서

풀리지 않으면서,
흩어져 꽃으로
온누리에 팔랑팔랑 날리는가.

항아가 눈빛을 시샘해서
빛남을 다투는 듯,
희씨(羲氏)와 화씨(和氏)가 해와 달을 묻고서
달아나 숨은 듯.

숲에는 어느 가지
어느 줄기 할 것 없이,
구슬 같은 설화(雪花)에다 옥 같은 나무가
어찌 그리 찬란한고?

산중에서 우연히
좋은 경치 만남에,
눈〔目〕이 취하고 마음이 무르녹아
오래도록 읊조리며 구경하네.

凍成細細未云泮　散作飛花飄浩汗
姮娥妬色爭輝煥　羲和埋光似逃竄
林無空枝與徒幹　瓊花玉樹何璀璨
山中偶爾得壯觀　目醉心酣久吟翫

* 羲和 : 堯임금 시절에 曆法을 관장하던 羲氏와 和氏. 太陽을 부리는 사람이란 뜻으로도, 日月을 가리키기도 함.

황룡사(黃龍寺)의 탑(塔)에 올라

한 층을 다 본 뒤에
또 한 층을 올라 보니,
걸음걸음 높이 오를수록
점차 멀리 보이누나.

지면이 평탄해서
평평키가 깎아서 놓은 듯,
고달픈 백성들의 부서진 문짝
차마 보기 어려워라.

登黃龍塔

一層看了一層看　步步登高望漸寬
地面坦然平似削　殘民破戶不堪觀

최상서(崔尙書)가 청동병(青銅甁)을 주신 것에 감사하는 시를 차운(次韻)함

지혜의 물 기울여 올 때
만물이 저절로 녹아들어,
개중에는 별 일 없이
받아들이기도 했었지요.

이제부터 몸과 마음
깨끗하게 씻어서,
명리(名利)의 티끌들이
나를 덮지 못하게 하리이다.

次謝崔尙書青銅甁

智水傾來物自鎔　箇中無事可相容
從玆洗得身心淨　利垢名塵莫我蒙

신묘년(辛卯年) 삼월 초길일(初吉日)에 보문사(普門寺)에서 묵다가 보조국사(普照國師)의 옛날 은한방(隱閑房)을 보고 판액(板額) 위에 있는 시를 차운(次韻)해서 슬피 사모하는 마음을 적어 봄

한가한 방안에서 우리 선사(先師)
곰곰이 그려 보니,
일찍이 이 산중에
누에고치 하나가 되셨도다.

적막을 두드려 매양
선실(禪室)의 고요함에 틀어박혀,
인연 잊어 영원히
세상 길에 분주함을 등지셨지.

그러나 불조(佛祖)께는
진정한 아들 노릇 하셨으며,
어렵사리 불법(佛法)에 접한 사람들을
성불(成佛)토록 하셨도다.

오로지 한스러운 건

겨우 오십 세를 누리셔서,
우리 도(道)가 성행할 때
보지 못하심이라.

辛卯季春初吉 宿普門寺 見先國師舊隱閑房 次板上韻 以悲慕之志

閑房綿想我先師　曾此山中繭一枝
扣寂每扃禪室靜　忘緣永背世途馳
能於佛祖爲眞子　解化盲龜作大醫
惟恨享年纔半百　未看吾道盛行時

* 先國師 : 修禪社를 일으킨 普照國師 知訥(西紀 1158~1210)을 가리킴.
* 盲龜 : 衆生이 사람의 몸을 받아 佛法을 만나기가 무척 힘들다는 것을 뜻하는 내용으로, 큰 바다 한가운데의 눈 먼 거북이가 물에 떠 있는 나무의 구멍을 만나는 것처럼 어렵다는 비유.
* 大醫 : 부처의 또 다른 이름.

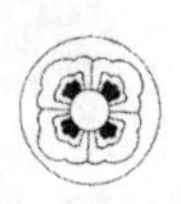

선방(禪房)의 일몰대(日沒臺)에서 삼가 선사(先師)의 시를 차운(次韻)함

천길 되는 바위 병풍은
구름을 등에 지고 펼쳐졌고

만리의 산과 내는
이 누대(樓臺)로 모이누나.

만약에 상(湘)의 — 한 글자 결락
진면목을 볼 수 있다면
붉은 해 서쪽으로 지지 않는다는 걸
정녕코 알 수 있으리.

禪房日沒臺 奉次先師韻

巖屛千仞倚雲開　萬里山川湊一臺
若見湘眞面目　正知紅日不西頹

* 이 시 가운데 "若見湘眞面目" 구절은 아마도 '湘'字의 앞이나 뒤에 한 글자가 缺落된 것으로 여겨진다. 原本의 欄 밖에 "湘 아래에 力이 빠진 것이 아닌가〔湘下疑脫力〕"라는 註가 달려 있다.

「간경빈도자(看經貧道者)」 시를 차운(次韻)해서

나는 청산을 사랑하지
명예는 사랑하지 않나니,

고요히 청산을 대하며는
혼탁한 망념(妄念)을 잊을 수가 있는 걸.

앉을 때는 앉은 대로 안온하고
누울 때는 누운 대로 안온하며,
높은 곳에선 높은 대로 평안하고
낮은 곳에선 낮은 대로 평안하네.

독경 소리 아득하게
구름 밖에 떨어지고,
훤히 밝은 조사(祖師)의 뜻
풀 위에 분명코나.

송곳으로 뀀 옛 종이
다할 때가 없으리니,
지난 길 따라가면
길 쉽게 갈 수 있으리라.

次看經貧道者韻

我愛青山不愛名　青山靜對可忘情
坐時坐穩臥時穩　高處高平低處平
落落梵音雲外落　明明祖意草頭明
鑽地古紙驢年去　撞着從來路便行

* 情 : 여러 가지 뜻이 있는데, 여기서는 혼탁하고 망녕된 생각이란 뜻으로 쓰인

듯함.

* 梵音 : 부처의 가르침. 독경 소리. 맑고 깨끗한 부처와 보살의 목소리.

* 驢年 : 12支 중에서 당나귀 해는 없다는 뜻에서, 그런 때가 없다는 뜻으로 쓰임.

지장(地藏) 일승통(一僧統)의 시에 삼가 화답(和答)함

세상의 문자(文字)와
명성(名聲)이란 것들은,
이것들은 속정(俗情)에나 통하나니
속정에다 맡깁시다.

알음알이 버리고 식견도 버리면
마음 밝게 드러나고,
바람 자고 파도 자면
바다는 맑고 평안해지지요.

덕산(德山) 스님께선
『금강경(金剛經)』을 불살라 없애시고,
용담(龍潭) 스님께선
종이 촛불 불어서 끄셨지요.

길은 멀고 밤 길다고
횃불 들길 그만두고,
불어서 꺼버리고
차라리 암중행(暗中行)을 하시지요.

奉和地藏一僧統

世間文字與聲名　任是情通也屬情
解絶見止心顯現　風靜波息海淸平
鑑師燒了金剛疏　信老吹消紙燭明
路遠夜長休把火　不如吹殺暗中行

* 鑑師 : 俗名이 宣鑑이었던 德山 스님을 가리킴. 항상『金剛經』을 강하여 周金剛으로 불렸는데, 일찍이 길가의 떡 파는 노파의『금강경』뜻을 묻는 질문에 답변하지 못하고 노파의 지시로 龍潭에게 가서 크게 깨닫고『금강경』을 불살랐던 일화를 남겼음.
* 信老 : 龍潭 崇信 스님을 가리킴. 노파의 지시대로 찾아온 德山과 이야기를 나눈 후에 紙燭을 주었다가 이내 입으로 불어 꺼 덕산을 깨우치게 한 禪話가 있음. 이 일화를 龍潭紙燭이라고 함.

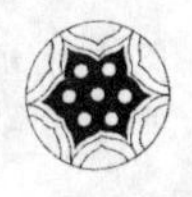

항상 장경(藏經)을 보길래 앞 시의 운(韻)을 빌려 지어 연심상좌(淵深上座)에게 보여 줌

본래부터 형상 없고
또한 이름 없었거늘,
어찌 안배해서
억지를 쓸 것인가?

학의 다리 자르고 오리 다리 이음은
모두 자적(自適) 아니며,
연못을 메우고 산을 깎음도
정녕 평평함이 아닌 것을.

길면 긴 대로 짧으면 짧은 대로
내 분수에 달게 여겨,
낮으면 낮은 대로 높으면 높은 대로
밝게 봐야 한다네.

겨우 사유(思惟)에 들어간들
잘못된 법에 이르나니,
의심하고 망설이는 마음을

잘 가려서 수행하라.

常看藏經故云次前韻 示淵深上座

從來無相亦無名　何用安排强起情
截鶴續鳧非自適　實淵夷岳未眞平
任長任短甘吾分　隨下隨高着眼明
纔入思惟成剩法　狸奴白牯擇修行

* 剩法 : 쓸모가 없는 법.
* 狸奴 : 고양이가 의심이 많은 것을 빗대어 쓴 말임.
* 白牯 : 양이 이리 갈까, 저리 갈까 망설이기를 잘하는 것을 빗대어 쓴 말임.

천거상인(天居上人)의 「우후간산(雨後看山)」 시(詩)에 화답(和答)하여

비가 갠 봄산은
형세가 만 가지나,
가장 아름다울쏜, 푸르름 엉긴 곳에
흰 구름 한가함이여.

흰 구름 흩어진 곳에
묏부리 불쑥불쑥 드러나니,
눈길 다하는 먼 산에
산 너머 산이로고.

和天居上人雨後看山

雨後春山勢萬般　最憐叢翠白雲閑
白雲散處頭頭露　望盡遠山山外山

숨어서 삶

—세 수(首)임

요산(樂山)의 인(仁)을
나누어 얻어,
산을 봄에
정녕 자꾸 새로워져.

눈에 푸르름 보이면
마땅히 깨끗해져,
흉준에

번뇌 일지 않누나.

幽居　三首

分得樂山仁　看山眞轉新
眼綠當在淨　胸次不生塵

* 樂山仁 : 『論語』의 "知者樂水　仁者樂山"에서 따온 말임.

일 많은 구름 보고
고요히 웃음 웃고,
이웃 되는 달님을
한가로이 맞이하네.

구구한
명리(名利)의 길에서
날뛰고 쫓는 자
저들은 뉘런고?

靜咲雲多事　閑邀月作隣
區區利名路　馳逐彼何人

하늘로 천막 삼고
땅으로 자리 삼아,

산으로 병풍 삼고
바위로 벽을 삼아.

일이 별로 없어
몸뚱어리 자적(自適)하고,
땅이 외진 터라
마음 또한 고요토다.

머리털은 장차
구름과 흰 빛을 다투고,
눈은 산과 함께
푸르름을 겨루누나.

天幕地爲席　山屛石爲壁
事簡身自適　境幽心亦寂
髮將雲鬪白　眼共山爭碧

총두타(叢頭陀)가 붉은 꽃, 노란 꽃으로 공양(供養)을 드리길래 이 시를 지어 감사드림

노란 꽃 아리땁게

중도(中道)를 밝히고,
붉은 꽃 어여쁘게
지성(至誠)을 표하누나.

만에 하나 이 두 가지
겸할 수가 있다면,
어디를 간다 한들
성불(成佛)하기 어려우랴?

叢頭陀　以紅黃二色花供養　作此謝之

黃豔明中道　紅葩表至誠
若兼斯二者　何適佛難成

* 中道 : 兩極端 어느 곳에도 치우침이 없는 中正의 道. 五行에서 黃色은 中央 土의 正色에 해당하므로 中道라 한 것임.
* 至誠 : 紅色은 丹心에 비유하여 至誠이라 한 것임.

세상을 민망하게 여겨

—두 수(首)임.

입고 먹는 데 교만하고 사치하며
덕을 닦지 않아서,
농사짓는 남정네와 누에 치는 아낙들
깊은 옥에 갇히었네.

이제부터 온 세상이
추위와 주림 받게 될 것이라,
사람들에 알리노니
믿을 건가, 말 건가?

憫世 二首

服食驕奢德不修 農公蠶母見幽囚
從玆擧世受寒餓 爲報時人信也不

* 結句의 "爲報時人信也不"에서 '不'은 '否'와 통해 쓰는 글자이므로, 원문에 따라 그냥 '不'로 표기하였다.

밭농사, 누에농사 흉년들어
벌써 여러 해인데,
기근이 서로 일고
질병이 잇따르네.

화(禍)란 본래 들어오는 문 없이
사람들이 부르는 것,
자신들 지은 죄는 알지 못해
하늘만 원망하네.

田蠶不熟已多年　飢饉相仍疾疫連
禍本無門人所召　不知自作怨諸天

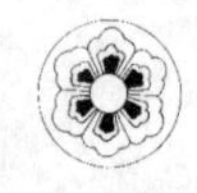

죽존자전(竹尊者傳)

존자(尊者)의 성(姓)은 소(簫)이고 휘(諱)는 쇄연(洒然)이며, 자(字)는 차군(此君)으로, 장사(長沙)의 할아버지이자 옥천(玉泉)의 아우지만, 부모의 관향(貫鄕)은 자세히 알 수 없다.

그는 위수(渭水)의 물가와 상강(湘江)의 언덕에서 놀기를 좋아하여 바람과 달에 취하고 눈과 서리에 배를 불리니 기골이 냉담하고 정신은 맑으며 절개가 높고 격조가 고상함을 대강 알 수 있다. 당(唐)나라의 소

열(簫悅)과 송(宋)나라의 노황(老皇), 문여가(文與可)와 본조(本朝)의 정공(丁公) 등이 모두 진실한 친구로 가장 정이 두텁고 친한데다가, 또 그림을 잘 그려서 그들이 그린 그림은 세상에서 보배로 여겼다.

존자의 덕은 이루 다 기록할 수 없으나, 대강 열 가지가 있다.

첫째, 태어나자마자 곧 빼어난 모습이다. 둘째, 늙을수록 더 굳세어진다. 셋째, 그 무늬가 고르고 굳다. 넷째, 그 성품이 맑고도 시원하다. 다섯째, 그 소리가 즐길 만하다. 여섯째, 얼굴이 볼 만하다. 일곱째, 마음을 비우고서 사물에 응한다. 여덟째, 절개를 지켜 추위를 견뎌낸다. 아홉째, 그 맛이 사람을 기른다. 열째, 많은 재목으로 세상을 이롭게 한다.

그리고 때때로 공양을 베풀어서 상서로운 봉황을 부르기도 하고, 어떤 곳에서는 신통함을 나타내서 사나운 용을 교화하기도 한다. 비록 온 세상에 몸을 나누어 존재하면서도 항상 숭승사(崇勝寺)에 머무는 까닭에 당시의 사람들이 존자(尊者)라는 호(號)를 바쳤다.

어떤 사람이 그에게,

"대개 존자로 불리는 사람들은 이치상 마땅히 허물이 없을진대, 어찌하여 도리어 두 왕후(王后)의 눈물을 받았습니까?"
라고 물었다. 그가,

"얼굴에 뱉은 침도 저절로 마르기를 기다리나니, 하물며 눈물 흔적이 아롱진 것에랴?"
라고 답하였다.

"지혜의 힘이 있고 용맹이 과감하면 속임을 당하지 않는다 하였거늘, 어찌하여 왕이 동마(銅馬)가 되는 것을 용납하였습니까?"
라고 물었다.

"우리네 도(道)가 큰 것을 알려하는가? 물정(物情)을 등지지 않는 것이니라" 하고 답하였다.

"한 번 깨우치면 영원히 깨우쳐 다시는 의심하지 않는 법이거늘, 어찌 하여 다섯 달에 열세 번씩이나 미혹되었습니까?"

"그대는 듣지 못하였는가? 큰 지혜란 어리석음과 같나니라."

"일찍이 향엄노장(香嚴老長)을 위해 어떤 비밀스럽고 긴요한 법문(法門)을 열어 주었습니까?"

"내 이제 말없는 말을 할 것이니, 그대는 듣지 않는 들음을 하거라."

"산음(山陰)의 은사는 왜 하루도 차군(此君)이 없어서는 아니 된다 했습니까?"

"잠깐이라도 좋은 벗과 헤어져 무단히 속된 마음을 일으킬까 두려워서였다네."

"바닷가의 외지고 험한 보타락가산(補陀洛迦山)에서 어떤 불사(佛事)를 드날리고자 푸른 바위 사이에서 모시고 서 있습니까?"

"날마다 감로수로 적시고 때때로 범음(梵音)을 내어서 보해악(補海岳)에 티끌을 씻어 애오라지 커다란 자비심을 돕기 위함이라네."

"장소를 피해 치욕을 멀리해야 지혜로운 사람이라 이름지을 수 있을진대, 무엇 때문에 철면(鐵面)을 빼어 부질없이 우리 스승의 체면을 허물어뜨립니까?"

"무착(無着)이 해탈(解脫)해서 문수(文殊)를 때릴 적에 당시 사람들은 대장부(大丈夫)라 일컬었고, 운문(雲門)이 석가(釋迦)를 몽둥이질해야 한다고 하자 세상은 참된 작가(作家)라고 불렀었지. 저들은 교만이 아니나니 나도 부끄러움이 없느니라. 이른바 은인(恩人)을 아는 자가 능히 은혜를 갚을 줄 안다고 하였나니."

"정인(淨因)은 차군(此君)이 내 대신 설법한다 하였으니, 어떤 법을 대신 설했는지 모르겠군요?"

"사람들로 하여금 나를 보면 곧 뇌열(煩熱)을 물러나게 하였으니, 바로 온몸이 장광설(長廣舌)이니라."

"지키는 바 항일(恒一)이란 그 바탕을 바꾸지 않는다 함이거늘, 어찌 하여 청평원(清平園) 안에서는 길고 짧으며, 다복사(多福寺) 가운데에서는 굽고 곧고 하였나요?"

"굽은 것도 다만 그런 것이요, 곧은 것도 다만 그런 것이며, 길고 짧은 것도 또한 다만 그러나니 생각해 보면 알 수 있음이라."

그가 사람을 대하는 임기응변은 대략 이와 같았다

홍각(洪覺)이 그에게 다음의 시를 주었다.

높은 절개에 커다란 키는
늙어도 시듦 없고,
일평생 풍골(風骨)은
스스로 맑고도 여위었네.

그대, 긴 대를 사랑해서
존자(尊者)로 삼아,
도리어 겨울날의 소나무를 장부(丈夫)라
부르는 걸 비웃누나.

함께하던 선상(禪床)은
뵈지조차 않거늘,
법(法)을 듣던 돌 호랑이
부질없이 남았구려.

가을 빛을 장난삼아 가져다가
바릿대에 바치나니,
달 뭉개고 바람 헤쳐

배불릴 수 있을까, 없을까?

무의자(無衣子) 또한 기축년(己丑年) 겨울에 시를 지어 찬미하였다.

나는 대나무를
사랑하노니,
추위와 더위에도
끄떡치 않고.

세월이 흐를수록
마디 더욱 굳어지고,
날이 오랠수록
마음 더욱 비운다오.

달빛 아래에서
맑은 그림자 희롱하고,
바람 앞에선
범음(梵音)을 띄우나니.

하얗게 머리에다
눈을 이며는,
눈에 띄는 정취가
절간에 솟아나네.

그의 아들에 옥판장로(玉板長老)란 사람이 있었는데, 소동파(蘇東波)가 그릇으로 여기던 사람들이 그를 찾아가 실컷 함께하다 갔다고 한다.

竹尊者傳

尊者姓篇 諱洒然 字此君 長沙之祖 玉泉之弟 其父母貫鄕 莫得而詳 好遊渭水之濱 湘江之岸 酣風醉月 飽雪飯霜 則其骨冷神清 節高調遠 槩可知也 唐之篇悅 宋之老皇 文與可 本朝丁公等 皆知音也 最厚且親 又能寫眞其所寫者 世以爲珍 尊者之德 不可勝記也 略許有十種 一纔生便秀 二漸老更剛 三其理調直 四其性淸凉 五其聲可愛 六其容可觀 七虛心應物 八守節忍寒 九滋味養人 十多材利世 有時辦供 能招瑞鳳 或處現通 解化獰龍 雖遍界分身 而常住崇勝寺 時人獻尊者之號 或問旣稱尊者 理應無累 云何却受二妃之淚 曰唾面待自乾 況是淚痕斑 問智力勇果 不受欺詐 云何容受王化銅馬 曰欲知吾道大 不與物情背 問一悟永悟更不疑 云何五月十三迷 曰君不聞乎 大智如愚 問曾爲香嚴老 開何秘要門 曰我今無說說 汝可不聞聞 問山陰隱士 云何云一日不可無此君 曰應恐暫離眞善友 無端惹得俗情熏 問海岸孤絶處 補陀洛迦山 助揚何佛事 侍立碧巖間 曰日日霑甘露 時時作梵音 涓塵補海岳 聊助大悲心 問避地遠耻辱 可名爲智人 胡爲秀鐵面 漫壞吾師眞 曰解脫打文殊 時稱大丈夫 雲門棒釋迦 世號眞作家 彼旣非驕慢 我亦無慙赧 可謂知恩人 方能解報恩 問淨因云 此君代我說法 未審代說何法 曰令人見 則祛煩熱 便是渾身廣長舌 問所守恒一 不易其質 何故 淸平園裡 或短或長 多福寺中 一曲一直 曰曲也只如是 直也只如是 長短亦復爾 思思可知矣 其對人機辯 類如此 洪覺贈之以詩曰

高節長身老不枯　平生風骨自淸癯
愛君脩竹爲尊者　却笑寒松作丈夫
未見同參木上座　空餘聽法石於菟
戲將秋色供齊鉢　抹月批風得飽無

無衣子 亦於己丑年冬 有詩贊曰

我愛竹尊者　不容寒暑侵
年多彌勵節　日久益虛心
月下弄淸影　風前送梵音
皓然頭戴雪　標致生叢林

其子有玉板長老 東坡器之之輩 嘗訪之 飽參而去云

* 長沙 : 中國 禪宗史에 획을 그은 馬祖道一의 제자 長沙景岑의 이름에서 따 왔음.
* 玉泉 : 中國 北宗禪의 창시자 玉泉紳秀의 이름에서 따 왔음.
* 簫悅 : 唐나라의 화가로 특히 墨竹에 능하였음.
* 老皇 : 宋나라의 화가 艾宣을 가리키는 듯한데, 花竹鳥를 잘 그려 蘇軾이 그의 그림을 좋아해 시의 소재로 자주 삼았다고 함.
* 文與可 : 宋나라의 화가 文同. 與可는 그의 號임. 墨竹으로 이름이 높았음.
* 丁公 : 高麗 中期의 화가 丁鴻進. 字는 而安.『補閑集』에 의하면 그의 墨竹은 아주 절묘하였다고 함.
* 二妃 : 堯임금의 딸로 舜임금의 왕비가 된 娥皇과 女英을 가리키는데, 舜이 죽자 두 妃가 슬피 울어 떨어진 눈물이 蕭湘江의 대나무에 배어 얼룩이 졌다는 故事가 있음.
* 銅馬 : 新나라 말기에 일어나, 光武에 패하여 귀순한 도둑의 이름.
* 香嚴老 : 香嚴智閑이 용맹정진하던 중, 풀을 베다가 던진 기왓장이 대나무에 맞는 소리를 듣는 순간 깨달음에 이르렀다는 禪話를 빌려 쓴 구절임.
* 山陰隱士 : 王羲之를 가리킴. 왕희지의 시에 '一日無此君'이란 구절이 있는데, 이로부터 대나무의 別號가 '此君'이 되었음.
* 補陀洛迦山 : 印度의 남쪽 해안에 있다는 觀音菩薩의 住處.
* 補海岳 : 未詳.
* 解脫打文殊 : 문수보살을 친견하고자 五臺山에 들어가 수행하던 無着 文喜(820~899)가 禪旨가 밝아진 뒤에 죽솥에 보살이 나타난 것을 보고, "문

수는 문수이고 무착은 무착이니, 무슨 상관이냐"며 죽을 쑤던 주걱으로 때려 주었다는 禪話가 있음.

* 雲門 : 雲門宗의 開祖인 文偃(?~949). 부처가 탄생시에 "天上天下 唯我獨尊"이라고 선언한 일을 놓고, 운문이 "내가 당시에 보았던들, 몽둥이로 때려 죽여 개에게 던져 주어 먹게 함으로써 천하의 태평을 도모할 것을 그랬다"라고 한 일이 있음.
* 眞作家 : 부처가 남긴 구태의연한 해탈 방법을 따르기보다는, 독자적으로 새로운 방법을 모색하겠다는 운문의 발언이 매우 독창적이며 참신하다는 평가에서 부친 말임.
* 洪覺 : 未詳.
* 木上座 : 坐禪할 때 쓰는 나무로 된 禪床을 가리킴.
* 於菟 : 호랑이를 이르던 楚나라의 古語임.
* 梵音 : 讀經 소리나 說法하는 소리를 뜻함. 또는 부처의 가르침.
* 叢林 : 여러 승려들이 모여 수행하는 장소, 곧 사찰의 다른 말.

빙도자전(氷道者傳)

도자(道者)의 성(姓)은 음씨(陰氏)이고 휘(諱)는 응정(凝淨)이며 자(字)는 교연(皎然)이니, 수향(水鄉)의 사람이다. 그의 아버지는 현영(玄英)이고, 어머니는 청녀(靑女)라고 한다.

그의 어머니가 꿈에 바람과 서리를 보고 깨어나 임신하여 열 달 후에 낳았는데, 아기의 온몸은 유리처럼 환한데다, 기골(氣骨)은 쇠나 돌처럼 단단하였다.

어렸을 때 풍혈사(風穴寺)에 머물렀는데, 뜻을 깨끗이 하고 몸가짐을

단속하므로, 그 모습이 단엄하고 차가워서 늠름한 게 침범할 수가 없었다. 자라서는 한산(寒山)의 상화(霜華), 설두(雪竇)를 두루 찾아가 모두 그윽한 인기(印記)를 받았지만, 땅에서는 골짜기에 잠겨 있었으므로 세상에서는 아는 사람이 없었다.

무의자(無衣子)가 한 번 보고 신기하게 여겨서 이에 추천해서 중을 만들고 빙도자(氷道者)라는 호(號)를 주었다. 이로부터 그 이름이 사방에 퍼지게 되었다. 소주(韶州)의 현령(縣令) 양돌부(陽突夫)가 태양사(太陽寺)의 주지로 청했지만 부임치 않다가, 음성(陰城) 군수(郡守) 엄대응(嚴大凝)이 본래 불도(佛道)를 믿어 계곡의 추운 자리를 비워 놓고 공(公)을 세상에 나오게 하니, 납자(衲子)들이 폭주하였다.

개당(開堂)하는 날에 어떤 사람이 그에게 물었다.

"스님께서는 어떤 집안의 곡을 노래하며 누구의 종풍(宗風)을 이어받았습니까?"

"설두의 입을 벌려 상화의 기운을 냅지요."

"법에는 취하고 버림이 없거늘, 어째서 태양사의 부름에는 가지 않으셨는지요?"

"그대가 간여할 바가 아닙니다."

"추위가 오면 불 곁으로 가야 하거늘, 스님께서는 왜 불곁으로 가시지 않는지요?"

"나는 추위를 두려워하지 않는다네."

나아가 묻기를,

"모두가 익혀 먹을 때에, 날것을 드십니다" 하였다.

"나는 먹지를 않느니라."

"삼세(三世)의 여러 부처께서는 불꽃 속에서 커다란 법륜(法輪)을 굴리시는데, 스님께서도 기꺼이 그렇게 하시겠습니까?"

무의자가 말하였다.

"구름과 달은 같지만, 골짜기와 산은 각각 다르나니라."

"조주선사(趙州禪師)께서 '저 위 도솔천(兜率天)에는 아마도 등을 지지는 이런 해가 없으리니' 하셨는데, 스님께서는 도리어 등을 지십니까?"

"나는 곤궁한 귀신과는 다르나니라."

"무엇이 방안의 하나의 등불입니까?"

"보려무나."

"섣달의 달님이 산을 크게 태울 때는 어떻습니까?"

"그만 두거라. 말이 많으면 도(道)에서 더욱 멀어지느니."

그리고 이내 말하였다.

"내 마음은 가을달처럼 맑고 깨끗한 푸른 못 같아서 아무것도 여기에 견줄 것이 없거늘, 내게 어떤 것을 말하라 하는가?"

그러고는 한참 후에 말하였다.

새벽 하늘에 구름은 깨끗하고
된서리는 하얗거늘,
천만의 산봉우리는
찬 빛을 감추었다.

사람들은 모두 그를 이상하게 여겼으니, 그는 평생 먹지를 않아도 배고파 하지 않고, 목욕을 하지 않아도 때가 없었으며, 옆구리는 자리에 닿지 않았고, 발은 티끌을 밟지 않았으며, 겨울에도 불을 피우질 않았고, 여름에도 결제(結制)를 하지 않았다. 그러다가는 겨울날 납자(衲子)들이 차로 점심을 대신하는 날 저녁에는 그는 반드시 조두(俎豆)에 이르렀으니, 그 가운데에서 말도 하지 않고 웃지도 않으면서 아침까지 오똑하게 앉아서 눈도 깜빡하지 않았다. 까닭에 납자들은 그를 사랑해서 돌아가는 것조차 잊었다.

그는 항상 대중(大衆)들에게 말하기를,

"쉬고 쉬어 서늘하고 차갑게 하라. 한 가닥 하얀 비단처럼 깨끗이 하라."

하였으니, 그것은 상화(霜華)의 혈맥(血脈)을 잊지 않았기 때문이다.

하루는 그 문인들에게 말하기를,

"내가 죽고 난 뒤에는 화장을 해 사리를 주워 세상 사람들을 현혹시키지 말고, 온몸을 고향에 묻도록 하여라. 꼭 꼭 부탁하느니라."

하고, 이내 게송(偈頌)을 읊었다.

온몸 어둡지 않던
신령한 그 광명,
껍질 모두 꿰뚫어
감춘 것이 없어라.

잠깐 사이 물이 됨을
이상하게 생각마라,
무상(無常)이 진실임을
보이려는 까닭이라.

말을 마치자, 고요히 임종을 하였다.

그의 시호(諡號)를 융일선사(融一禪師)라 하고, 탑의 이름을 징명(澄明)이라 하였다. 그가 머리를 깎고 구족계(具足契)를 받은 곳, 세속의 나이와 법랍은 모두 자세히 알 수 없다.

찬하노라.

어떤 이는 공은 평생에 간절(簡節)하고 엄숙해서 납자들을 접하기를 좋아하지 않았던 까닭에 사후에 뒤이을 사람이 없어 슬프다 말하누나. 그렇지만 이는 전혀 옳지 않도다. 형상만 보고도 깨우치고 말하지 않아도 믿어서 가만히 통하고 남몰래 증득(證得)한 사람들이 이루 셀 수 없지만, 상화와 설두의 도(道)를 크게 떨친 사람이 이 사람만한 이가 없도다. 애석토다. 그의 단점은 더위를 미워한다는 것뿐이라. 그렇지만 불꽃을 향해 달려가는 것은 수도하는 사람들이 가장 꺼리는 바이니, 또한 슬퍼할 게 없음이라.

이에 게송(偈頌)을 붙인다.

월굴(月窟)에 바람 고요하매
이슬은 족자에 서리고,
남전(藍田)에 날씨 따스하매
연기가 옥에서 이누나.

천 가지 세상의 비유로도
그 모양 말할 수 없음에,
슬퍼하고 찬탄하며 노래하고 읊조려도
언제나 부족토다.

밝기란 해와 같고
높기란 산 같은데,
물보다 차가웁고
옥보다도 밝아라.

갑자기 녹아 버려

무상을 보였으니,
이 세상 깨치려는 노파심
이미 흡족하구나.

氷道者傳

道者姓陰氏 諱凝淨 字皎然 水鄕人也 父曰玄英 母曰青女 其母夢見風霜覺而有娠 十月而誕 通身瑩若瑠璃 稟質硬如鐵石 幼依風穴寺 潔志律身 面目嚴冷 凜然不可犯 旣壯 歷參寒山霜華雪竇 皆密受印記 陸沈溝壑 世莫有識之者 無衣子 一見而奇之 乃擧以立僧 因號爲氷道者 自是名播諸方 韶州令陽突夫 以太陽寺請 不赴 陰城守嚴大凝 雅信此道 虛寒豁席 致公出世 衲子輻輳 開堂日 有問 師唱誰家曲 宗風嗣阿誰 曰開雪竇口 出霜華氣 問法無取捨 爲什麽不赴太陽請 曰非干汝事 問寒來向火 師爲什麽不向火 曰我不畏寒 進云轉生作熟時 作麽生 曰我不受食 問三世諸佛 在火焰裡 轉大法輪 師還甘也 無衣子曰 雲月是同 谿山各異 問趙州道 想料上房兜率天也無如此日煮背 師還背麽 曰我不似者窮鬼子 問如何是室內一盞燈 曰看看問臘月大燒山時如何 曰休休 言多去道轉遠 乃云吾心似秋月 碧潭淸皎潔無物堪比倫 敎我如何說 良久云
曉天雲淨濃霜白 千峰萬峰鎖寒色
衆皆異之 公平生不食而不飢 不浴而不垢 脇不至席 迹不涉塵 冬不開爐夏不結制 至冬月衲子煎點之夕 公必赴之俎豆 其中不言不笑 兀坐達旦 目不暫瞬 衲子愛之忘去 常示衆曰 休去歇去 冷湫湫地去 一條白練去 蓋不忘霜華血脉也 一日告門人曰 吾滅度後 不得燒取舍利 眩惑時人 可全身葬於古鄕中 切囑切囑 因說偈曰

通身不昧箇靈光　透秀穿皮絶諱藏

莫訝須臾成水去　示無常處是眞常

言訖泊然而化 諡曰融一禪師 塔曰澄明 其剃髮受具所 閱世坐夏之數 皆未詳云 贊曰 或謂公平生簡嚴 不喜接衲 卒世無嗣 悲夫 是大不然 覩相而悟 不言而信 潛通暗證者 不可勝計 大振霜華雪竇之道 未有如此公者 惜乎其所短者 惡熱而已 然趨炎赴熱 道者所忌 不足爲悲 因係之頌曰

月窟風恬露凝掛　藍田日暖烟生玉
千般世喩況難成　嗟嘆詠歌之不足
明似日兮峻似山　寒於氷兮瑩如玉
忽然崩倒示無常　警世老婆心已足

* 風穴寺 : 宋나라의 禪僧 延沼(896~973)가 젊은 시절에 머물면서 敎化에 힘을 썼던 中國 汝州 所在의 사찰 이름임.
* 霜華 : 서리꽃을 擬人化한 표현임.
* 雪竇 : 설두산에 살면서 雲門宗의 中興에 힘을 기울였던 宋나라의 禪僧 重顯(980~1052)의 號임.
* 開堂 : 禪宗에서 쓰는 용어로, 새로 부임한 住持가 올 때 法堂을 열어 說法을 하는 행사를 가리킴.
* 結制 : 夏安居의 첫날인 음력 4월 16일과 冬安居의 첫날인 음력 10월 16일에 행하는 儀式을 부르는 말임.
* 衲子 : 먹물옷을 입은 승려를 뜻함.
* 煎點 : 차로 점심을 대신한다는 뜻으로 쓰임.
* 俎豆 : 제사용 집기를 가리킴.
* 滅度 : 승려의 죽음. 다른 말로 入寂.
* 坐夏 : 본래는 夏安居라는 뜻인데, 여기서는 출가 승려가 된 뒤의 年數인 法臘이란 뜻으로 쓰였음.
* 月窟 : 벼루에 먹물이 고이는 우묵한 부분으로, 우리말로 '물집'이라고 함.
* 藍田 : '藍田生玉'이란 말이 생길 만큼, 美玉이 많이 나는 中國 陝西省 藍田縣

에 있는 名山의 이름임.

서생(書生)에게 주는 시(詩)

그대, 보지 못했는가? 여산(廬山)의 혜원(慧遠)이
일찍이 논(論)을 지음에 여래(如來)와 주공(周公)은
이치를 펴내심이 비록 다르나
귀결된 바는 하나의 법이라고.

또 보지 못했는가?
양(梁)나라의 심약(沈約)이 남긴 말을,
공자(孔子)가 그 처음을 끄집어냄에,
석가(釋迦)가 그 이치를 궁구하셨단 말을.

기이토다, 이 두 사람
현달(賢達)한 분들이여!
비로소 지극한 도
함께 얘기할 만하도다.

안타깝다, 한유(韓愈) 홀로
하나만 알고 둘은 몰라,

힘써서 구구하게
석가를 물리쳤네.

우리 부처께서
지극한 성인이심 모르니,
그가 정녕 소인인지
군자인지 의심스러워.

그 문장이 몽매함을
어찌 말하랴!
삼척의 동자들도
오히려 비웃누나.

가련토다, 더럽고 냄새나는
미물들을 쫓아가,
서로 함께 본받으며
본받기를 그만두질 않았으니.

말하자면 한 봉사가
여러 봉사 이끌고서,
서로 장차 불구덩이 속으로
깊숙하게 들어가는 꼴이라.

바늘귀를 꿰려고 고개를 쳐들면서
하늘은 정작 보질 못하고,
지푸라기 버리려고 고개를 숙이면서

땅은 정작 보질 못함이요.

사슴을 쫓으면서
산 위에 푸른 구름 보질 못하고,
황금만 탐하여
사람 사는 성과 시장 보질 못함이네.

내 처음 이를 듣고
그렇지 않으리라 여겼더니,
이 같은 예 실제로 있었음을
바야흐로 알겠도다.

한퇴지(韓退之)가 만약에
태전(太顚) 스님 만나지 않았던들,
하백(河伯)이 어떻게
큰 바닷물 알았으랴?

어릴 적에 한 짓을
늙어서 부끄러워 하니,
응당 후회하리!
지난날 뱉은 말이 심히 어긋났음을.

화살 이미 활을 떠나
돌릴 수가 없듯이,
미친 말이 오늘에도
내 귀에 들리누나.

그대들이여! 만약에
퇴지의 글 읽게 되면,
문장이나 배우지
내용은 취하지 마시게나.

그대들에 주어진
그 좋은 인간의 몸 잃고서
영겁 세월 길이길이
지옥의 찌꺼기가 될 것이라.

贈書生詩

君不見廬山遠公曾著論如來與周公　發致雖殊所歸一揆
又不見梁朝沈約亦有言　孔發其端釋窮其致
奇歟此二賢達人　始可與言至道矣
咄哉韓愈獨擔板　努力區區排釋氏
不知吾佛是極聖　疑其小人與君子
立言蒙味何足道　三尺兒童猶笑爾
可憐逐臭臭小生　相與効矆矆不已
所謂一盲引衆盲　相將深入火坑裡
穿針仰面不見天　捨芥低頭不見地
逐鹿不見山翠雲　欔金不見人城市
我初聞之謂不然　例此方知實有是
退之若不遇太顚　河伯焉知大海水
兒時做處老知羞　應悔前言甚乖理
箭旣離絃不可回　故使狂言到今耳

君乎若讀退之書　但取其文毋取意
贈君失却好人身　廣劫長爲地獄滓

* 遠公 : 중국 東晉 때의 승려 慧遠(334~417)을 가리키는데, 白蓮社의 開祖로 儒와 佛에도 두루 능했음.

* 沈約 : 梁나라 때의 詩人이자 政治家(441~513)로, "孔發其端 釋窮其致"란 말은 그가 남긴 『廣弘明集』의 「內典序」에서 나온 구절임.

* 韓愈 : 唐나라의 儒學者이자 文章家. 字는 退之. 排佛의 내용을 담은 「佛骨表」 등의 글을 남겨서, 儒家에서는 孟子 이후의 끊어진 儒學의 맥을 다시 이었다고 하여 亞聖이라고 칭하기도 함.

* 擔板 : 널빤지를 등에 지면 한쪽만 보이고 다른 한쪽은 보이질 않는다는 데에서, 하나만 알고 둘은 모른다는 뜻으로 쓰임.

* 效顰 : 절세미인 西施가 치통으로 눈살을 찡그리는 모습이 너무 아름답자 이를 흉내내서 성안의 궁녀들이 모두 너나 없이 눈살을 찡그렸다는 고사에서 나온 말로, 자신의 처지를 알지 못하고 무조건 남을 따라 하는 경우를 가리킴.

* 太顚 : 당나라의 승려. 한유가 「佛骨表」를 써서 憲宗의 노여움을 사 潮州로 유배되었을 당시 生佛로 추앙받던 인물로서, 한유가 기생 紅蓮을 시켜 유혹하여 파계시키려 하였으나, 마침내 한유를 깨우쳐 불교에 귀의케 한 일화가 있음.

* 河伯 : 물을 다스리는 神. 水神.

상주보기(常住寶記)

대개 듣자하니, 좌선하는 도반들을 뒷받침해 주어 천락(天樂)에 자연스레 이르게 하며 날마다 사미승들에게 불경을 낭송해 총지(總持)가 제일되게 하사, 한 순갈의 밥을 덜어 일곱번씩이나 하늘나라에서 다시 태어나게 하고 한 덩어리의 개떡을 베풀어서 왕위에 오름을 드러내 보였다고 한다. 하물며 어찌 상주보(常住寶)를 세워 커다란 베품의 문을 엶에서랴? 무한한 마음씀에 반드시 무궁한 복이 있으리라.

지금 우리 수선사(修禪社)는 창건된 이래로 부터 항상 사방에서 탁발을 하여 마음이 편할 겨를이 없었다. 선(禪)을 하는 사람은 길에서 정성껏 닦는 일을 그르치게 되었으며, 시주를 하는 사람들도 고달프고 싫은 마음이 생겨났던 것이다.

나는 매번 오분율(五分律)의 게송을 읊조리기를, "구걸이란 사랑할 만한 일이 아니나니, 자주하면 원망하고 미워하는 데에 이르게 되나니라. 용왕도 구걸하는 소리를 듣고 한 번 가서 다시는 돌아오질 않았도다" 하였다. 이에 생각해 보니, 불가에도 다행히 때와 장소에 따라 계율을 융통성 있게 운용하는 법이 있어서, 세상과 추이(推移)를 함께 하는데 거리낄 것이 없다. 사람들에게 여러 번 미움을 당하는 것이 어찌 앉아서 그 복을 닦는 것보다 낫겠는가?

이에 뒤미쳐 법이 나와 사재(私財)를 희사하는 일에 화답하고, 아울러 여러 시주하는 사람들의 신심(信心)이 덩달아 호응하여, 백금 팔십

여섯 근을 얻게 되었다. 그래서 문인(門人) 천인(天忍) 등에게 명하여 곡식을 사다가 기르도록 시켰는데, 천인이 말하였다.

"곡식을 쌓아두는 일은 쉽사오나, 장차 어디에 두고 출납을 하시겠습니까?"

내가 말하였다.

"무릇 사원이라는 것은 나라 조정(朝廷)과 주현(州縣)의 비호 아래 있지 않은 것이 없거늘, 요즈음 작은 절에 거처하는 자들이 대부분 부인을 데리고 자식을 거느렸다. 그리고 머리가 벗겨진 사내종과 비녀를 꽂은 계집종들이 한갓 토착민이 아닌데도 대개 집을 짓지 않고, 경당(經堂)과 불전(佛殿)을 베틀방으로 삼고 조실(祖室)과 승방(僧房)을 마구간으로 삼고 있다. 그래서 오줌, 재, 똥, 불씨가 항상 냄새를 흠씬 풍기고, 저녁 나절에 불을 켜고 새벽에 향을 사르는 일은 진작 꿈에도 볼 수 없게 되어 마침내는 나라에 변고가 일게 하였으며 주현에는 앙화가 일어나게 하였다. 내 장차 폐사를 다시 세우고 망해가는 절을 다시 일으켜, 도가 있는 사람으로 하여금 향화(香火)를 주관케 하고 아울러 곡식을 관장하게 할 것이니 누가 잘못되었다 할 것인가? 더군다나 하물며 부자라는 자들은 대부분 어진 일을 하지 않는다. 어떤 자들은 이자를 10할로 계약을 하고 어떤 자들은 5할로 계약을 해서, 그 이자를 거둬다가 실컷 배를 불리니, 부자는 더욱 부자가 되고 가난한 자는 더욱 가난해지게 된다. 이는 또한 위정자(爲政者)들도 함께 눈살을 찌푸리는 일이다. 내가 나라에서 정한 이율대로 하여 그들의 수익이 박한 것을 구제해 주고자 함이다.

나는 그들에게 수입이 없도록 하고자 함이 아니니라. 그래서 가을에 곡식을 받아들이는 자에게 명령해서 백성들 스스로 양을 재고 가늠하도록 하면 저들이나 우리나 서로 살아갈 수가 있고 정부나 개인 모두 복을 짓는 일이니, 그 이로움이 어찌 적다고 하겠느냐?"

이에 계미년 팔월에 편지를 써서 태재(太宰)에게 보내니, 태재도 기뻐하며 따르면서 문서를 배껴 성왕(聖王)께 알렸다. 왕 또한 윤허를 내리시고 전라도(全羅道) 안찰사(按察使) 전보귀(田甫龜)에게 명령하여 작은 절들 가운데 매우 어렵거나 망한 절들을 찾아보도록 하시었다.

그리하여 승평군(昇平郡)의 안주사(安住寺), 부유현(富有縣)의 복산사(福山寺), 곡성군(谷城郡)의 승법사(升法寺), 복성현(福城縣)의 안적사(安寂寺), 옛날 고영현(高瀛縣)의 연곡사(蓮谷寺), 안양향(安壤鄕)의 수다사(水多寺), 고창현(高敞縣)의 묘정사(妙井寺)를 얻어, 각각 그 지방의 백성들에게 운영하도록 하였다. 아울러 지난날 낙안(樂安)에 속해 있던 오대사(吾代寺)와 고산사(高山寺), 동복(同福)의 영봉사(靈鳳寺), 가음(加音)의 북□사(北□寺) 모두 열한 곳의 사찰에 나누어 준 곡식으로 기르도록 하였다.

그리고 지난날 나라에서 세웠던 유향보(油香寶)와 아울러 기신(忌晨) 등의 잡다한 보(寶)들의 총 4,000석 곡식을 지금 윤허한 안건에 통합토록 하였으니, 상주보의 6,000석과 아울러 총합 1만 석으로 밑천을 삼게 되었다. 바라건대 장차 이 밑천은 까먹지 말고 해마다 나오는 이자를 가지고 부처를 공양하고 승려들을 기르는 비용으로 삼으며, 진병(鎭兵)과 성왕(聖王)을 축원하는 자금을 삼도록 할 것이다.

끝없이 이어지는
조사들의 해맑음이여,
공경하고 삼가하는
조계(曹溪)의 바람이여!

영겁의 불길
비록 다하더라도,

우리네는 무릇
다함 없으리!

常住寶記

蓋聞支辨安禪道侶 致天樂自然 日給誦經沙彌 獲總持第一 減一匙之飯
七返生天 施一團之麨 現登王位 何況立常住寶 開大施門 而無有限之心 必
有無窮之福 今此修禪社者 自從刱搆年來 常以分衛四方 未遑寧處 禪者廢
精修於道 檀家興疲猒之心 予每念五分律頌云 乞者不愛 數則致寃憎 龍王
聞乞聲 一去不復還 乃謂佛幸有隨方毗尼道 不妨與世推移 與其屢憎於人
曷若坐修其福 於是殿出法 答私財 并諸檀信隨喜 得白金八十六斤 囑門人
天忍等 貿穀滋長 忍曰 留穀則易矣 將置何所而出納耶 予曰 凡寺院者 無
非爲國朝及州縣裨補所置也 近世 居小寺者 多是帶妻挾子 禿僕髡奴 徒非
土生 略無修葺 以經堂佛殿 爲機杼之家 祖室僧房 作馬牛之廐 尿灰糞火
常自飽聞 夕炷晨香 未曾夢見 致使國朝多變 州縣興災 吾將起廢興殘 使有
道者 以主香火 兼使之掌穀 則孰曰非也 又況富者 多不爲仁 或約倍長 或
約半長 而腹剩收其利 故富者益富 而貧者益貧 此亦爲政者之所同瞋也 吾
依國式 救其之薄其息 予毋停其息 仍令納者 自量自槩 則彼此相育 公私作
福 其利豈不博哉 乃以癸未八月 修書聞于太宰 宰旣悅從 騰狀達于聖王 王
亦開允 遂命全羅道按擦使田甫龜 搜尋小寺之甚殘廢者 乃得昇平郡之安住
寺 富有縣之福山寺 谷城郡之升法寺 福城縣之安寂寺 古高瀛縣之蓮谷寺
安壤鄉之水多寺 高敞縣之妙井寺 各以方面之民 經之營之 并前屬樂安之
吾代寺高山寺 同福之靈鳳寺 加音之北□寺 凡十一 所分穀長之 以前國立
油香寶 及諸忌晨等雜寶 總四千石 與今判付 常住寶六千石 合計正租一萬
石 爲本數 庶將不墜本數 得年年滋利 以爲供佛養僧之費 鎭兵祝聖之資

繩繩祖澈 翼翼宗風 劫火雖盡 我凡無窮

* 支辨 : 뒷받침을 해줌.
* 安禪 : 앉아서 참선을 함. 坐禪과 같은 말임.
* 道侶 : 함께 도를 닦는 동료. 곧 道伴.
* 總持 : 한없이 깊고 많은 것을 기억하고 갖가지 善法을 지님. 陀羅尼라고도 함.
* 生天 : 四種天의 하나로, 天界에 태어나는 일.
* 分衛 : 탁발, 구걸을 일컫는 말임.
* 寧處 : 마음을 놓음.
* 檀家 : 布施를 해서 사찰을 유지시키고자 하는 사람들.
* 五分律 : 小乘 12部의 하나.
* 隨方毗尼 : 때와 장소에 따라 戒律을 융통성 있게 운용하는 일.
* 檀信 : 보시하는 사람들의 信心.
* 加音之北□寺 : 原文에는 '北'과 '寺'의 두 글자 사이에 한 칸이 비어 있는데, 아마도 필사의 과정에서 분명치 않은 글자를 확인 후에 삽입하려고 비워 둔 것으로 여겨진다.
* 判付 : 신하가 건의한 안건을 임금이 允許함.
* 鎭兵 : 鎭兵道場의 준말로, 고려 시대에 나라의 兵亂을 佛力으로 진압하기 위해 사찰에서 행했던 의식을 가리킴.

본사(本寺)의 종명(鐘銘)

—서(序)가 있음.

대금(大金) 정우(貞祐) 8년 경진(庚辰)에 문인(門人) 종둔(宗鈍) 등에게 명하여 큰 종을 주조하였다. 무게가 30근으로, 그 그릇됨을 보면 깊고 두터워서 소리가 멀리 퍼지고도 웅장하여 대인(大人)의 상(相)이 있다. 이에 명을 짓는다.

커다란 종
종틀에 달렸으니,
그 그릇됨
깊고 깊도다.

가운데는 비었지만
바깥은 온순하여,
치는 대로 따라서
소리를 내는구나.

뎅그렁 뎅그렁
고막을 울리고,
맑고도 시원스레
마음을 씻어 주네.

바라건대
이 소릴 듣는 자여,
다섯 가지 망상을
깨끗하게 지우시라.

本寺鐘銘 幷序

大金貞祐八年庚辰 命門人宗鈍等 化大鐘焉 重三十斤 觀其器 深且厚 聲遠而雄 有大人相 乃爲銘曰

洪鐘在虡　器宇深沈
中虛外順　隨扣呈音
鈜鈜激耳　冷冷洗心
願言聞者　廓淸五陰

* 五陰 : 色, 受, 想, 行, 識蘊의 총칭인 五蘊의 다른 이름. 이 五蘊이 인간에게 온갖 妄想을 불러일으키기 때문에 五妄想이라고도 함.

복천사(福川寺)의 종명(鐘銘)

—서(序)가 있음.

사내(社內)의 상인(上人) 희이(希夷)와 재상(宰相) 최공(崔公) 우(瑀)가 함께 정성과 소원을 발하여 복천사를 중창하고 새롭게 큰 종을 주조하였는데, 무게가 천근이었다. 내게 명(銘)을 청하길래, 이에 짓는다.

당당하다
그 모습,
뎅그렁 뎅그렁
그 소리.

기나긴 밤
어둠 속의
중생들을
놀라서 깨게 하네.

기이토다
높은 식견,
이런 공덕
이뤘구려.

커다란 자비는
헤아릴 수 없으며,
넓고 넓은 서원(誓願)은
다함 없으리.

나타난 그 모습 반드시
길게 수(壽)를 할 것이며,
지금의 이 느낌도
새어남이 없으리라.

고통스런 풍취는
들리지 않았거늘,
하물며 어찌하여
스스로 받아들일까?

福川寺鐘銘 幷序

社內上人希夷 與相國崔公瑀 同發誠願 重刱福川寺 新鑄大鐘 重千斤 請予爲銘 因爲之銘曰

堂堂其形　鍠鍠其聲
警悟群生　長夜盲冥
奇歟高識　成此功德
大悲莫測　弘誓無極
現必長壽　當感無漏
不聞苦趣　何況自受

대인명(大人銘)

—서(序)가 있음.

내가 일찍이 불경(佛經)을 읽던 중 "나쁜 일은 스스로 내게 돌리고 좋은 일은 다른 사람에게 넘긴다"는 말에 이르러 음미하기를 그치지 않다가, 이는 도량이 넓고 큰 사람이 행하는 바라고 여겼다. 이에 마음에 새겨 매번 남을 의심하거나 헐뜯을 일을 당하면 일찍이 다른 사람과 함께 그것을 분변치 않고 단지 미소만을 띄었다. 이제 대인명(大人銘)을 지어 스스로 힘쓰고자 한다. 그 명(銘)이다.

보살이
수행할 바는,
먼지 닦는
걸레처럼 되는 일.

때 닦는 일은
내가 맡고,
깨끗하면
남에게 넘겨야지.

내 비록
못났으나,
이것으로
스스로 진중해야지.

나라는 사람을
모르는 사람들은,
나 보기를
먼지같이 할 테지.

먼지 머금고
부끄러움 참고서,
마음 속에
참됨 잃지 않으리.

한마디 하노니,

동학(同學)들이여!
듣는 자는
옷깃에 적어 잊지 마시게.

大人銘 幷序

予曾讀契經 至惡事自向己 好事與他人之語 吟玩不已 以謂此是寬腸大肚者之所行也 因以居懷 每當疑謗之間 未嘗與人辨之 但微笑而已 乃作大人銘 以自勉焉 其銘曰

菩薩所養　如拭塵巾
攬垢在己　推淨與人
我雖不肖　以是自珍
不知我者　視我如塵
含垢忍恥　內不失眞
願言同學　聞者書紳

* 契經 : 佛法을 結集한 典籍. 곧 佛經을 뜻함.

식영암명(息影庵銘)

—서(序)가 있음.

우리 수선사(修禪社)에 한 노승이 있는데 운기(雲其)가 그의 이름이요, 무심(無心)이 그의 자(字)이다. 대체로 그는 몸소 떠돌아다니기를 구름처럼 하고, 자신의 도를 흐르는 물과 같이 닦았다. 인연을 따라 널리 돌아다니고 성품대로 소요하여 서쪽에서나 동쪽에서나 평등하게 바라보지 않음이 없어 넓고도 큰 자품을 지녔다. 그리고 처음부터 아무리 조그마한 것이라도 마음에 이미 결정해 놓은 바가 없었으니, 한가로운 도인이라고 일컬을 만하다. 근래에는 심신이 피곤하고 기력이 쇠미해져 날다가 지친 새가 깃으로 돌아올 줄 알듯이, 늙은 거북이가 잘 웅크리듯이 팔전산(八巓山)의 만행사(萬行社)의 동쪽에 자리잡을 땅을 골랐다. 그런데 그 땅의 사랑스런 모습을 보면, 세상에서 떨어져서 외지고, 완만하면서도 넓고, 신선이 사는 듯한 섬이 앞에 화살처럼 솟았고, 기이한 바위가 뒤에 병풍처럼 둘렀으며, 밤에는 고깃배의 불이 수면 위에 별처럼 아롱대고, 낮에는 장사꾼들의 돛배가 강 가운데 기러기처럼 점점이 떠 있는 듯하였다. 이에 암자를 짓고 여기에 거처하게 되었으니, 그 뜻은 그림자도 산 밖에 나가지 않고 발자취도 문지방을 넘지 않고자 함이며, 또한 마음은 자리에 앉아 있는데 마음은 밖으로 내달린다는 꾸지람도 받지 않고자 함이었다. 그래서 암자의 이름을 식영암이라 짓고, 이에 와서 명(銘)을 청했다. 이제 그를 위해 명을 짓는다.

몸을 움직여서
다니게 되면,
사람들이
그 자취를 보게 되는 법.

마음을 움직여
행하며는,
귀신들이
그 자취를 보는 법.

몸과 마음
모두 다 움직이지 않으면,
사람이나 귀신이나
찾지를 못하나니.

하물며 본래부터
몸과 마음 없었거늘,
어찌하여 일찍이
정(靜)과 동(動)이 있었으랴.

만일에 이 같음
알았다면,
이게 정녕
식영(息影)인 것을.

息影庵銘 并序

吾社有一老衲 雲其其名者 無心其字也 盖浮雲其身 流水其道 隨緣放曠 任性逍遙 自西自東 無適無莫 汎如也 浩如也 初無一星許事 介於胸次 可謂閑道人也 近覺身心疲憊 氣力衰微 倦鳥知還 老龜巧縮 乃卜地於八巓山萬行社之東 愛其僻而奧 夷而曠 仙島簇於前 奇巖屛於後 夜則魚火星桃水面 晝則商帆鴈點江心 於是乎搠庵而居之 意欲影不出山 迹不越閫 亦不受坐馳之誚 名其庵曰息影 伊來乞銘 因爲之銘曰

身動而行　　人見其迹
心動而行　　鬼見其迹
身心俱不動　　人鬼俱不覓
況本無身心　　何曾有動靜
若了如是　　是眞息影

일암명(逸庵銘)

—서(序)가 있음.

거사(居士) 정공(鄭公) 분(奮)이 속세를 떠나 세상의 학문을 버리고 항상 대나무로 만든 베개와 부들로 만든 방석으로 벗을 삼으며, 숲에 깃들어 살고 골짜기에 숨어 사는 것을 편안히 여겨 그가 사는 곳을 이름짓기를 일암(逸庵)이라 하였다. 대개 '일(逸)'이란 인위적이거나 얽매임이 없는 것의 총칭이다. 그 명(銘)이다.

텅 빈데다
휑 넓어서,
그 끝을
다할 수 없으니.

밝고도
눈이 부셔,
그 비춤을
예측할 수 없도다.

어느 누가
그 가운데 있던가?
달마(達摩)마저
알 수가 없으리니.

이끗과 명성이란
고삐가 되지마는,
불타(佛陀)와 조사(祖師)는
승묵(繩墨)이 되는 것을.

오욕(五欲)이란
새장에 해당하고
사마(四魔)는

한 때의 도적이라.

아홉 번 묶어대고
열 번을 얽매는 일,
천 번을 삐끗하고
만 번을 어긋나게 하는 일.

이 암자에
들어오면,
모두가
그리 될 수 없나니.

그래서
이 암자를,
일암이라
이름진 것.

의지하고
처하는데,
여기 바로
제일이라.

逸庵銘 并序

居士鄭公奮 脫屣世榮 忘筌俗學 常以竹倚蒲團爲呂 林栖谷隱爲安 名其所居曰逸庵 蓋逸者 無爲無縛之總名也 其銘曰

廖兮廓兮　涯不可極
明兮白兮　照不可測
其誰在中　達摩不識
利聲韁韈　佛祖繩墨
五欲樊籠　四魔軍賊
九結十纏　千差萬忒
入此庵中　俱不可得
所以此庵　名之曰逸
於依處中　斯爲第一

* 五欲 : 色, 聲, 香, 味, 觸의 五境에 집착해서 일으키는 다섯 가지 情欲.
* 四魔 : 陰魔, 煩惱魔, 死魔, 天子魔의 네 가지 魔軍의 총칭.

염송서(拈頌序)

—『禪門拈頌』에서 뽑아 실었음.

살펴보건대, 세존(世尊) 가섭(迦葉) 이래로 대대로 이어져 등불이 끊이질 않았고, 서로 비밀스레 부탁한 것으로 곧 전함을 삼았다. 그 바로 전하거나 비밀히 부탁한 것들이 말과 뜻을 갖추지 않은 것은 아니지만, 말이나 이치로 표현할 수 없는 것들이다. 그런 까닭에 비록 가르쳐 주며 말하였다 하더라도, 문자로 세우지 아니하고 마음에서 마음으로 전했을 따름이었다. 그런데 호사가들이 억지로 그 자취를 기록하여 책에 실어서 오늘에 전하였은즉 그 대강대강의 자취는 본디 귀중하게 여길 것은 아니다.

그러나 흐름을 거슬러 올라가 그 근원을 얻고 끝에 의거하여 근본을 아는 것도 무방한 일이니, 본원(本源)을 얻은 사람은 비록 만 가지로 구분해서 이야기하더라도 일찍이 맞지 않음이 없고, 이것을 얻지 못한 사람은 비록 말을 끊고 침묵을 지킨다 하더라도 처음부터 미혹이 아닌 것이 없다.

이 때문에 여러 조사(祖師)님들은 문자를 버리지 않고 자비를 아끼지 아니하여, 혹은 묻고 혹은 들어 보이기도 하였으며, 혹은 대신하기도 하고 혹은 다르게 하기도 하였으며, 혹은 게송(偈頌)을 읊거나 혹은 노래를 부르기도 하여 심오한 이치를 드러내어 후인들에게 주었던 것이다. 그런즉 바른 눈을 뜨고서 현기(玄機)를 갖추어서 삼계(三界)를 망라하고 사생(四生)을 구제코자 하는 사람들은 이것을 버리면 무엇으로 하겠는가?

하물며 본조(本朝)의 조성(祖聖)은 삼국을 통일한 뒤에 선도(禪道)로 국가의 운수를 늘리고 지론(智論)으로 이웃 나라의 군사를 제압하였으니, 종지(宗旨)를 깨우치고 도(道)를 의논할 자료로 이것보다 급한 것은 없다. 까닭에 종문(宗門)의 학자들이 목마른 이가 물을 찾듯, 배고픈 이가 밥을 생각하듯 하여, 내가 그 학도들의 간청을 받아들이고 조사들의 본뜻을 헤아려서 국가에 복을 받들고자 하고, 불법을 보비하고자 하여 이에 문인(門人) 진훈(眞訓) 등을 거느리고 옛날의 화두(話頭) 일천백이십오칙을 모으고 여러 스님들의 염송 등 긴요한 말들을 함께 기록하여 삼십 권을 만들어 불법이 전래된 순서를 배열하였다.

바라는 바는, 요풍(堯風)이 선풍(禪風)과 함께 길이 불고, 순일(舜日)이 불일(佛日)과 함께 항상 밝아서 바다는 고요하고 강물은 맑으며, 시절은 화풍하고 해마다 풍년이 들어 물건마다 각각 제자리를 얻고, 집집마다 작위(作爲)가 없는 것을 순수하게 즐겼으면 하는 바이다. 구구한 마음이 오직 이 일에만 간절할 뿐이다.

단지 유감스러운 점은 여러 사람들의 어록을 모두 보지 못하여 혹 빠뜨린 것이 있을까 염려가 되지만, 미진한 것은 뒷날의 현인(賢人)을 기다리기로 한다.

정우(貞祐)—금(金)나라의 연호(年號)—14년 병술(丙戌) 중동(仲冬)에 해동(海東)의 조계산(曹溪山) 수선사(修禪社)에서 무의자(無衣子)가 서문(序文)을 쓴다.

拈頌序

—拈頌中抄集

詳夫自世尊迦葉已來 代代相承 燈燈無盡 遞相密付 以爲正傳 其正傳密付之處 非不該言義 言義不足以及 故雖有指陳 不立文字 以心傳心而已 好事者 强記其迹 載在方冊 傳之至今 則其麤迹 固不足貴也 然不妨尋流而得源 據末而知本 得乎本源者 雖萬別而言之 未始不中也 不得乎此者 雖絶言而守之 未始不惑也 是以諸方尊宿 不外文字 不悋慈悲 或徵或拈 或代或別 或頌或歌 發揚奧旨 以貽後人 則凡欲開正眼具玄機 羅籠三界 提拔四生者 捨此奚以哉 況本朝自祖聖會三已來 以禪道延國祚 智論鎭隣兵 而悟宗論道之資 莫斯爲急 故宗門學者 如渴之望飮 如飢之思食 余被學徒力請 念祖聖本懷 庶欲奉福於國家 有裨於佛法 乃率門人眞訓等 採集古話凡一千一百二十五則 幷諸師拈頌等語要 錄成三十卷 以配傳燈 所冀堯風與禪風永扇 舜日與佛日恒明 海晏河淸 時和歲稔 物物各得其所 家家純樂無爲 區區之心切切於此耳 第恨諸家語錄 未得盡覽 恐有遺脫 所未盡者 更待後賢

貞祐-金國年號-十四年丙戌仲冬 海東 曹溪山修禪社 無衣子序

* 尊宿 : 尊은 敬稱이며, 宿은 長者란 뜻으로, 곧 學術이 大衆의 師表가 될 만한 사람이나, 한 절의 住持에 대해 敬稱으로 쓰는 말임.
* 玄機 : 언어로는 표현할 수 없는 깊은 의미가 있는 言行을 뜻함.
* 三界 : 欲界, 色界, 無色界의 총칭.
* 四生 : 일체의 生物이란 뜻임. 모든 생물은 胎生, 卵生, 濕生, 化生에 의해 태어난다고 해서 하는 말임.
* 會三 : 三國을 統一했다는 표현임.
* 傳燈 : 法脈이 끊이지 않고 이어가는 일을 마치 등불이 꺼지지 않고 계속 이어져 밝은 것에 비유한 것임.

「원돈성불론(圓頓成佛論)」과 「간화결의론(看話決疑論)」에 대한 발문(跋文)

슬프도다! 근고(近古) 이래로 불법(佛法)의 피폐해짐이 심하여, 한쪽에서는 선(禪)을 종지(宗旨)로 하여 교(敎)를 배척하고, 또 한쪽에서는 교(敎)를 숭앙하여 선(禪)을 헐뜯게 되었다. 유독 이는 선(禪)이 곧 불심(佛心)이고 교(敎)가 바로 부처의 말이며, 교(敎)가 선(禪)의 벼리이고 선(禪)이 교(敎)의 벼리임을 몰라서이다. 그리하여 드디어 선종과 교종 양종이 길이 원수 보듯 하게 되었으며, 불법의 이치를 배우는 두 종파가 도리어 모순의 핵심이 되었다. 끝내는 다툼이 없는 문으로 들어가 하나의 참된 도를 밟아 나갈 수 없게 된 것이다.

그런 까닭에 선사(先師)께서 이를 슬피 여겨, 이에 「원돈성불론(圓頓成佛論)」과 「간화결의론(看話決疑論)」을 지어, 그 초고(草稿)를 상자 속에 남겨 두었다. 근래에 이것을 꺼내어 대중들에게 보여 줌에, 마침 석령사주(錫齡社主) 희온(希蘊)이 이를 듣고 매우 기뻐하여, 이것을 유통시킬 것을 힘써 청하였다. 이에 홍주(洪州)의 거사(居士) 이극재(李克材)에게 권해 사재(私財)를 털어 판본(板本)으로 간행케 하여, 영원히 무궁토록 전해지게 하였다.

바라는 바는, 성수(聖壽)가 하늘같이 길고 방기(邦基)는 땅처럼 오래하여 종풍(宗風)은 끊이잖고 불일(佛日)은 길이 빛나, 법계의 중생들이 마음으로 깨우쳐 성불하심 뿐일레라.

때는 정우(貞祐) 3년 을해(乙亥) 5월 일에 무의자 혜심(慧諶)은 발문(跋文)을 쓴다.

圓頓成佛論看話決疑論跋

噫 近古已來 佛法衰廢之甚 或宗禪而斥教 或崇教而毁禪 殊不知禪是佛心 教是佛語 教爲禪綱 禪是教綱 遂乃禪教兩家 永作寃讎之見 法義二學 返爲矛盾之宗 終不入無諍門 履一實道 所以先師哀之 乃著圓頓成佛論 看話決疑論 遺草在箱篋間 近乃得之 傳示大衆 時有錫齡社主希蘊 聞之大悅 力請流通 仍勸洪州居士李克材 施財刊板 卽施無窮 所冀聖壽天長 邦基地久 宗風不斷 佛日永明 法界含靈 了心成佛耳

時貞祐三年乙亥五月日 無衣子慧諶跋

* 法義 : 불법의 이치, 곧 教理를 뜻함.
* 洪州 : 오늘날의 忠南 洪城의 古號임.
* 含靈 : 중생을 일컫는 말임.

‘주인공(主人公)’의 탐색(探索)과 그 여백(餘白)

1

『무의자 시집(無衣子詩集)』은 고려 무신 집권기의 불교계를 이끌었던 수선사(修禪社) 제2대 사주(社主) 진각국사(眞覺國師) 무의자(無衣子) 혜심(慧諶, 서기 1178~1234)이 남긴 시집이다. 더 정확하게 말한다면, 시집 뒤에 몇 편의 산문이 부록의 형식으로 붙어 있는 상·하 2권의 필사본(筆寫本)이다.

무의자의 속명(俗名)은 최식(崔寔), 자(字)는 영을(永乙), 휘(諱)는 혜심, 자호(自號)는 무의자로 전남 화순 출생이다. 성장기에 유학을 공부한 그는 1201년 사마시(司馬試)에 합격하여 태학(太學)에 입학하게 된다. 바로 이 기간에 그는 유학을 바탕으로 하여 문학 창작을 수련하였다. 그러나 이듬해 어머니마저 잃게 되자 그는 마침내 별러 왔던 출가를 결행하여 1202년 송광사(松廣寺)의 보조국사(普照國師) 지눌(知訥)에게 허락을 얻는다. 그 후 1205년 지눌은 “내가 이미 너를 얻었으니, 죽어도 한이 없으리라. 너는 마땅히 불법을 펴는 일을 스스로의 임무로 생각하고, 본래의 소원을 바꾸는 일이 없도록 하라〔吾旣得汝 死無恨矣 汝

當以佛法自任 不替本願也]"는 명을 내리기까지 한다.[1] 그의 법기(法器)를 알아본 것이다.

그 후 그는 주로 지리산 일대에서 선(禪)을 통한 수행에 정진하다가, 마침내 1210년 입적(入寂)한 지눌의 뒤를 이어 수선사 2대 사주가 된다. 그리고 1216년 왕명(王命)에 의해 대선사(大禪師)로 추대되고, 이후로도 최우(崔瑀)에게서 금루가사(金縷袈裟)를 하사받는 등 무신 정권의 비호를 받는다. 그러나 무의자는 여러 차례의 부름에도 끝내 도성 안에 발걸음을 하지 않고 무신 집권 세력과 일정한 거리를 두면서 오로지 저술(著述)과 선풍(禪風)의 진작에만 힘을 기울인다. 이 시기의 저작물 가운데 『선문 염송집(禪門拈頌集)』, 『진각국사 어록(眞覺國師語錄)』, 『무의자 시집』은 오늘에 전해진다.

그의 24년에 걸친 교화(敎化)는 마침내 1234년 6월 26일 월등사(月燈寺)에서 마감한다. 향년(享年) 57세요, 법랍(法臘) 32세이다.

『무의자 시집』은 그의 문학적 소양이 듬뿍 담긴 저작물이다. 그 스스로가 '유지불(儒之佛)'이라고 칭하였을 만큼, 문학 창작은 그의 일생에 걸친 주된 관심사 가운데의 하나였던 것이다. 그런 연유에서 『무의자 시집』에 수록된 일련의 시들은 일반 시인의 작품으로 보아도 전혀 무리가 없을 정도로 개인의 정서가 스스럼없이 노래되고 있다. 승려의 붓끝에서 나온 작품으로 간주하기 어려울 만큼 보편적인 한 인간으로서의 진솔한 서정이 담겨 있는 시들이 『무의자 시집』의 지면을 상당량 차지한다.

그렇지만 무의자는 어디까지나 속세의 사람과는 다른 길을 걷는 구도자이다. 따라서 구도(求道)의 일상에서 느꼈던 심회가 자연스럽게 시로 표출, 창작되어 『무의자 시집』의 또 다른 한 부분을 차지하고 있는 것도 사실이다. 승려의 신분으로 수행 과정에서 느낀 서정의 표출은 물론 일

1) 李奎報, 「曹溪山第二世故斷俗寺住持修禪社主贈諡眞覺國師碑銘竝序」(『東國李相國集』 第35卷 所收) 참조.

반 문사의 그것과 필시 다른 모습임은 분명하다. 바로 선취(禪趣)가 물씬 풍겨나는 일련의 시들이 그것들이다. 이런 경향의 시들 때문에 무의자는 우리 문학사에서 최초의 선시(禪詩) 작가로 손꼽힌다.

이제부터 본고는 『무의자 시집』에 수록된 무의자의 시세계를 크게 다음의 두 측면에서 다루고자 한다.[2] 먼저 하나는 그의 선시 작품을 통해 그가 수행의 방편으로 택하였던 화두와 수행 방법이 무엇이었던가를 추론해 보고자 한다. 이는 무의자를 단지 선시의 새로운 경지를 개척한 승려 시인 정도로만 소개하는 연구 현실을 극복하고, 무의자 선시의 한 특징을 보다 극명하게 규명해 보고자 함이다.

그리고 또 하나는 그가 수행의 여가에 지었던 일반적인 내용과 형식의 한시를 통해 승려이자 한 사람의 시인으로서의 무의자의 체취와 다정 다감한 면모를 엿보고자 한다. 선시 작가로만 무의자를 묶어 두기보다는, 선시 작가이기 이전에 승려로서의 무의자의 인간적이고 따뜻한 삶의 자세와 시인으로서의 무의자의 문학적 감수성과 그 성과를 검토해 보기 위해서이다.

2

다음 작품은 무의자가 출가할 때 지었다고 하는 「외롭고 분해서 부르는 노래〔孤憤歌〕」이다. 이 작품에서 우리는 그의 출가(出家) 동기를 엿

---

2) 무의자의 시세계는 매우 다채롭고, 또 그의 실험 정신은 여러 가지 형식의 시로 나타나고 있다. 참고로, 필자는 무의자의 戱作詩에 관해 「高麗 武臣執權期에 나타난 戱作的 傾向의 一面 – 集句詩·寶塔詩·回文詩를 中心으로」(『竹夫 李篪衡 教授 停年退任 紀念論叢』, 1996년 11월, 太學社)에서 부분적으로나마 다룬 적이 있으며, 그의 향가에 관한 관심을 「慧諶의 碁詞腦歌에 대하여 – 漢譯鄕歌의 一面」(1997년 4월 19일, 韓國漢文學會 春季發表會 發表要旨)에서 살펴본 바 있다.

볼 수 있다.

사람이 천지간에 태어나면,
흰 해골에 아홉 구멍 누구나 똑같은데.
누구는 가난하고 누구는 부유하며 누구는 귀하고 천한데다,
누구는 예쁘고 누구는 추하니 이 무슨 연유인가?
일찍이 듣자하니 조물주는 본래 사심 없다는데,
이제사 알겠도다, 그 말이 거짓말일 뿐임을.
호랑이는 발톱이 있으나 날개는 없고,
소란 놈은 뿔 있으나 사나운 이빨이 없지.
그런데 모기와 등에는 무슨 공이 있길래,
날개까지 있는데다 침마저 가졌는가?
학의 다리 길지만 오리 다리 짧으며,
새는 다리 두 개인데 짐승 다리 넷이로다.
물고기는 물에서는 날쌔지만 뭍에서는 형편없고,
수달은 뭍에서도 날래지만 물에서도 날래다네.
용 · 뱀 · 거북이 · 학은 수천 년을 사는데,
하루살인 아침에 태어나서 저녁이면 죽는다네.
모두가 한 세상을 살거늘,
어찌하여 천 가지로 만 가지로 다르느뇨?
그런 줄도 모르면서 그러한가?
대개 누가 시켜서 그러는가?
위로는 하늘에 물어보고,
아래로는 땅에도 따져본다.
하늘과 땅 묵묵히 말 없음에,
뉘와 함께 이 이치를 논해 보리.

가슴 속에 쌓여 있는 외로운 이 울분,
해가 가고 달 갈수록 골수를 녹이누나.
기나긴 밤 더디더디 어느 때나 새려는고?
자주자주 서창(書窓)을 바라보며 울기를 그치잖네.

—「외롭고 분해서 부르는 노래〔孤憤歌〕」[3)]

무의자, 아니 속인(俗人) 최식(崔寔)의 시선에 비친 이 세상은 그야말로 차별과 불평등으로 가득 찬 혼돈의 세계이다. 인간의 삶의 양상뿐만이 아니다. 모든 동물들조차도 그 생김새가 천차만별이다. 각기 다른 이 생김새들로 인해 그들의 능력이나 수명마저 좌지우지되는 혼란스러운 세상이다. 현상계에 대한 일개 서생(書生)의 환멸은 울분을 일으키고 의심을 자아낸다. 그러나 속세의 어느 곳에서도 명쾌한 답은 찾을 수 없다. 이에 유문(儒門)을 박차고 불문(佛門)으로의 귀의를 결심한다.

다음의 「하늘과 땅을 대신해서 답을 함〔代天地答〕」이란 시는 위 작품에 대한 회답의 형식이다. 창작 시기는 정확히 알 수 없지만, 아마도 그가 승적(僧籍)에 이름을 올리고 나서 어느 정도 깨달음을 이룬 뒤에 지은 것으로 추정된다.

천 가지로 만 가지로 죄 다른 일들이란,
모두가 망상(妄想) 따라 생겨나는 것이로다.
만에 하나 이 분별심(分別心) 벗어나면,

---

3) 『무의자 시집』(* 이하에서는 『시집』으로 略稱한다) 上卷, 「孤憤歌」.
人生天地間 白骸九竅都相似 或貧或富或貴賤 或姸或醜緣何事 曾聞造物本無私 乃今知其虛語耳 虎有爪兮不得翅 牛有角兮不得齒 蚊虻有何功 旣翅而又觜鶴 脛長兮鳧脛短 鳥足二兮獸足四 魚兮於水拙於陸 獺能於陸又能水 龍蛇龜鶴數千年 蜉蝣朝生暮當死 俱生一世中 胡奈千船萬船異 不知然而然 夫誰使之使 上以問於天 下以難於地 天地默不言 與誰論此理 胸中積孤憤 日長月長銷骨髓 長夜漫漫何時曉 頻向書窓啼不已.

무엇인들 다 같은 것 아니겠나?

—「하늘과 땅을 대신해서 답을 함〔代天地答〕」[4)]

답은 인식(認識)의 문제이다. 삼라만상의 천차만별 현상은 그릇된 인식, 바로 망상(妄想)에서 기인한다는 것이다. 다른 말로 분별심(分別心)이다. 불가(佛家)에서 말하는 분별심이란 미망(迷妄)의 소산(所産)으로 진여(眞如)의 도리에 맞아 떨어지지 않는 마음이다. 따라서 진여의 경지에 오르기 위해서는 알아야 할 인식 대상과의 대립을 초월하여 평등한 무분별지(無分別智)를 얻어야 한다는 것이다.

불법(佛法)에 뜻을 두고 사모하와,
찬 재 같은 마음으로 좌선(坐禪)을 배우나니.
공명(功名)이란 하나의 깨어질 시루이고,
사업(事業)이란 목적을 달성하면 덧없는 것.
부귀(富貴)도 그저 그렇고,
빈궁(貧窮)도 또한 그런 것.
내 장차 고향 마을 버리고,
소나무 아래에서 편안히 잠이나 자려네.

—「출가(出家)할 때 집을 하직하며 지은 시〔得度時辭家詩〕」[5)]

논의의 시점을 앞으로 돌려, 다시 출가를 결행하면서 지은 시를 보도록 한다. 자신의 미망과 의혹을 씻어 줄 곳은 불문이란다. 속세의 공명

---

4)『시집』 상권, 「代天地答」
萬別天差事 皆從妄想生 若離此分別 何物不齊平.

5)『시집』 상권, 「得度時辭家詩」
志慕空門法 灰心學坐禪 功名一墮甑 事業恨忘筌 富貴徒爲爾 貧窮亦自然 吾將捨閭里 松下寄安眠.

과 사업, 부귀와 빈궁은 모두 덧없는 그저 그런 것이다. 더 이상 분별심이 자라날 수 없도록 '찬 재 같은 마음〔灰心〕'을 유지하면서 좌선을 마치면 솔바람 속에서 편히 잠이나 자고자 한다.

편안한 잠. 이는 모든 번뇌와 망상을 잊은 상태에서 드는 숙면(熟眠)이다. 비약한다면 진여의 세계에 드는 것이다. 그러기 위해서는 필히 '찬 재 같은 마음〔灰心〕' 상태가 전제되어야 한다.

산들바람이 솔소리를 불러오니,
쓸쓸한 게 맑고 또한 애처롭다.
밝은 달은 심파(心波)에 떨어져,
해맑고도 깨끗이 먼지 하나 없구나.
보고 듣는 것이 너무나 상쾌하여,
시구를 읊조리며 혼자서 배회한다.
흥 다함에 고요히 앉아 보니,
마음이 차갑기가 죽은 재 같아라.

—「연못가에서 우연히 읊음〔池上偶吟〕」[6)]

수행의 겨를에 못가로 나왔다. 맑고도 잔잔한 연못에 달 그림자가 비추인다. 시구를 읊조리다 못가에 앉아 들여다보니 어느덧 마음이 차분하게 가라앉는다. 모든 감정마저 죽은 재처럼 고요하다. 모든 것을 있는 그대로 분별심 없이 비추는 연못에 자못 경건하고 숙연한 마음가짐이 되어 버린 것이다. 모든 것을 있는 그대로 반영하는 고요한 연못은 무분별지에 어긋남이 없다.

---

6) 『시집』 상권, 「池上偶吟」
微風引松籟 肅肅淸且哀 皎月落心波 澄澄淨無埃 見聞殊爽快 嘯咏獨徘徊 興盡却靜坐 心寒如死灰.

이처럼 무의자의 시에는 연못이 자주 소재로 등장한다. 다음 작품도 마찬가지이다.

차갑기가 얼음 녹은 물 마시듯,
빛나기가 새로 닦은 거울인 양.
다만 한 가지 맑은 맛을 가지고,
천차만별 그림자를 훌륭히도 비추누나.

—「맑은 못〔淸潭〕」[7]

연못에 대한 무의자의 이미지는 여느 승려의 그것과 크게 다르지 않다. 깨끗한 거울의 이미지로, 무차별의 담박함이요, 무분별지이다. 무의자는 여기에 자신의 얼굴을 내밀고 비추어 본다.

못가에 홀로이 앉았다가,
못 아래서 우연히 중 하나를 만난다.
묵묵히 웃으며 서로를 바라보나니,
그대 말 걸어도 대답하지 않을 걸 나는 안다네.

—「그림자를 마주하고〔對影〕」[8]

바람 자고 고요히 파도 일지 않으니,
삼라만상이 눈에 가득 비치누나.
많은 말이 무어 필요하랴?

7) 『시집』 하권, 「淸潭」
寒於味釋氷 瑩若新磨鏡 只將一味淸 善應千差影.

8) 『시집』 하권, 「對影」
池邊獨自坐 池低偶逢僧 嘿嘿笑相視 知君於不應.

바라만 보아도 뜻이 벌써 족한 걸.

—「작은 연못〔小池〕」[9)]

무의자가 수행의 틈틈이 연못가를 찾은 것은 다름이 아니다. 자신을 비추어 보고자 함이다. '나'는 무엇인가, 내 마음의 주재자라고 하는 '나'란 과연 어떤 존재인가를 비추어 보고자 함이다. 비록 겉모습만을 본다고 하더라도 그 외양을 통해 그 안에 담긴 '나'를 엿보고자 함이다. 물에 비친 또 다른 나에게 '너는 누구냐?' 묻고 싶었던 것이다. 그러나 또 다른 내가 나에게 '너'는 과연 어떤 존재라고 대답해 줄 리는 물론 없다. 그러나 바라보기만 하여도 마음에 족하다. 말이 필요 없는 이심전심의 경지이다.

3

연못에 비친 자신의 그림자에게 '너는 누구냐' 하고 던지던 질문은 다시 무의자 자신의 내면(內面)에도 던져진다.

넓고도 큰데다 무의(無依) 무상(無相)한 몸이라,
선가(禪家)에선 본래인(本來人)이라 하지요.
다만 스스로 허명(虛明)한 곳 잘도 비추니,
어찌 다른 데를 쫓아가서 고생스레 나루를 묻겠는가?

—「응률선사의 「구법(求法)」시를 차운해서〔次膺律師求法韻〕」[10)]

---

9) 『시집』 하권, 「小池」
無風湛不波 有像森於目 何必待多言 相看意已足.

10) 『시집』 하권, 「次膺律師求法韻」
廓落無依無相身 禪家喚作本來人 但能自照虛明地 何更從他苦問津.

'진정한 나'를 찾는 일. 바로 해탈이다. 불가에서는 '진정한 나'를 본래인(本來人)이라고 한다. 본래인이란 본래면목(本來面目)의 다른 표현으로, 깨달은 경지에서 볼 수 있는 모든 인간들이 갖추고 있는 심성(心性)을 뜻한다. 다시 말하면, 조금도 인위(人爲)가 더해지지 않은 자연(自然) 그대로의 심성을 뜻하는 것이다. 본래 면목은 본지풍광(本地風光), 주인공(主人公), 무위진인(無位眞人)과 같은 말로 쓰이기도 한다.

'진정한 나'를 찾는 일은 다른 데에서 문진(問津)할 일이 아니다. 끊임없이 자아의 내부에서 우리의 '참마음'을 찾는 일로 귀결된다. 이 '참마음' 찾는 일을 비유적으로 표현한 화두(話頭)가 서암화상의 '주인공' 화두이다. 이 '주인공' 화두를 소재로 지은 시가 다음 작품이다.

주인공아! 예. 내 깨우침을 듣거라!
가장 좋은 것은 살생(殺生)과 도둑질, 음행(淫行)을 굳게 없앰이라.
화취 지옥(火聚地獄), 도산 지옥(刀山地獄)은 어느 누가 만들었나?
너의 잘못된 행실과 마음에서 모두 생겨나니라.

주인공아! 예. 내 가르침을 듣거라!
도처에서 사람을 만나거든 모름지기 입조심을 하거라.
입이란 앙화를 부르는 문으로 더욱 막을 일이니,
유마거사(維摩居士) 침묵한 취지에 참여하여 갖추어라.

(* 維摩默 : 維摩居士의 沈默. 病中에 방문한 문수보살의 法門에 沈默으로 一切法을 나타냈다는 禪話)

주인공아! 예. 내 말을 들어라!
십악(十惡)의 원수 같은 집안을 빨리 멀리 벗어나라.
악이란 제 마음에서 생겨 나와 도리어 제 자신을 해치나니,

나무에 번성한 꽃과 열매가 도리어 가지를 부러뜨리느니.

(*十惡 : 十不善이라고도 하는데, 殺生, 偸盜, 邪淫, 綺語, 妄語, 惡口, 兩舌, 貪, 瞋, 癡를 가리킴)

주인공아! 예. 내 얘기를 들어라!
아침 저녁 부질없는 목숨 능히 얼마나 되는고.
어제를 허송하고 오늘도 그러하면,
나서 오고 죽어 가는 그곳이 어딘가를 알겠는가?

주인공아! 예. 정신 바짝 차리거라!
열두 때를 항상 깨어 있으라.
원래부터 인간 몸은 세상에 전혀 근거 없나니,
꿈, 환상, 허공화(虛空花)를 잡아들려 하지 마라.

(*空花 : 虛空花. 迷惑에 의한 幻影의 하나로, 눈병이 난 사람에게 虛空에 꽃과 같은 것이 어른거리는 것처럼, 實體가 없는데도 實體를 본다고 착각하는 것을 이름)

주인공아! 예. 너는 마음인가, 부처인가?
부처도 아니며 마음도 아니요 물건 또한 아니로다.
필경에는 어떠한 이름으로 무엇이라 부르리까?
주인공이라 부르지만 일찌감치 틀렸도다. 쯧!

—「법(法)을 구함에 서암(瑞巖)의 주인공(主人公) 화두(話頭)로 게(偈)를 지음〔求法擧瑞巖主人公話作偈〕」[11]

---

11)『시집』 하권, 「求法擧瑞巖主人公話作偈」
主人公諾聽我箴 最好堅除殺盜淫 火聚刀山誰做得 都緣是汝錯行心
主人公諾聽我論 到處逢人須愼口 口是禍門尤可防 維摩默味參取

서암(瑞巖)의 '주인공(主人公)' 화두(話頭)란 옛날 중국의 선승(禪僧) 서암화상이 매일 '주인공'을 스스로 부르고는 다시 스스로 응낙하면서, "깨어 있는 정신으로 나타나라", "다른 때나 다른 날에 남에게 속임을 당하지 마라", "그렇지, 그렇지"라고 자문자답(自問自答)하였다는 일화에서 나온 유명한 공안(公案)이다. 흔히 '주인공'은 진아(眞我)나 불성(佛性)으로 풀이된다.

위 시는 모두 여섯 수로 이루어진 작품으로, 『조선불교통사(朝鮮佛教通史)』에서는 이 시의 제목을 "「해양(海陽)의 불교 신자 십여 사람이 암자에 와서 법을 구하기에 서암의 '주인공' 화두를 들어 이에 일곱 가지 게를 설하였다〔海陽信士十餘人 到庵求法 擧瑞巖主人公話 因說七偈〕」"라고 하였다. 이 제목대로라면, 이 시는 본래 도합 일곱 수로 이루어진 것이 아니었나 하는 의심이 든다.

전체적인 내용을 요약해 보면 다음과 같다. 첫 수에서는 선행(善行)을, 둘째 수에서는 말조심을, 셋째 수에서는 인용문의 주(註)에서 설명된 10악(惡)에서의 탈피를, 넷째 수에서는 허송 세월 하지 말 것을, 다섯째 수에서는 정신을 차리고 살 것을 강조하고 있다. 그리고 마지막 수에서는 '주인공'의 정체가 과연 무엇인가 의문을 던지고 있다. 마음도, 부처도, 물건도 아니라고 했다. '주인공'이라고 이름지어 부르기는 하지만, 그 또한 무엇인지 모른다는 것이다.

무의자의 스승이었던 지눌은 '심즉불(心卽佛)' 이론을 바탕으로 한 돈오점수(頓悟漸修)의 선정(禪定) 수행을 강조한 인물이다. 이런 사상적 기초 위에서 정혜결사(定慧結社) 운동을 일으켜 수선사를 세웠을 뿐만

主人公諾淸我辭 十惡寃家速遠離 惡自心生還自賊 樹繁花菓返傷枝
主人公諾聽我語 旦暮浮生能幾許 昨日虛消今日然 生來死去知何處
主人公諾惺惺着 十二時中常自覺 從來身世太無端 夢幻空花休把
主人公諾心耶佛 非佛非心亦非物 畢竟安名喚作誰 喚作主人早埋沒咄.

아니라, 그 법맥을 무의자에게 잇도록 하였던 것이다. 그런데 왜 무의자는 '주인공'이 마음도 부처도 아니라고 했을까?

일찍이 '선(禪)의 검객(劍客)'이라고 불릴 만큼 날카로운 선풍(禪風)을 날렸던 남전(南泉)은 "길에서 검객을 만나면 칼을 바치고 시인을 만나거든 시를 바쳐라〔路逢劍客須呈劍 路逢詩人須呈詩〕"라고 하였다. 이는 있는 그대로 보라는 말이다. 따라서 자문 자답하는 나는 마음도 아니요, 부처도 아니다. 더욱이 물건도 아닌 것이다. 진작부터 '주인공'이라고들 불러 왔지만, 그것도 하나의 이름이지 '주인공'의 본질 자체는 아닌 것이다. 따라서 '주인공'의 본질에 접근하기 위해서는 있는 그대로의 '주인공' 자체를 우선 보아야 한다는 것이다.

'미친 말〔狂馬〕'이라고 불릴 정도로 파격적인 선기(禪氣)를 내보였던 당나라의 선승 임제(臨濟)는 "부처를 만나면 부처를 죽이고, 조사를 만나면 조사를 죽이고, 나한을 만나면 나한을 죽이고, 부모를 만나면 부모일지라도 죽여라〔逢佛殺佛 逢祖殺祖 逢羅漢殺羅漢 逢父母殺父母〕"라는 유명한 해탈 법문(法門)을 남겼다. 아무것도 구애받지 않는 최상의 자유를 얻을 때 비로소 완전히 자유로운 인간, 곧 해탈의 경지에 이를 수 있다는 가르침이다. 따라서 무의자가 '주인공'을 부정한 것은 단순한 부정이 아닌 것이다. 첫째 수에서 다섯째 수에 이르기까지의 가르침을 모두 실현하고 나서, '주인공' 자체를 있는 그대로 보고 난 뒤에 '주인공'이라는 임시 방편의 이름 곧 허상(虛像)을 완전히 부정할 때 비로소 '주인공'—진아(眞我), 불성(佛性)—을 얻을 수 있다는 뜻이다.

다음의 시 또한 '주인공'을 찾을 것을 선배에게 당부하는 내용이다.

아상(我相)과 인상(人相)의 산 아래선 삼독(三毒)을 만나고,
역경(逆境)과 순경(巡境)의 길에서는 팔풍(八風)을 만나지요.
혹업고(惑業苦)가 어지러워 제지하기 어려우니,

마땅히 자주자주 주인공(主人公)을 부르시라.

(* 我人 : 四相 가운데의 我相과 人相을 가리킴.

* 三毒 : 貪, 瞋, 癡의 총칭.

* 逆順 : 逆境과 順境을 뜻함.

* 八風 : 利, 衰, 毁, 譽, 稱, 譏, 苦, 樂의 총칭.

* 惑苦 : 惑, 業, 苦의 三道를 줄여서 쓴 말임)

—「김선배께 답함〔答金先覺〕」[12)]

온통 불가 용어로 이루어진 시이다. 같은 길을 가는 선배에게 주는 시이기 때문이리라. 삼독(三毒)이나 팔풍(八風), 삼도(三道) 모두 인간 모두에게 내재되어 있는 불성을 해치는 욕망의 총칭이다. 이들을 극복하고 본연의 불성—본래 면목—을 회복하기 위해 부단없이 '주인공'을 탐색해 나갈 것을 위 시에서는 당부하고 있다. 무의자 스스로가 연못의 잔잔한 수면에 자신의 모습을 비추기도 하면서, 자신의 내면에다 '너는 누구냐?' 라고 질문을 던지던 그 '주인공' 탐색의 수행 방법을 선배에게 제시하고 있는 것이다.

이런 당부는 앞의 두 시에서 보았듯이 승속(僧俗)을 가리지 않는다. '주인공'을 찾는 일은 누구나에게 중요한 일이기 때문이다.

4

이름이 대혼(大昏)이라 어두운 곳에서 잠만 잘까 두려우니,

모름지기 향긋한 차 자주 달여 마시게나.

---

12) 『시집』 하권, 「答金先覺」

我人山下逢三毒 逆順途中遇八風 惑苦紛然難制止 也宜頻喚主人公.

날마다 염불(念佛)을 하는 것은 본래부터 꿈 속의 일이리니,
부처님의 분부를 받잡거든 그대는 전하시게.

—「대혼상인(大昏上人)이 차를 얻어가며 시를 달라길래〔大昏上人因丐茶求詩〕」[13)]

차를 얻으러 온 승려의 이름이 마침 대혼(大昏)이었던 모양이다. 이에 무의자는 그에게 차를 나누어 주며 그의 이름을 빌려 시 한 수를 짓는다. 이름처럼 어두운 곳에서 잠만 자지 말란다. 산다는 것이 본래 '한바탕 꿈'—대혼(大昏)—이거늘, 잠에서 깨어 행하는 염불도 수행도 꿈속의 일이다. 나아가 '한소식' 듣는 것도 꿈속의 일이다. 차 마시며 정신차려 대혼(大昏) 속에서 열심히 수행해 해탈하길 바란다는 내용이다.

불교는 흔히 불립 문자(不立文字)라고 한다. 더 정확하게 이야기하면 선(禪)을 불립 문자라고 한다. 그런데 무의자는 위 시에서 '대혼(大昏)'이란 이름을 빌려 대혼이란 사람을 '대혼'이라 부르면서 충고하고 있다. 달이란 존재를 깨우쳐 주기 위해 달을 가리키듯이, 상대의 존재를 깨우쳐 주기 위한 방법으로 현상계의 상대 이름—나아가 상대의 '주인공'—을 불러 주의를 환기시키고 있는 것이다.

이러한 방법이 구사된 또 다른 시이다.

실제(實際)는 본래부터 잠잠하니 고요하고,
신기(神機)는 저절로 영험하고 밝도다.
운명을 따르고 허랑(虛浪)한 생각 잊는다면,
혼침(昏沈), 도거(掉擧) 두 기둥에, 무슨 상관 있을쏘냐?
정신이 맑디 맑아 잊음 없는 것이 진(眞)이요,

---

13)『시집』 상권, 「大昏上人因丐茶求詩」
大昏昏處恐成眠 須要香茶數數煎 當日香嚴原睡夢 神通分付汝相傳.

고요히 분별치 않음이 바로 일(一)이라.
다만 그대 이름 저버리지 않으면 되는 것을,
무엇하러 다른 방법 쓰려는가?

이 시의 제목은 「진일상인(眞一上人)이 와서 말하기를, "저는 타고난 성품이 산란하여 능히 다스릴 수가 없으며, 혹 고요한 곳에 엎드려 있더라도 곧 마음이 우울하여 아무것도 할 수 없는 상태에 빠지게 됩니다. 오로지 이 두 가지가 병인데, 청컨대 법게(法偈)를 얻어 병을 다스릴 처방(處方)을 삼고자 합니다" 하였다〔眞一上人 來言曰 某乙賦性散亂 未能調攝 或於靜處捺伏 則更落昏沈 惟此二病是患 請得法偈 爲對治方〕」[14]이다. 상당히 긴 제목으로 작시의 배경이 드러나고 있다.

진일이란 승려가 마음이 산란하고 우울한 성벽이 있어 수행에 괴로움을 느끼고 있었던 모양이다. 이에 무의자는 '진일(眞一)'이란 이름을 풀어 그에게 처방을 내려 준다. 맑은 정신으로 무분별지를 얻는 것이 바로 '진일(眞一)'이란다. 이름에 걸맞은 자세로 수행 정진하라는 것이다. 유가식으로 말한다면 명실(名實)이 상부한 존재가 되라는 말이다. 정명(正名)을 이야기한 것이다.

그런데 명실이 상부한 존재가 되라는 말을 불가적으로 바꾸어 표현하면, 본래 면목과 부합하는 인간이 되라는 말이다. 현상적으로 "아무개야!" 하고 부를 때 다름아닌 아무개가 "예" 하고 대답하듯이, 아무개라고 부르는 손가락질을 통해서만이 본래의 '주인공'을 확인할 수 있는 것이다. 결국 '주인공'은 이름이라는 일상의 형식을 통해서만이 설명할 수 있고, 다른

14) 『시집』 상권, 「眞一上人 來言曰 某乙賦性散亂 未能調攝 或於靜處捺伏 則更落昏沈 惟此二病是患 請得法偈 爲對治方」
實際本來湛寂 神機自爾靈明 任運忘懷虛浪 何關沈掉兩楹 惺惺無忘曰眞 寂寂不分是一 但能不負汝名 何用別他術.

개체와 식별될 수 있는 것이다.

그런 연유에서 무의자는 후학(後學)들의 이름을 풀어 그들 각각에게 깨우침을 주는 방법을 자주 사용하였다고 여겨진다. 아래의 네 편의 시들은 「시자(侍者) 네 사람이 게송(偈頌)을 구하길래〔侍者四人求頌〕」[15]라는 큰 제목 아래에 함께 묶여 실린 작품들이다. 두 작품씩 차례로 보자.

마음을 깨달아야 큰 도에 이르나니,
범인(凡人)과 성인(聖人)은 한데 묶을 수 없는 법.
희구(希求)하면 곧 조사(祖師) 될 수 있나니,
끊임없이 바다 향한 시냇물을 배우도록 하거라.

—「희조(希祖)에게 보여 줌〔示希祖〕」

미혹의 바람이 깨우침의 바다를 일렁이니,
깨우침의 바다에 빈 물거품 생겨난다.
빈 물거품에 삼유(三有)가 들어붙어,
삼유가 잠시 동안 머무른다.
바람이 잠들면 물결은 저절로 고요하고,
거품도 사라져서 생겨날 수 없도다.
잠잠한 절벽의 물가들,
돌아봐도 물결은 아득키만.

(*三有 : 生有, 本有, 死有의 통칭)

---

15) 『시집』 하권, 「侍者四人求頌」

「示希祖」 通心達大道 凡聖不同纆 希則可爲祖 還如學海川.

「示玄湛」 迷風動覺海 覺海生空漚 空漚着三有 三有暫停留 風怗浪自靜 漚滅無從由 湛湛絶涯涘 顧之浪悠悠.

「示了嘿」 心常了了口常嘿 且作佯癡方始得 師佲藏錐不露尖 是名好手眞消息.

「示自閑」 終日青山在白雲 白雲終日在青山 山不顧雲雲戀山 山與白雲具自閑.

—「현담(玄湛)에게 보여 줌〔示玄湛〕」

먼저 법호(法號)가 희조(希祖)와 현담(玄湛)인 두 제자에게 주는 시이다.

희조에게는 바다를 향한 시냇물처럼 끊임없이 조사(祖師)를 희구(希求)하면, 마침내 깨달음의 경지에 오를 수 있다는 가르침을 주고 있다. 희조(希祖)라는 현상계의 임시 방편의 이름에서 방법을 찾아 수행에 정진하라는 말이다.

현담(玄湛)에게는 물가의 절벽처럼 담담(湛湛)하라고 한다. 아니, 담담의 경지를 넘어 현담(玄湛)하라고 한다. 아무리 미혹의 바람이 깨우침의 바다를 출렁여 삼유의 물거품이 일게 하더라도 자아를 잃지 말고 절벽처럼 의연하라는 가르침이다. 이 시 또한 제자들의 이름을 풀어 깨우침을 주는 내용이다.

다음은 계속해서 요묵(了嘿)과 자한(自閑)이란 제자에게 내려 준 시이다.

마음 항상 슬기롭고 입은 항상 닫고 있어,
장차 바보랑 짝할 듯하니 비로소 방편(方便)을 얻었구나.
스승의 문하에서 뛰어난 재주 내보이질 않으니,
이는 한 소식 하는 데 아주 좋은 방편이라.

—「요묵(了嘿)에게 보여 줌〔示了嘿〕」

종일토록 청산은 흰 구름 속에 있고,
흰 구름은 하루 종일 청산에 있도다.
산이 구름을 돌아보지 않아도 구름은 산을 좋아하니,
산과 흰 구름 모두가 스스로 한가하다.

—「자한(自閑)에게 보여 줌〔示自閑〕」

요묵(了嘿)은 이름처럼 과묵한 제자였던 모양이다. 그리고 확실히 알 수는 없지만 아주 겸손하거나 총기 없는 다소 둔한 승려였을 성싶다. 사실 수행 성불(成佛)하는 데는 다소 우둔한 성품이 보다 낫다는 말이 있다. 그래서 무의자 또한 그에게 아주 좋은 방편을 얻었다고 인정하고 있다. 이 인정은 그런 품성을 잃지 말고 더욱 정진하라는 주마가편(走馬加鞭)의 격려인 것이다.

자한(自閑)에게는 청산(青山)과 백운(白雲)을 빌려 그의 이름을 풀이해 주고 있다. 그 둘은 하루종일 함께하지만, 서로가 재촉함 없이 스스로 한가하다는 것이다. 자한(自閑)에게 청산과 백운 같은 자한(自閑)의 경지를 얻을 수 있도록 노력하라는 무의자의 당부가 여기에 담겨 있는 것이다.

어쨌거나 무의자는 수행의 틈틈이 도반(道伴)이나 제자들에게 이름—현상계에서 편의상 붙인 주인공의 이름—에 걸맞은 승려가 되기를 당부하거나, 수행을 해나갈 것을 제시하고 있다. 그런데 사찰에서는 서로간에 승려들의 법호를 부르기도 하지만, 때로는 각자 맡은 소임(所任)을 이름처럼 부르기도 한다. '원주(院主) 스님'이니, '지객(知客) 스님'이니 하는 칭호가 그것이다. 이 소임 또한 주인공을 부르는 현상계의 또 다른 이름이라 할 수 있다. 다음은 소임의 칭호를 통해 가르침을 준 시이다.

듣자하니, 옛 선화(禪和)는 흙덩이 깨지는 소리를 듣고,
홀연히 삼천계(三千界)를 깨우쳤다지.
분부하노니, 괭이 자루 네가 지녀 가져서,
그대 몸을 따라다녀 자재(自在)할 수 있게 하라.

—「검원두(儉園頭)가 송(頌)을 지어 달라길래〔儉園頭求頌〕」[16)]

---

16) 『시집』 하권, 「儉園頭求頌」
聞古禪和擊土塊 忽然打破三千界 钁頭分付汝提持 受用從君得自在.

'원두(園頭)'는 사찰에서 채소밭을 가꾸는 소임(所任)을 맡은 승려를 지칭하는 말이다. 성(姓)이 검(儉)인 원두 스님 하나가 무의자에게 시를 청했던 모양이다. 이에 무의자는 땅을 파던 옛 선화(禪和)가 문득 해탈하였던 일화를 빌려, 소임에 충실할 것을 권면하고 있다. 해탈이란 반드시 어떤 특별한 형식을 지닌 수행에 동반하는 것이 아님을 이야기하고 있는 것이다. 자신이 '원두'로 불릴 때, '원두'는 곧 자신의 외양이며, 또 다른 자신인 것이다. 무의자가 물에 비친 자신의 모습을 비추어 보며 본질적인 자아를 모색하였던 일처럼, 원두는 원두로서의 일상의 임무를 자각하고 이를 통해 자신의 본질을 추구해야 한다는 것이다.

무분별지(無分別智)를 얻고 성불(成佛)하는 일. 이는 예나 제의 불제자들에게 주어진 영원한 과제이다. 이 과제의 완수를 위해 수없이 많은 승려들은 나름대로 수행의 방편을 모색해 왔다. 무의자의 경우는 남아 있는 그의 시들로 미루어 보아 주인공 화두에 몰입하여 수행에 정진한 인물로 여겨진다. 무의자는 자신의 모습을 잔잔한 연못의 수면 위에 비추어 보기도 하였으며, 자신의 내면에 '너는 누구냐' 하는 질문을 부단히 던졌던 것이다. 이는 스승 지눌 선사의 '심즉불(心卽佛)' 사상과도 맥이 이어지는 일련의 수행 방편이다. 아울러 무의자는 이러한 수행 방법을 자신의 주변에 있는 도반들이나 제자들에게도 제시하였던 것이다. 주인공 화두를 소재로 해서 지어 준 시들이나, 그들 각각의 이름을 풀어 깨우침을 준 시들이 그 좋은 증좌이다.

5

이상에서는 주인공 화두를 통해 선정 수행과 교화에 골몰했던 승려 무의자의 모습을 살펴보았다. 이제부터는 수행의 여가에 끓어오르는 시심

(詩心)을 토로한 일련의 시들을 통해, 승려이자 한 사람의 시인으로서의 무의자의 일상적인 면모를 살펴보기로 한다.

사신의 그림자가 조계수(曹溪水)로 떨어져,
휘황찬란 광채가 천지간을 비추누나.
위엄으로 빈한한 중 위협해도 어쩔 수가 없으리니,
비로소 아시리라, 중이란 코뚜레로 뀔 수 없는 소 같은 존재임을.
(조칙으로 불렀지만 응하지 않고 이 시를 지었음 - 원주)

—「황중사(黃中使)의 시를 차운해서〔次黃中使韻〕」[17]

중사(中使)란 서울에서 온 사신(使臣)을 부르는 말이며, 조계수(曹溪水)는 실제의 물을 가리키는 것이 아니라 '절'을 빗대어 쓴 표현이다.

황씨 성을 지닌 사신이 조칙을 가지고 도성에서 내려온 모양이다. 몇 차례 왕의 부름에도 결코 도성(都城) 안에 발을 들여놓지 않았다는 비문(碑文)의 일화로 보아, 아마 이때에도 왕이 서울로 불렀던 모양이다. 아무리 위협해도 응하지 않겠다는 결의를 내보이고 있는데, 자신을 무파비(無巴鼻 : 콧구멍 없는 소)로 비유해 코뚜레로 꿰어 갈 수 없을 것이라 한다. 다시 말하면 이 결의는 선승(禪僧)으로서의 자기 본분에 충실할 것을, 나아가 수선사를 기반으로 하여 선풍을 진작시켜야 하는 수선사 사주로서의 자기 직분에 충실할 것을 역으로 나타내 보인 것이라고 하겠다.

다음의 시 또한 정치 집단과 일정한 거리를 두고 있는 무의자 자신의 모습이 투영된 작품이다.

---

17) 『시집』 하권, 「次黃中使韻」
使星影落曹溪水 光芒爍爍照天地 威迫寒僧不奈何 始知禪者無巴鼻(- 宣喚不應故云).

꿩이 알을 낳았다, 무성한 풀숲에다
사람이 가져다가 닭 둥지에 넣었다.
닭은 사심 없이 모두 쪼아 알을 깠다.
꿩이 점점 자라나서 닭의 뜻에 어긋났다.
종자가 다르면 끝끝내 어쩔 수 없지마는,
고요히 생각하니 마음에 깨우침이 있도다.
이와 달리 올빼미를 생각해 보면 새끼가 어미를 잡아먹지요,
그대에게 감사드리는 일 줄었지만 그대의 마음만은 알고 있답니다.

—「어떤 일을 보고 느끼는 바가 있어서〔因事有感〕」[18]

무신 집권기는 이전까지 성행하던 교종(敎宗)이 몰락하고 대신 선종(禪宗)이 부상하던 시기이다. 왕권 지배 체제에 결탁하여 거대한 세력을 형성하였던 교종은 새로운 무신 집권 체제에 대항, 여러 차례에 걸쳐 봉기를 일으킨다. 특히 1217년에는 거란병을 물리치고자 출동했던 승군(僧軍)들이 도리어 최충헌을 공격하는 사건마저 발생하였다. 비대한 사원 경제를 바탕으로 승병을 갖추고 체제를 위협하는 기존의 교종 세력을 최씨 정권은 좌시할 수만은 없게 되었다. 무자비한 진압을 자행한 것이다. 결국 최씨 정권은 체제 저항적이며 부패 혼탁한 교종 세력을 배격하게 되었으며, 마침내 심산 유곡에서 개인의 철저한 수행을 위주로 하는 정혜결사 운동의 산물인 수선사를 물심 양면에서 지원하게 되었던 것이다.[19]

그런데 무의자는 최씨 정권의 지원을 받으면서도 거기에 크게 동조하

18) 『시집』 상권, 「因事有感」
雉有卵兮草萋萋 人取卵兮安栖鷄 鷄無私兮啐啄齊 雉稍長兮心意乖 種性異兮卒難廻 靜言思兮心悠成 飜憶土梟雛食母 謝君尙消知君懷.

19) 秦星圭, 『高麗後期 眞覺國師慧諶硏究』(中央大 博士學位論文, 1986) pp.2~8 참조.

거나 참여하지는 않은 것으로 보인다. 무의자의 비문에 보면, 특히 최우는 무의자에게 지원을 아끼지 않은 것으로 나타난다. 그럼에도 이에 대해 무의자는 덤덤할 정도로 별 반응이 없다. 다만 감사의 편지를 올리는 정도이다. 아마도 선풍을 진작하는 데 있어서, 정치 현실에 관한 참여는 방해 요인이라고 인식한 듯싶다. 어쨌거나 무인 정권에 대해 무의자는 일정한 거리를 두고, 공간적으로도 끝내 도성(都城) 안으로 입성하지 않는다. 한 사람의 선승으로 본분에 충실하면서 남녘 땅의 산간에서 수행에만 정진한 것이다.

위의 시는 아마도 최우나 혹은 무신 정권의 핵심 인물에게 올리는 작품으로 여겨진다. 닭이 꿩알을 품어 깨어나더라도 닭은 닭이요, 꿩은 꿩이라는 내용으로 시가 전개된다. 끝내 종자가 다르면 어쩔 수 없음을 인정해야 한다는 것이다. 당신은 속인(俗人)이자 세력가로서 번화한 성 안에서 살고 있지만, 나는 일개 승려로서 궁벽진 산 속에서 살아가는 존재임을 밝혀 상호간을 구분하는 선을 분명하게 긋고 있다. 현실적으로 여러 가지 지원을 받고는 있지만 선승 집단의 대표자로서의 자신의 위치와 처신을 상대에게 확인시켜 주고 있음이다.

그리고 같은 종자라도 올빼미는 새끼가 어미를 잡아먹기도 한다고 하면서, 비록 종자는 다르지만 언제나 감사의 마음을 잊지 않고 있다고 매듭지었다. 꼭 동류(同類)가 되어야만 이로운 것은 아니다는 말이며, 비록 이류(異類)라고 하더라도 정서적인 교감은 이루어지고 있음을 선명하게 밝히는 대목이다. 함께 정치 현실에 참여할 수는 없지만 국가의 안녕은 산사(山寺)에서나마 기원하고 있다는 뜻이리라.

나라의 부름도 당국자의 부름도 거부하고 절간에 틀어박혀 참선에나 몰두하고픈 무의자의 심회가 드러나는 시가 다음 시이다.

절간의 주인돼도 이 또한 걱정이니,

세상 싫은 승려들이 귀찮게도 찾아든다.
바위 사이 뚫린 길은 이끼 길러 막아 끊고,
바닷가에 솟은 산은 사립 닫아 밀쳐둔다.
종일 부는 솔바람은 맑은 소리 듣기 좋고,
때 맞춰 뜨는 산의 달은 내 좋은 친구로다.
다행히 내 집은 저절로 속박을 벗었으니,
일생을 운수(雲水)의 마음으로 살아갈까 맹세한다.

—「천관산(天冠山)의 의상암(義相庵)에서 우거(寓居)하다가 몽인거사(夢忍居士)가 남긴 시를 차운(次韻)해서 마음을 적어 봄〔寓居天冠山義相庵 見夢忍居士留題 次韻敍懷〕」[20]

수선사를 벗어나 천관산의 의상암으로 잠시 거처를 옮겨 지내면서 지은 시이다. 주지의 지위도 무의자 개인의 수행에는 무척이나 번거로운 자리였던 모양이다. 그래서 절로 찾아오는 길을 막고 닫는다. 홀로 대자유를 만끽한다. 솔바람, 산달과 벗하며 유유자적하는 모습이다. 주지의 자리도 귀찮은 그에게 당연히 번화한 속세, 그것도 서울과 정치 현실은 차라리 잊고 싶은 것들이었으리라. 그런 무의자의 기질 탓인지 그의 시에서는 현실의 모습은 거의 반영되지 않는다. 철저하게 수행자의 모습과 서정만이 그려지고 있다. 뒷날 수선사의 6대 사주를 지낸 원감국사(圓鑑國師) 충지(冲止)가 현실 세계를 사실적으로 그려 냈던 기풍과는 전혀 다른 양상이다.

---

20)『시집』 하권, 「寓居天冠山義相奄 見夢忍居士留題 次韻敍懷」
主席叢林是所憂 厭離雲水苦相侵 養苔封斷巖間路 掩戶推還海上峰 竟日松風淸可耳 有時山月好知音 儂家幸自脫羈絆 誓畢一生雲水心.

6

산사의 구성원들은 물론 승려들이다. 무의자 또한 이들과의 관계 속에서 수행과 교화를 행하였던 존재이다. 따라서 이들과의 관계 속에서 지어진 시들이 곧잘 눈에 띄기도 한다. 간단히 몇 편만 보기로 한다. 먼저 사형(師兄)의 부음(訃音)을 듣고 지은 시이다.

올 때도 나보다 먼저 오시더니,
갈 때도 나보다 먼저 가셨구려.
진중하던 변사형(弁師兄)이시여!
아득하게 혼자서 멀리도 떠나셨구려.
내 어찌 오래도록 머무르랴?
부질없는 인생살이 나그네 신세인 걸.
가고 머문 발자취 돌이켜봐도,
털끝만큼이나 얻을 것이 없구려.

—「변선사(弁禪師)의 부음(訃音)을 듣고〔聞弁禪師訃〕」[21]

화려한 수식이나 기교를 배제하고 북받치는 슬픔을 잔잔하게 표현한 작품이다. 사람들은 이 한세상 왔다가 가는 법이다. 자신보다 먼저 왔던 사형이 먼저 갔다. 이제 머지않아 자신에게 닥칠 죽음도 감지가 된다. 그러나 돌이켜보면 부질없는 것이 인생살이 아니던가? 무엇 하나 얻은 것 없이 돌아가는 것이다. 사형의 부음에 우선 인간적인 슬픔을 느끼면서 새삼스레 수행자로서 무소유(無所有)를 깨우치는 무의자의 모습이

---

21) 『시집』 상권, 「聞弁禪師訃」
來時先我來 去時先我去 珎重弁師兄 冥冥獨遐擧 而我豈久存 浮生如逆旅 返觀去住蹤 不得絲毫許.

부각되어지는 작품이라고 하겠다.

앞의 시가 사형의 죽음을 애도한 시라면, 다음에 소개되는 시는 선배에게 고마움을 전하는 시이다.

너무도 고마울쏜, 문선생이시여!
몇 줄기 대나무를 옮겨 온 이후.
눈앞에 더운 기운 사라지고,
창 밖에 바람 소리 납니다.
어스름 저녁빛엔 푸르스름 안개와 어울리고,
맑은 밤하늘엔 밝은 달빛이 새어납니다.
더욱 사랑스런 것은 찬비가 지난 후에,
잎마다 매달린 눈물 방울.

—「문선배께서 대나무를 옮겨 심어 주심에 감사드리며〔謝文先輩移竹〕」[22]

무의자의 처소에 대나무를 옮겨 준 문선배에게 감사의 마음을 전하는 시이다. 짧은 치사 뒤에 정취 어린 대나무 모습의 묘사가 이어진다. 청각과 시각적인 효과를 노린 수법이다. 더위를 사라지게 하는 댓잎에 스치는 바람 소리, 안개에 덮인 대나무의 실루엣, 하늘대는 잎 사이로 부서지는 달빛, 잎에 매달린 빗방울 모두가 정감 어린 모습이다. 번다한 감사의 말씀보다는 오히려 대나무의 운치 넘치는 여러 모습들을 곱게 그려냄으로써, 대나무를 전해 준 선배에게 고마운 마음을 감동적으로 전하고 있다. 나아가 두 사람 사이에 흐르는 담박하고 따뜻한 애정까지도 행간

22)『시집』 상권, 「謝文先輩移竹」
多謝文夫子 移來竹數莖 眼前消暑氣 窓外助風聲 薄暮和烟碧 清霄漏月明 更憐寒雨裡 葉葉泣珠成.

에서 느껴진다.

이미 허공 속에 노니는 것 즐길 수가 있거늘,
어찌하여 마을의 한가운데 서성이뇨?
갑자기 기왓장을 불러올까 도리어 두렵거늘,
몸과 목숨 모두 갖다 애들 손에 맡겼구려.
—「올빼미를 빌어 사냥을 즐기는 중들을 경계하는 뜻을 담아 지음〔賦鵄誡遊獵僧志〕」[23]

'불살생(不殺生)'의 계율을 어기고 사냥을 즐기는 몇몇 승려들이 무의자의 눈에 띄었다. 이에 붓을 달린 작품으로, 그들에 대한 직접적인 비난보다 올빼미를 빌려 그들을 꾸짖은 우회적인 내용이다. 허공에서 대자유를 만끽할 일이지 무엇하러 민가에 서성이다 애들의 기왓장 세례를 받느냐는 것이다. 산사에서 속세(俗世)를 잊고 수행 정진하지 않고 사냥에 빠져 민가를 출입하다 비난받는 승려들의 모습이 우언의 형식으로 노래되고 있다.

앞서 3장과 4장에서 살펴보았던 대로, 무의자는 주변의 승려, 특히 제자나 후배들에게 일깨움의 내용이 담긴 시를 많이 지어 준 바 있다. 그런데 위 시는 꾸짖음의 뜻이 담긴 내용이다. 그런데 꾸짖음도 애정의 또 다른 표현임을 안다면, 위 시 역시 교화의 한 방편으로 꾸짖음을 택한 무의자의 애정을 보여 주고 있음에 다름 아닌 것이다. 따라서 수선사 사주로서 개인의 수행은 물론이고 주변 승려들과 애정 어린 긴밀한 관계를 유지하며 교화에 주력했던 무의자의 따뜻한 성품을 미루어 볼 수 있는 것이다.

---

23)『시집』 하권,「賦鵄誡遊獵僧志」
既能遊戱虛空裡 何用盤旋聚落中 却恐忽然招瓦礫 全持身命付兒童.

7

지금부터 살펴볼 작품들은 승려의 손길이라고 느끼기 어려울 정도로 무의자의 서정이 무르녹아 있는 시들이다. 시인으로서의 무의자의 섬세하고도 고운 정감(情感)이 토사(吐瀉)된 일련의 작품들인 셈이다.

비 개인 뒤 시원스레
목욕하고 나온 듯,
내〔嵐〕가 엉겨
푸르름은 방울져 떨어질 듯.
뚫어지게 바라보다
정다운 시 읊조리니,
온 몸이
차고도 푸르른다.

—「비 개인 뒤의 솔뫼〔雨後松巒〕」[24)]

오언 절구의 형식으로, 비 갠 뒤의 상쾌한 정서가 어여쁜 시어를 통해 톡톡 튀어나는 느낌이다. 눈앞에 전개된 산천이 마치 비에 씻겨 목욕이라도 시킨 양 상큼하다. 내까지 덮여 그 푸르름에 물방울이 듣는 듯하다. 여기에 정겨운 시까지 읊조려 보니 마음은 벌써이고 몸까지도 서늘한게 푸르름이 번져나는 기분이다. 이렇듯이 청징한 운치가 단 20글자를 통해 성공적으로 묘파되고 있으니, 무의자를 단지 선시 작가(禪詩作家)라고만 치부할 수는 없는 노릇이다.

다음의 시는 여행자로서의 무의자의 모습이 투영된 서정 짙은 작품이다.

---

24)『시집』 상권, 「雨後松巒」
雨霽冷出浴 嵐凝翠欲滴 熟瞪發情吟 渾身化寒碧.

긴 강을 끼고 가는
지루한 나그네 길,
흥이 나서 높다랗게 외치면
마음이 다 트이네.

낙엽은 물살에 흘러내려
색색의 놋배인 양 한들대고,
부평초는 점점이 물에 떠서
파란 동전 흩뿌린 듯.

차갑고 푸르른 강에 잠겨
거꾸로 선 첩첩의 봉우리들,
야트막한 맑은 물에 노닐며
작은 고기 엿보는 오리떼.

뜻밖에 쓸쓸히
가랑비 지나감에,
말끔히 씻기운 가을 빛이
산야(山野)에 찾아든다.

—「복성(福城)으로 가는 도중에〔福城道中〕」[25]

복성(福城)은 오늘날의 전라남도(全羅南道) 보성군(寶城郡) 복내리(福內里)로, 물 맑기로 이름 높은 섬진강 상류의 큰 지류인 보성강이 휘

25) 『시집』 상권, 「福城道中」
漫漫客路傍長川 乘興高吟思豁然 落葉泛流飄彩舫 浮萍點水撒青錢 山沈寒碧倒疊嶂 鴨戲淺清窺小鮮 忽有蕭蕭微雨過 洗新秋色入林泉.

감아도는 지역이다. 이 강가를 따라 복성으로 여행을 하던 도중에 지은 시이다. 첫구에서 스스로 지루하다고 표현하였지만, 이는 범인들의 시선에서 보는 지루함이리라. 필자가 보기에 무의자는 그리 지루하게 여기지만은 않은 듯하다. 다소 엄살로 여겨진다. 오히려 그 지루함을 즐기고, 여유마저 부리는 듯하다. 그러길래 높다랗게 시를 읊으면서 주변의 아름다운 경관을 꼼꼼하게 즐기며 관찰하고 시로 엮어 낼 수 있었을 것이다.

이 시를 읽어 나가노라면 다채로운 색깔이 등장하고 또 연상된다. 작품의 주조를 이루는 푸른색 위에 한들대는 낙엽의 누런 색과 붉은색, 부평초의 녹색 그리고 오리떼들의 갈색과 흰색들이 여기저기에서 얼굴을 내민다. 푸른 톤(tone) 위에 이렇듯이 다양한 색깔을 연달아 대비시키면서 무의자는 가을을 지나는 나그네의 서정을 한 폭의 풍경화로 담아내고 있다. 그의 뛰어난 색감(色感)이 시어(詩語)를 통해 분출되고 있는 작품이라고 하겠다.

이번에는 봄을 시간적인 배경으로 하고 있는 작품을 보도록 한다.

봄이 장차 저무는 걸 남몰래 슬피 여겨,
조그만 꽃밭에서 시 한 수를 읊노라.

잎사귀에 바람 부니 놀란 듯 푸르름이 날리고,
꽃잎에 비 내리니 나풀대며 붉은빛이 떨어진다.

나비란 놈은 붉은 꽃술 물고 가고,
꾀꼬리란 놈은 푸른 버들눈을 맞아 온다.

향긋하니 보드랍고 따스한 봄날 일,
새순들은 솔잎과 댓잎처럼 차고도 담박한 모습일세.

—「봄이 가는 것이 슬퍼서〔惜春〕」[26]

이 시 또한 무의자의 색감이 도드라지는 작품의 하나이다. 대구(對句)로 이루어진 3~6구가 특히 그러하다. "잎사귀에 바람 부니 놀란 듯 푸르름이 날리고, 꽃잎에 비 내리니 나풀대며 붉은빛이 떨어진다"는 3구와 4구는 그래도 다소 직설적이라고 하겠다. 그런데 "나비란 놈은 붉은 꽃술 물고 가고, 꾀꼬리란 놈은 푸른 버들눈을 맞아 온다"는 5구와 6구에 이르러서는 무릎을 치지 않을 수 없다. 색깔을 이용하여 봄이 가고 여름이 다가오는 자연 현상을 함축적으로 묘사하고 있으니, 그의 탁월한 색감과 문학적 감수성을 인정치 않을 수 없는 것이다. 이 부분을 풀어 설명하면 다음과 같다. 나비가 꽃을 빨다 날아가면 마침내 봄이 가고 꽃이 져서 꽃술은 사라지게 됨이요, 꾀꼬리 날아들어 울기 시작하면 버드나무에 눈이 터서 푸른빛이 들게 된다는 말이다. 참으로 '향긋하니 보드랍고 따스한 봄날 일'답게 표현한 대목이라 아니할 수 없겠다.

앞서 2장에서 무의자는 연못을 소재로 한 시를 많이 지었다고 이야기한 바 있다. 다음의 시 또한 연못을 소재로 한 것이다. 그런데 2장에서 살펴본 연못 소재의 시들은 모두 자아를 비춰 보는 하나의 도구로 연못이 노래된 작품들이지만, 다음의 시는 연못 그 자체를 노래한 이른바 경물시(景物詩)로 살풋 선취가 느껴지기도 한다.

대숲 가에 자리한
푹 꺼진 작은 연못,
거울함을 언제나

---

26)『시집』 상권, 「惜春」
暗惜春將季 沈吟小苑中 葉風飆駭綠 花雨落粉紅 蝶兒咂去花脣赤 鶯友迎來柳眼青 芳菲軟暖春家事 笋似松筠冷淡形.

눈앞에 열어 놓은 양.

천 줄기 대나무가
푸른 옥으로 거꾸로 솟았고,
만리의 푸른 하늘
둥그렇게 잠기었네.

—「작은 연못〔盆池〕」[27)]

이 시의 색조는 모두 푸른색 일변도이다. 대숲이 그렇고, 연못물 자체가 그렇고, 푸른 옥이 그렇고, 하늘이 그렇다. 무의자는 이 청색 하나를 교묘히 배치하여 고요와 해맑음과 깨끗함과 꼿꼿한 이미지를 탁월한 솜씨로 묶어 내고 있다. 대숲이 주는 꼿꼿한 이미지가 연못이 주는 고요와 해맑음에 이어지고, 다시 옥이 주는 투명함과 깨끗함으로 이어지며, 또 하늘이 주는 해맑음과 깨끗함으로 이어지고 있는 것이다. 파아란 물 속에 담은 무의자의 재기 넘치는 손길을 보는 듯한 작품이다. 이 푸른 색조를 통해 우리는 청정한 비구로서의 무의자의 꼿꼿한 삶의 자세와 청신하기 그지없는 해맑은 그의 내면 세계를 들여다볼 수 있겠다.

8

이상에서 우리는 무의자의 시세계를 대략이나마 크게 두 가지로 나누어 살펴보았다.

그 첫째는 선시(禪詩)의 계열에 속하는 작품들로서, 무분별지(無分別

---

27)『시집』 상권, 「盆池」
盆池陷在竹邊 鏡匣常開目前 倒卓千竿碧玉 圓涵萬里青天.

智)를 획득하기 위해 끊임없이 '주인공'을 탐색하는 노력을 기울였던 무의자의 면모가 담긴 시세계이다. 무의자가 수시로 연못에 자신의 외양을 비추어보거나, 또는 자신의 내부에 곧바로 '너는 누구냐?' 하고 질문을 던지는 내용이 담긴 시들이 그것이다.

그런데 자신의 수행 방편으로 택했던 이 '주인공' 화두는 마침내 주된 교화의 방편으로 쓰이기도 하였음을 알 수 있다. 무의자 스스로 주변의 동료나 제자들에게 법호(法號)에 걸맞은 명실이 상부한 수행자가 될 것을 강조하였을 뿐 아니라, 그런 당부의 내용을 담은 시들을 손수 지어 그들에게 내려 주기도 하였던 것이다. 그러므로 무의자의 선시는 중국 선시의 맹목적인 답습이 아니라, 자신의 수행과 교화에 밀접한 연관을 지닌 일관성 있고 독자적인 내용을 지니고 있는 것들이라고 하겠다. 따라서 우리 문학사에서 선시 문학의 새로운 영역을 개척한 승려로 무의자를 단순히 평가할 일은 분명 아니다. 개척자이면서도 독자적이고 완숙한 선시의 경지를 내보인 승려 시인으로 올바른 자리매김을 해야 할 일이다.

둘째는 수행의 여백을 보여 주는 작품들로서, 한 사람의 승려이자 시인으로서의 무의자의 삶의 양상과 서정적인 면모가 담긴 시들이다. 이 범주에 속하는 작품으로는, 당시의 무신 집권 세력과 일정한 거리를 유지하면서 산사에만 묻혀 선풍의 진작과 교화에만 힘쓰는 승려 무의자의 처신이 담긴 시들이 먼저 있다. 그리고 승려이기 이전에 시인으로서의 무의자의 따뜻한 인간미와 함께 섬세하고도 정감 어린 내용이 담긴 서정 짙은 아름다운 작품들이 여기에 속한다.

특히 그의 서정시는 곱디 고운 색감의 대비와 발랄한 시어의 구사로 한껏 도드라져, 여느 서정 시인들의 작품에 견주어도 전혀 손색이 없는 것들이다. 따라서 무의자의 시는 수행자로서의 체취가 물씬 풍기는 선시로서의 성공은 물론이고, 다정 다감한 시인의 정서가 해맑은 시어로 분출된 서정시로서의 성공도 함께 달성하고 있다고 해야 정확한 평가일 것이다.

끝으로, 승려로서의 본분을 잃지 않고 죽는 날까지 주어진 길을 걷고자 머리를 쓰다듬으며 스스로에게 다짐하는 고행자 무의자의 영상을 떠올려 볼 수 있는 시 한 편을 소개하면서, 진부한 논의를 마치고자 한다.

보살들아, 보살들아!
내 항상 머리를 문지름은 깊은 까닭 있어서라.

머리를 문지르며 이리저리 헤아리니,
나가고 처하는 본래 뜻은 무엇을 하잔단가?
모양은 중이면서 마음이 속(俗)이라면,
하늘 땅에 부끄럽지 않을쏜가?

거친 행동 미친 말을 네 멋대로 한다면,
확탕(鑊湯)과 노탄 지옥(爐炭地獄)을 어떻게 회피할 수 있겠는가?

—「좌우명(左右銘)」[28]

28) 『시집』 하권, 「左右銘」
菩薩子菩薩子 常自摩頭深有以 摩頭因得審思量 出處本意圖何事 僧其相貌俗其心 可不慚天而愧地 麤行狂言任爲汝 鑊湯爐炭何回避.

無衣子詩集

原文

(원문은 세로 조판이므로 p. 466에서부터 p. 382로 반대로 볼 것)

*抽의 誤字 **燭의 誤字 ***藍의 誤字 ****胝의 誤字

新滌禪床

粧飾以文繡。諸佛何大富。補以燒短薪。趙州何大貧。

芭蕉

心柚*綠蠋**無烟。葉展籃***衫袖欲舞。此是詩人醉眼看。不如還我芭蕉樹。

大乘上人因與茶求詩

大乘皆處恐成眠。須要香茶數々煎。當日香嚴原睡夢。神通分付汝相傳。

問侍者眼皮濶多少無對作詩示云

俱低****一指長多少。某甲眼皮濶幾何。直饒偏看遍該天地。我道驢年夢見麽。強安排向五臺中。濕紙徒勞畏大毘。當日傻婆離欲檳。現身無數滿虛空。右示護文殊僕

四

*換의 誤字

**塞의 誤字

***塞의 誤字

次錦城慶司祿從一至十頌

人々隨業受身苦。樂果善悪因不循。邪妄常行正眞粃糠方

富貴。甲冑芳義仁。況須參玄得旨。自然摸*骨清神。體不

是火風地水。心亦非緣慮客塵。設縫塔中燈燃不夜。無根

樹上花發恒春。風磨月白方誰病誰藥。雲合青山也。何舊

何新。一道通方爲聖賢之所履。千車共轍故古今而同道。

辛巳二月初五月。由月燈寺謁堂頭大老時。與昇平郡

使君品坐夜話。話及竹軒留咏。蓋白雲子倡於前。而

二公和於後。堂頭命予以賽**韻。辛纖蕪辭。姑賽***嚴命

帶雪無風形々可愛。虛心有節道非輕。老師頭角當呈露。不

待香嚴擊作聲。

晉陽行化後謝鄭郎中

五

頼得星郎手。晉陽開化門。雨初霑百草山芽漸發諸根。花葉終期菓。家門永有孫。木人猶泣感。聊以謝深恩。

盆池

盆池陷在竹邊。鏡匣常開目前。倒身千竿碧玉。圓涵萬里青天。

謝文先輩移竹

多謝文夫子。移來竹數莖。眼前消暑氣。窓外助風聲。薄暮和烟碧。清宵滿月明。更憐寒雨裡。葉葉泣珠成。

和鄭郎中賦竹

天與性自異。千林莫我爭。操持凌雪概。危脆笑春英。色共禪膚碧。聲敎俗耳清。唯嫌水渭*畔。曽鈎**大公名。

思惱寺罷會施主等相送至還謝之

六

*渭水의 誤記
**釣의 誤字

籠羅龍蛇救千衆。蝗蠹桂玉半百日。顧予何足尊爲師。諸子相從奉如佛。徒勞屈指于再三。無計報恩之萬一。只有一事報君知。伊麽芳是何物。咄。

李允壽三人各自削牘。迎於温水路上。作此謝之。

擧世貪治生。區區不暇息。況當秋收時。忙忙有何極。頗恠三居士。偷得小閑隙。邀我數日程。徒行費脚力。各投一尺牘。字字唧金玉。何以報此恩。巴音償靈曲。

送僧

出家須自在。幾個透重關。獨步遊方外。高懷傲世間。片雲身快活。霽月性清閑。一鉢一殘衲。鳥飛千萬山。

譯誡

咸殺團圖。磨礱碎石。握在手端。將謂是單是馬殺害念。

*貪의 誤字

牢畜於心肝。時乎負則。莫涯憂惱。時乎勝則。無限喜歡
貧嘆嫉妬。我慢埋頭。不覚日盡。夜閑噫敗他。世出世間
悪賊無以過乎遮般。

碁詞腡歌

君看憂喜鳥。高在碧山嶠。聞世可笑事。放聲時一笑。偶
隨貧*肉鵰。聚落遊嬉。忽爾入羅網。出身無可期。心生
須托境。窮谷宜棲遲。

右憂喜鳥歌

天照上座因雨請頌

簷頭雨滴滴相續。門外溪聲轉急。不在多聞苦修習。口求
一處成休復。

福川寺

八

巖岫崒雲高屹屹。石溪花月冷湫湫。寺藏幽谷不知暑。棧壓清流剩得秋。

彌勒巖

慈門大啓為迷津。鬧市曾經示幾人。誰道當來方現出。福川今已現全身。

逍遙谷

大鵬風翼幾萬里。斥鷃林巢足一枝。長短雖殊俱自適。瘦筇殘衲也相宜。

金城洞

萬里秦城纔二世。千金董*塢未多年。不貪之寶寶無盡。以德為城城始堅。

知足樂

*童의 誤字

九

浮雲富貴奈吾何。隨分生涯亦自佳。但不愁來何必酒。得安心處便為家。

更漏子

秋風急秋霜苦。歲月看看向暮。群木落四山黃葉。松筠獨蒼々。人間世能幾歲。忽々光陰電逝。須猛省細思量。无求一夢場。

荅元其上人 幷序

審來錢且喜。善為道路入本師室。聊述短篇。以資長策。

雲水虛以生。家山實以歸。想當指背處。先念古靈機。

息心偈

行年忽忽急如流。老色看々日上頭。只此一身非我有。休休身外更何求。

池上偶吟

微風引松籟。肅々清且哀。皎月落心波。澄々淨無埃。見聞殊爽快。嘯咏獨徘徊。興盡却靜坐。心寒如死灰。

答崔侍郎

賢勞王事日忙忙。憂國憂民用意長。威振一方風草偃。使華千里耀皇皇。

送天台遍照先師應詔出山

三十餘旬同去住。相隨一似風從虎。秉春別指帝鄉歸。何日山中復相聚。

信宿慈悲寺 次逸庵韻

夜樓窓外掛孤輪。睡罷欣欣得舊隣。賴有早鷄報曙曉。免敎胡蝶夢酣春。竹君飽月冷相對。松嫂吟風淡以親。另此

*眼의 誤字

見聞殊不俗。凄然爽氣一通身。

悦可上人。手寫華嚴經。作偈贊之。

大千經卷出毫芒。鐵畫銀鉤各放光。若會當頭這一着。龍宮海藏未為多。

施白金瓶隨喜

紅爐新鍛爛生光。肚裡恢恢口大張。投向華嚴三昧海。看渠一吸盡滄浪。

送燈蘭若

聖窟寂々刹雲根。龍泉冷々迸石眠*。新情高齋也太奇。飛甍危簷接霄漢。野水鏡散光片々。烟岑螺排翠炎々。雲端更有萬頃海。一望都盧入此庵。

芭蕉

十二

*兩의 誤字
**凰의 誤字

先開後發乱交攢。淡綠濃蒼匪一蒼。帶露芳心淚半燭。戟
風輕葉闘青鸞。樵人覆鹿是真夢。居士喩身非正觀。争似
小庭煙雨裡。蕭然靜坐冷相看。**綠羅*兩脥千絲骨。碧玉中
心一剪梁。獵々輕柔弄風日。求鳳翠鳳尾初張。

謝寶城守李侍郎蓮池院宴

雷動樂音呈百戲。雲與佛貝費千金。感君悃愊誠之至。愧
我虛荒德不任。

福城道中

漫々客路傍長川。策與高吟思豁然。落葉泛流飄彩舫。浮
萍點水撒青錢。山泥寒碧倒疊嶂。鴨戲淺青窺小鮮。忽有
蕭々微雨過。洗新秋色入林泉。

惜春

十三

*唇의 誤字

暗惜春將季。泥[illegible]小苑中。柔風飄駭淥。花雨落粉紅。
蝶兒啞去花辱*赤。鶯友迎來柳眼青。芳菲軟暖春家事。爭
似松筠冷淡形。

讀惠卿莊老解

莊老之書未盡玄。潛牽佛味強和研。君看短販無知漢。偷
我燒金裹改綿。

竹尊者

我愛竹尊者。不容寒暑侵。經霜彌勵節。終日自虛心。月
下分清影。風前送梵音。皓然頭戴雪。標致生叢林。

蓼花

抱節殊凡草。秋深色轉奇。自甘斑葉立。應不要人知。香
遠風輕處。先生日照時。江湖無限意。對此足開眉。

十四

*閒의 誤字

篆香

縷々香烟上。綿々静室中。一鑽龜兆現。九曲蟻絲通。古鏡翁光黑。寒灰發燄紅。重々開錦絳。實郎妙當風。

丙子十月初吉。寶城宗李公。送橘一枝長一尺許。大如拇指。結實如蜂屯。数之僅三十箇。箇々肥大。作詩獻佛。

数十金丸遶一枝。妙圓肥大甚希奇。翹成奉獻微塵佛。願得多門聖果兒。

留白中使

方今事急々驅軍。憂國憂家意甚勤。一日停驂殊不惡。夜来新雨為留君。

雨後松巒

十五

雨霽冷出浴。嵐凝翠欲滴。熟瞪發情吟。渾身化寒碧。

次波根寺板上韻

智異山西有古庵。踈鐘千載暮雲深。松壇閑坐僧看鶴。樓外倦飛鳥宿林。佛骨新光金璧曬。人顏老色日浮沉。福泉蘭若天慳秘。冠甲湖州嶺以南。

又

三韓天地以前庵。伏在頭流洞府深。萬古鐘鳴雲水寺。千秋月掛薜蘿林。僧歸白石溪聲滑。鳥度青山樹影沉。舊號福泉綠*底意。佛影光射斗中南。

又

頭流山上有山庵。龍潭惠老法語深。標笛聲々風送户。聯珠箇々雨過林。台閣東角鴉啼險。每看**日影沉。何處塵間

十六

* 緣의 誤字

** 看과 日 사이에 두 글자 缺落으로 보임

消息到。野人錫杖路溪南。

次金碩士韻

碩士客歲稱欲清。至今詩句動南城。逢場始覓屠蘇興。別後終知爾客生。氣像千峰風怒震。精神萬壑雨新晴。當年何用爲取行。永世只垂竹帛名。

又

青衫骨格似之清。早晩鶴書下遠城。望北鶴鶴*皆世漢。圖南鵬搏樂吾生。人間富貴僧何念。夢外乾坤子獨晴。雲水詩篇看本果。沈吟剖席愧虛名。

又

世應氣像若許清。撞破秦王萬里城。佛法古錐無**韻。詩壇巨擘有諸生。即今九萬長天濶。何日[illegible]千世界晴。窮達山

*鶴의 誤字

**無와 韻 사이에 한 글자 缺落

*이 시는 제목 미상임 (번역 참조)

**名의 誤字

僧非所望。腥塵泥地不須名。

○左*梵音集中轉集

春山亂疊青。秋水漾虛碧。寥々天地間。獨立望何極。

○題通度寺戒壇 左二首通度寺鐘閣懸板鈔集

釋尊舍利鎭高壇。覆釜腰邊有火痕。開看通黃龍穴塔日。運燒一面示無間。

○袈裟

殷勤稽首敬歸依。是狀如來所着衣。因憶靈山說座上。莊嚴百福相巍々。

貞祐九年壬午仲冬高麗曹溪山修禪社無衣子眞覺述

○得度時辭家詩 此下朝鮮佛教通史中轉集

志慕空門法。灰心學坐禪。功石**一墮甑。事業恨忘筌。當

十八

*曰의 誤字
**白의 誤字
***聞의 誤字

貴徒爲爾。貪窮亦自然。吾將捨閭里。松下寄安眠。

○眞一上人。來言曰。某乙賦性散乱。未能調攝。或於靜處捺伏。則便落昏沉。惟此二病是患。請得法偈。爲對治方。

實際本來湛寂。神機自爾靈明。任運忘懷虛浪。何勞沉掉兩楹。惺惺無忘日*眞。寂寂不分是一。但能不負玆名。何用別他術。

○孤憤歌

人生天地間。百**骸九竅都相似。或貪或富或貴賤。或妍或醜緣何事。嘗***問造物本無私。乃今知其虛語耳。虎有爪牙不得翅。牛有角兮不得齒。蚊虻有何功。既翅而又嘴。鶴脛長兮鳧脛短。鳥足二兮獸足四。魚巧於水拙於陸。獺能

十九

於陸又能水。龍龜鶴數千年。蜉蝣朝生暮當死。俱生一世中。胡奈千般萬般異。不知然而然。夫誰使之使。上以問於天。下以難於地。天地黙不言。與誰論此理。胸中積孤憤。日長月長銷骨髓。長夜漫々何時曉。號向書鏓啼不已。

代天地答

萬別千差事。皆從妄想生。若離此分別。何物不齊乎。

12
二十

無衣子詩集

山中偶吟

巖僻雲封掩不開。經行時復坐青苔。因思土面灰頭者。誰解偷閑暫此來。

題金剛庵西臺

幽興無端縱不羈。出庵呼杖陟高危。遙看衆落桃花老。始覺春光欲暮時。晴暖無雲四望寬。目前佳境教般般。生憎野老燒畬火。逢勃興煙礙好山。

題金山

賴我金山是石山。不然何以得空閑。看他遠近膏腴地。燒去耕來無歇間。

題金剛庵招隱臺

松霞岩隈僻更幽。石床苔座穩藏頭。勝人愛走芳菲地。能信山中淡閑不。

答田祿事

君去城市我青山。相見無虧頃刻間。夜晴日明空色界。誰非居士老僧顏。

題麻谷樓橋

前來後去水悠悠。權截中流構此樓。設有滔天洪浪起。行人到此竟無憂。

聖住川邊茶話次贈住老

新築凉臺慰我來。雲耐月醉坐忘迴。此遊應在口碑上。留與青山永不灰。

*沒의 誤字

路畔見無面目石人。傍立設*字碑。因感古人之意。有作。

石人無面目。功德叵思議。海墨書難盡。惟標設字碑。

宿利城縣贈完山任太守

完邑春風笑相別。利城秋日笑相逢。相逢相別一微笑。春去秋來依舊容。

題楞伽山妙德庵筠長老舊居。今有閑靜上人構之。以安文殊故。名曰妙德庵。

雲奔浪卷萬峰圍。中有孤庵畫不如。一點俗塵飛不入。天敎閑靜道人居。

題靜莊庵。次眞樂公韻

壯觀甲天下。全收顧眄間。煙蘿冪島岩。楓錦襯嵓斑。帶

東千尋海。屏壓疊疊山。湘師舊所隱。慚愧我追攀。

題小蘇來。次真樂公韻

山蒼蒼與海蒼蒼。吐去吞來用意長。多少古今流浪子。常閑遊觀未還鄉。

要忍居士請牧牛詩

放在家田地。閑看水牯牛。有時纔入草。拽鼻便回頭。日久方純熟。身來得自由。劫中收不着。誰敢計春秋。

中秋觀月

明珠白璧在人間。勢奪權爭不放閑。若使水輪為世寶。豈容無照到窮山。

謝人惠橘

秋曉摘金橘。和將玉露來。清香滿禪室。穿得鼻孔開。

二十四

和雙峰長老感春

春信何曾取捨來。到頭隨分有花開。可憐枯木無情久。幾度寒暄竟不回。

妙高臺上作

嶺雲閑不徹。澗水走何忙。松下摘松子。烹茶茶愈香。

春日遊山

春日正暄妍。出遊心自適。陽崖採蕨薇。陰谷尋泉石。巖溜冷飛清。溪花紅蘸碧。高吟快活歌。散步愛幽僻。

冷翠臺

踈松宜月白。幽峽足風清。笑傲縱遊戲。高低隨處平。

瀑沛*

迅瀑落危層。冷聲聞還壑。纖纖一點塵。無處可栖泊。

*布의 誤字

*眼의 誤字

茶泉

松根去古蘚。石眠*迸靈泉。快便不易得。親提趙老禪。

清潭

寒於味釋氷。瑩若新磨鏡。只將一味清。善應千差影。

四時有感同文

花落傷春暮。鳥啼悲日斜。家山好戀々。何奈走波々。

火熾日爍々。汗下雨滾々。可像走烟塵。甘自探湯鑊。

木衰(衰)秋慘目。蟬客夕悲風。獨也古松鶴。榮辱奚汝同。

澈寒清入骨。更深坐兀々。絶界心如何。潔愈雪中月。

偶興

積雨秋未霽。寒蟬晩更哀。途中未歸客。未免思悠哉。

雙峰大老見贈曰

二十六

*曾聞~何如까지의 시는 무의자의 시가 아니라 쌍봉장로가 먼저 보낸 시이므로 제목 안에 포함되어야 함

曾聞一夜話。勝讀十年書。幸茲陪信宿。其樂果何如。*

次韻奉荅

既得頼相見。無勞遠寄書。從今一別後。再會又何如。

蓮池注泉

金沙地面開清沼。碧玉竿頭掛落泉。玫瑰明珠瀉荷葉。相看雨下不雲天。

遊山

臨溪濯我足。看山清我目。不夢閑榮辱。此外更無求。

見訪促回作詩

隔濶數年間。懐思日以續。相逢興未闌。告別意何速。積雪碍行人。朔風鳴古木。留連話一霄。洗盡愁萬斛。

過古鄕

一別家鄉十五年。此來懷古一潸然。逢人半是不相識。嘿
思悠々嘆逝川。

和遊上人苦熱

時當六七月。晝熱夜亦熱。與儞清凉方。紅爐一點雪。

送亮上人

經霜知勁草。入水見長人。試汝塵中路。埋頭莫沒塵。

送玉上人覲親

大舜慕於知命歲。老萊戲至縱心年。況今親病以書召。何
忍留連望昊天。

對影

池邊獨自坐。池低偶逢僧。嘿々笑相視。知君語不應。

小池

無風湛不波。有像森於目。何必待多言。相看意已足。

和智空上人送橘詩

遠信一對芳。佳章數十行。心傾猩血赤。橘寫洞庭黃。入齒通身冷。堆盤滿室香。木奴呼未稱。喚作菓中王。

謝人惠物利栗

三穀枯初剝。金丸軟更光。果從物利下。隱々帶天香。

苦勸廬居士赴召命

箭旣離絃無返勢。多君不欲負初心。何妨復踏從前路。更賛皇風護釋林。

敍懷贈河中使

十方無別路。千里亦成隣。況復頻相面。親中又更親。

送六眉上人省親

二十九

行盡迢々千里路。白雲兒就青山父。同身共命不相知。雲自下來山自住。

禎上人化塩求詩

禎手善看精粉。運機莫落禎空。但能不少塩醬。便是馬祖家風。

氷燈詠

氷山中安一盞燈。須臾忽拆千條玉。髣髴巨靈分華山。依俙並葉擘鷄足。深谷虛凉豁洞天。重峰岸容排叢玉。中有寒泉徹底清。只可濯纓那濯足。

宿八嶺寺東齋。次李敬尚韻 同文

境奇聞已久。悔不早來尋。靜室開惚眼。歸帆點海心。迴岑青簇々。寒竹翠林々。永日終懽咲。幸多朋盍簪。境幽

三十

乘逸興。是處遍搜尋。靜院情無事。高庵可豁心。迴雲磨
絕壁。啼鳥隱深林。永味真々味。寧為離緣著。

誡技能

大德無為絕技能。不須工巧學多能。有能常被無能使。須
信無能勝有能。

寓居天冠山義相庵。見夢忍居士留題。次韻敘懷

主席叢林是所憂。厭離雲水苦相侵。養苔封斷巖間路。掩
戶推還海上峰。竟日松風清可耳。有時山月好知音。儂家
寧自脫羈絆。誓畢一生雲水心。

又成六韻

此山形勝久聞名。今卜來遊果稱情。松老不癯多古怪。塔
高峰峻競崢嶸。江風扇皺琉璃軟。林鳥奏鳴琴瑟清。千里

*虞의 誤字

雲帆迷去住。萬重煙島混陰晴。錦心李杜詩雖好。神筆王
*吳畫不成。珍重佛岩之鐵面。卓庵高臥寄殘生。

宿昇州竹林寺有雪

叢林得微雪。清趣更奇絕。生憎老呼風。掀飜下玉屑。

留題清庵寺

春遊選勝到精藍。物外家風得飽參。境靜人閑無俗界。命
名真箇是清庵。

春晚遊燕谷寺贈堂頭老

春深古院寂無事。風定閑花落滿階。堪愛暮天雲晴淡。乱
山時有子規啼。

又贈別

天色陰沉含雨意。山容慘淡作愁顏。幸為道友分攜易。若

三十二

是情交不淚難。

贈別鄭相國

三年戀仰一不參。數日從容幾接談。臨別相呈一句子。微
々笑送揭羅藍。

飾斑竹杖。弟畫影作詩見贈。次韻答之。

粧成寶杖盡奇工。影質弟妝况意濃。早被山僧俱拗折。更
將何箇倚為節。

題祖月庵

庵畔蒼岩壓萬仞歷。天涯翠縮十重山。盡日登臨人黑々。無
風片段雲閑々。

夜憐桂殿隔青嶂。朝放火輪燒赤霞。點々煙岑排翠幕。漫
々霧塹匝氷河。

隣月臺

巖叢屹屹知幾年。上有高臺接天際。斗酌星河煮夜茶。茶
煙冷鎖月中桂。

凌雲臺

龍鱗閃日千山水。象骨堆雲萬岳巖。俯瞰傍睇增逸志。自
然神化脫庸凡。

避暑臺

巖頭月白無時照。石眼風清盡日吹。願與世人分爽快。此
心能有幾人知。

示信士裴允彦

今之視昔如昨夢。後復思今亦應爾。觀此生方能幾時。悲
夫逝者如流水。悠悠奚暇涉他緣。急急要須明自己。己事

三十四

了然明得來。死生榮辱何憂喜。

晚晴

點開山色看無厭。洗出鶯聲聽更新。多謝晚霖特一霽。着些滋味慰閑人。

出山相讚

眼皮盖盡三千界。鼻孔盛藏百億身。箇々丈夫誰受屈。青天白日莫謾人。

次黃中使韻

便是影落曹溪水。光芒爍爍照天地。威迫寒僧不奈何。始知禪者無巴鼻。 宣喚不應故云

寄東深眉上人

君看廓落太虛裡。往來隨風片片雲。應咲上人長守窟。東

*棠의 誤字

深々處坐生根。

儉園頭求頌

聞古禪和擊土塊。忽然打破三千界。钁頭分付汝提持。良用從君得自在。

送錦城任太守

皎々若照人氷堅。溫溫然有脚陽春。全羅二牧運作宗。此去甘裳*永更新。

遊南浦院樓看牧丹

律纏尙禪未暫閑。春從不快裡消殘。潮樓幸有餘芳在。一笑聊爲一日閑。

贈金郎中

憂國憂家正是時。賢臣王事不須辭。避暑未必眞求道。公

理淸平遠在玆。

乞筆因書一絕與之

月窟雲毫穎銳。稽山錦管爛斑。慇懃囑藏禪者。一筆句下千般。

栽松柏

栽松種柏示叢林。非但衆天愛翠陰。直待千秋黃落盡。看渠獨有歲寒心。

混元上人請圓覺經讚

大光明藏章

靈光無外爍虛空。德遍恒沙蘊箇中。凡聖本來同一地。更於何處覓圓通。

文殊章

三十七

*苟의 誤字

**網의 誤字

妄認身心受苦輪。都緣不識天眞佛。欲知法行最初因。空
本無花天一月。

普賢章

幻修如木兩相磨。火了煙灰都散滅。欲知末後句*如何。萬
里凝然一條鐵。

普眼章

恒沙啟海一毛端。交影重重帝綱**寒。法界玄門非分外。歎
君先入二空觀。

金剛藏章

空理幻花無起滅。金重鑛穢不重生。何爲衆生本成佛。況
疑諸佛更無明。

彌勒章

三十八

衆生病本全痴愛。菩薩醫方大智悲。病去藥除方自在。妙藏嚴域任遊戲。

淸淨慧章

前前步々漸知非。後々心々轉發揮。直下不生眞妄見。朗然如日遍光輝。

威德自在章

奢摩他與三摩鉢。靜幻雙非寂滅禪。畢竟覺城无不二。得門便入莫留連。

辯音章

三觀諸輪綺互成。單複圓修二十五。唯除頓覺入圓明。古今誰不出由戶。

淨諸業障章

三十九

證悟居依是我人。衆生壽命轉相因。莫教認賊將為子。勸苦多年只自貧。

普覺章

求師須要得真正。逆順風中誓不移。但發四心離四病。孰能違拒入菩提。

圓覺章

隨入三期先禮懺。卜依三觀造功夫。塵清磨處憑君鑑。將地乾坤在玉壺。

賢善首章

聞此諸經清淨眼。全超施寶滿三千。化恒沙衆成羅漢。那及茲經半偈宣。

總頌

*應應에서 한 글자는 衍字임

老婆心切苦諄々。爭奈難傳妙斷輪。十二章々詮不及。留
將密付箇中人。
次膺律師求法頌
廓落無依無相身。裨家喚作本來人。但能自照虛明地。何
更從他苦問津。
予夢見大悲菩薩。為予曰。子能正印否。予應應*曰。
將印來。菩薩拿手作提勢。通身放光。遍照天地。遂
步虛而往。予亦從之。及覺乃作贊曰。
稽首觀世音。大悲老婆心。手提無文印。印我鼻孔深。豈
唯印無文。身亦無處尋。而常不離此。清風散竹林。
小字金剛經贊 并序
道者旻然。於一環中。寫金剛經心宗眼。字々畫如蚊脚

四十一

*設의 誤字

**開의 誤字

***眼의 誤字

。行布巧以螺文。非唯用筆之工。亦乃說*機之妙。苟非心精智巧。何以臻此哉。為之贊曰。

實相無相體自圓。虛々不失照々無遺餘。隨緣萬別不廢一如。大悲大智。於焉起予洗足敎坐。空生觀破。因而請益。乃爾注下。雖度四生。亦本無我。今此小輪具三般若。於文字中看得**箇***眼。乘筏超流便登彼岸。

題清凉窟 并序

依栖古窟。仰慕先師。謹當圓寂之晨。奉繼幽居之韻。

趂惱還他逐利名。清凉古窟屬閑情。眼花落盡虛空落。心地未來世界平。劫外乾坤依舊潤。壺中日月漸新明。國師一訣君知否。高踏毘盧頂上行。

四十二

*巖의 誤字

陪先師丈室煮雪茶筵

昨晚雨纖々。曉來驚尺雪。均鋪坑塹平。重壓枝條折。林鳥寒入簷。巖鹿困投穴。石檻變瑤臺。土堦成玉砌。威侵禪室凉。色傍經函徹。山人任大寒。茗事酧佳節。呼兒取雪華。滿盤堆玉屑。手迹即彫鎪。山形聳巉屼。鑿穴擬龍泉。挹澌煎雀舌。豈是自圖歡。要令他飮潔。此唯方外味。莫向人間泄。嗟汝本書生。脫俗參僧列。小室飮清風。儒門祛酷熱。聊將断臂力。功問安心訣。休欲不問問。請師無說說。

寓居轉物庵 三首

五峰山前古庵*窟。中有一菴名轉物。我栖此庵作活計。只可呵呵難吐出。我居境絕脚鐺。煎粥煎茶聊遣日。踈慵不

四十三

*掃의 誤字
**晩의 誤字

獨*復不芟。庭草如雲深沒膝。
脫**起不知辛旦寅。早眠不待黃昏戌。不剃頭不看經。不持
律不燒香。不坐禪。不禮祖。不禮佛。
人來怪問解何宗。一二三四五六七。莫莫莫密密密。家醜
不得外揚。摩訶般若波羅密。
五峰山色昏蒼翠。一帶溪聲曉更高。暮去朝來聲色裡。清
歌誰得似吾曹。
五更山月囱前白。數里松聲枕上清。富貴多勞貧賤苦。隱
居滋味與誰評。

湛靈上人求六歲

眼

塵中有大經。如何看不了。逮撥律陀眼。早開迦葉咲。讚

々謂邊松。青々京上草。咄々々漏逗也不少。

莫逐五音去。五音令汝聾。觀世音安在。圓通門不封。落搖明月響。碎隔白雲春。嘿々々好與三十棒。

耳

鼻

香處勿安閑。鼻中休強塞。不作香天佛。況為尿注國。鐺中煎綠茗。爐上燒安息。呵々々其處求知識。

舌

不貪法喜羞。況嗜無明酒。莫說野狐禪。終日虛開口。嘿入獅子窟。語出獅子吼。誰知語嘿外。更有那一句。

身

莫咬一粒米。莫掛一條絲。恐失家常飯。須染壞生衣。盡

四十五

中一天地。劫外可威儀。汝若不如是。何名出家兒。

意

忘懷從兎窟。着意縱猿情。更擬除二病。未免野狐情。水任方圓器。鏡隨胡漢形。直饒伊麼去。猶較患聾盲。

誡放逸

背習回心求出離。世人笑怪共相欺。生前五欲從隨意。死後三途付與誰。就下自輕飛鳥升。高勝寧跛龜速遲。善難惡易還如此。有智之流仔細思。

和柳秀才

先儒通地又通天。後學云何却不然。鸚鵡狂才邀妄譽。蜘蛛小巧逞虛傳。形羸可似喪家狗。心淨須如出水蓮。聞者書紳常佩帶。捨邪歸正勝因緣。

*解의 誤字

以詩呈悟處依韻答之

魚龍在水不知水。任運隨波逐浪遊。本自不離誰得失。魚迷說悟是何由。

楓岳過禪師見示開堂錄。以詩賀之曰

文殊變化妙難測。牛産金毛獅子兒。露地全威誰敢覰。飜身大用自相知。吼時裂破千魔膽。行處圓廻祖佛機。堪笑野干空逐迹。謾勞開口轉生疑。

次韻答之

號我金毛何大錯。元來只是病猫兒。狂獱走塊猶難及。獅子飜身又豈知。飽食無憂如有道。困眠終日似忘機。忽因人過啼聲急。老鼠逢聞特地疑。

惠茶兼呈[illegible][角+見]*答之

四十七

久坐成勞永夜中。煮茶偏感惠無窮。一盃巻却昏雲盡。徹
骨清寒萬慮空。

過生臺有作

飢鳥忽遇飯。貪畏兩難收。一啄百回顧。悲哉不自由。

謝惠金剛子

赤水玄珠柱再求。荊山素璞費三投。争如一箇金剛子。贏
得曹溪笑點頭。

向白雲庵。次辭衆

暫向雲庵養病身。禪流切勿往來頻。曹溪無物不常住。莫
道庵中無主人。

自雲臺上憶先師

江山如畵出。巖嶂似屛開。曾向先師口。絲經吞吐來。

崔博求法寫此送之

鏡裡見誰形。谷中聞自聲。見聞而不惑。何處非通程。

遊瑞石山圭峰見留題次之

瑞石強安名。圭峰未稱平。看來看愈况。寫去寫難成。巖傑增人氣。臺靈助道情。暫來栖此地。孰不了無生。

又

尋幽纔到此。快得寸心平。地秘渾呈露。天慳豁現成。道人酣道賞。詩客暢詩情。自有傍觀笑。大僧坐俗生。

和葛先生見寄

春蠶吐絲還自纏。醯雞自足甕中天。君如脫縛遊方外。火急回頭學我禪。

又

我與先生同在經。回幾飛鶴望雲來。月明每憶當年約。何日山中共和禪。

團扇

八月十有五。月輪正當午。皎影落寒洲。掛在珊瑚樹。

祖月庵聞笛

巖扉萬疊雲風室。村笛一聲春意濃。遙想萬家桃李樹。幾枝花白幾枝紅。

求法擧孫巖主人公話作偈 朝鮮丹放逐史中此感海外信士十餘人到庵求法擧孫巖主人公話因說七偈

主人公諾聽我箴。最好堅除殺盜淫。大聚刀山誰做得。都緣是汝錯行心。

主人公。諾。聽我諭。到處逢人須慎口。口是禍門尤可防。維摩默味參取。

五十

主人公諾。聽我辭十惡寃家速遠離。惡自心生還自賊樹發
花葉返傷枝。
主人公諾。聽我語。日暮浮生能幾許。昨日虛消今日然。
生來死去知何處。
主人公諾。惺惺着。十二時中常自覺。從來身世太無端。
夢幻空花休把捉。
主人公諾。心耶佛。非佛非心亦非物。畢竟安名喚作誰。
喚作主人早埋沒。咄。

荅金先覺

我人山下逢三毒。逆順途中遇八風。惡苦紛然難制止。也
宜頻喚主人公。

宗鈍上人造數子槌。求頌

朝々飯熟粥成時。動地驚天下一槌。萬聖千靈隨手。飽

齁齁地永忘飢。

木蓮

見葉初疑柿。看花又是蓮。可憐無定相。不落兩頭邊。

謝人惠柱杖

輪囷瘦縮狀如龍。入手令人氣轉雄。吞吐乾坤無不可。忽

然雷雨忽晴空。

聞子規示衆

應嗟虛度好光陰。常勸諸人急々參。啼得血流無聽處。不

妨終日口如鉗。

賦鴟識遊獵情志

既能遊戲虛空裡。何用盤旋聚落中。却恐忽然招瓦礫。全

五十二

*貝의 誤字
**末의 誤字

特有命付兒童。

送鈍上人歸靈神庵

靈神堂上好安神。秋欲歸歟寄此身。却羨上人先我去。水邊巖下忍天真。

留題金剛庵 五首并序

此山可寶*。世號金山。有石可榜俗名。額石新庵。長者常讀金剛。山目經題以爲庵額。劫火洞燃毫未**盡。此庵依舊此山中着子。

南臺石額

金山石額掛雲根。誰到山前昧洞門。引得不人高着眼。免教迷路逐煙村。

石禪床

當陽臺上石禪床。高榻何人解度量。翻笑毗耶老居士。區區費力借燈王。

東臺即事

綠瘦黃肥田野闊。蒼山翠凸海山重。最憐壁立千巖上。坐依和雲萬歲松。

西臺即事

修臺石向無風地。圖得終宵看月輪。寄語白雲開谷口。莫教頻入往來人。

卷柏

不生不死壽無窮。能卷能舒具變通。愛汝限巖得幽趣。不隨紅紫鬪春風。

感興

五十四

春秋草色青黃。旦暮雲谷白黑。誰憐偃蹇寒松。萬古青之色一。

左右銘

菩薩子菩薩子。常自摩頭。深有以摩頭。因得審思量。出處本意圖何事。僧其相貌。俗其心。可不慚天而愧地。麼行狂言任為汝。鑊湯爐炭何回避。

作詩送橙子師折松枝答之

殷勤投我團圞葉。氣甚馨香色甚奇。嗟我山中無所有。為君拈出歲寒地。

誡後生

妄作狂無碍。爭如坐兀然。大家齊面壁。終取小林禪。

侍者四人求頌

*戀의 誤字

示希祖

過心達大道。凡聖不同纏。希則可為祖。還如學海川。

示玄湛

迷風動覺海。覺海生空漚。空漚着三有。三有暫停留。風恬浪自靜。漚滅無從由。湛湛絕涯涘。顧之浪悠々。

示了惺

心常了々口常惺。且作伴癡方始得。師佈藏錐不露尖。是名好手真消息。

示自閑

終日青山在白雲。白雲終日在青山。山不顧雲雲戀*山。山與白雲俱自閑。

九山祖師都贊

五十六

*栗의 誤字

為法忘身越大洋。九燈從此耀諸方。兒孫自是不回顧。末後神光已覆藏。

普照國師贊

巍々一座大須彌。無限風波不暫欹。放普光明淸淨月。照先東土破昏迷。

山中四威儀

山中行

無限淸風步々生。踏盡千峰萬峰去。一條楖標*任縱橫。

山中住

已應騰々過朝暮。瘦鶴翹松數不寐。洒然自得幽居趣。

山中坐

侍側唯餘木上座。憨々終日喔無言。莫悔從前閑說話。

五十七

山中臥

頗覺從來得閑暇。和衣打睡到天明。無須迷竅狂癡者。

庵中聽雨

路上趨馳應厭雨。庵中燕坐不須晴。因茲歇却閑遊覽。靜聽簷頭滴瀝聲。

示中使座璉

我住一庵行遍界。君行萬里住安身。住無住相行無相。仔細看詩是甚人。

暑月監院欲補簷作詩去之

三伏熱人如坐甑。四肢流汗似澆湯。短簷不許裁松補。爲愛清霄月滿堂。

冬日寄石上庵

五十八

石頭路嶮足難措。竿木隨身猶蹉倒。況須天寒氷雪多。故應石上無人到。

宿聊自寺

無端離古寺。枉作走遊子。今日指君看幾人知所自。

辛卯八月過仁弘寺次壁上韻

綠竹滿幽苑。清風入矮墻。高秋惜日短。良夜愛更長。抱雨繞方丈。供雲開衆香。半旬留杖屨。慰對久彌光。

茶無爲寺恭長老

無欲無爲常自守。世間家業任肥瘦。不知顧後但瞻前。若恐當來招大咎。

答大素上人

但知道行眞非眞。莫管形骸瘦不瘦。[illegible]哉強項老禪和。善

*澂의 誤字

**濆의 誤字

別機宜識休咎。

蓮池

乱葉田田搖翠盖。佳花濯濯湧金仙。奇歎生在澈*泥水。泥水何曾着得便。

藕花初坼墳**清香。光色鮮明向異常。堪笑牧丹偷勝號。被人剛喚作花王。

秋感

西風吹幽林。秋色忽上葉。感此百年身。老來何太捷。

答球僧統

樂天知命可忘憂。況不買山居漫洲。幸得長閑消白日。快因無事入玄極。畫看屏簇猶娛興。親對湖山別有愁。要諳返為美處。莫將安穩癈幽囚。

六十

又

得之何喜失何憂。憂喜不離生死洲。自感辱榮如影響。要須言行慎樞機。鑊湯可忍千般苦。仙島猶懷萬斛愁。

送行道者歸覲本師

山不招。雲自韻。須不隔一絲毫。

題洗心亭 并序

逸庵居士鄭公。奮養老浮亭。雖在里閭。形勝可愛。尋其額則莫知也。問其故。對曰。只待師之命之也。[illegible]

異葉名花各自奇。茂林脩竹揔相宜。洗心亭畔千般足。只欠孤猿每報時。

[illegible]

*籬의 誤字
**籬의 誤字

雨後

恠鳥聲々響幽谷。白雲片々度青山。雨後靜坐人無事。雲自無心鳥未閑。

春霖獻作

紅紫芳菲事可悲。三春無日不淋漓。天上何用偏枯手。只管青平破苍籬*。蝸縮蜂藏勝自悲。紅愁綠怨淚淋漓。天放寒塞斷尋春路。花下無人倒接籬**。

臨水

偶爾來臨止水清。滿頭霜雪便人驚。不憂世事兼身事。誰得栽培白髮生。

雪

陰雲乍起成片段。不覺須臾忽彌漫。紛紛下雪無間斷。大

地一時光燦爛。或恐天風蕩天寒。漢水飜波飛四散。散下長空絕涯岸。中遭朔吹吹零乱。凍成細々未云泮。散作飛花飄浩汗。姮娥妬色爭輝煥。羲和埋光似逃竄。林無空枝與徒幹。瓊花玉樹何璀璨。山中偶爾得壯觀。目醉心酣久吟翫。

登黃龍塔

一層看了一層看。步々登高望漸寬。地面坦然平似削。殘民破戶不堪觀。

次謝崔尚書青銅瓶

智水傾來物自鎔。箇中無事可相容。縱然洗得身心淨。利名塵莫我蒙。

辛卯季春初吉。宿普門寺。見先國師舊隱閑房次板

六十三

上頌以悲慕之志。

閑房綿想我先師。曾此山中繭一枝。扣寂每扃禪室靜。忘緣永背世途馳。能於佛祖爲眞子。解化盲龜作大醫。惟恨享年纔平百。未看吾道歷行時。

禪房日沒臺奉次先師頌

巖扉千仞倚雲開。萬里山川湊一臺。若見湘眞面目。正知紅日不西頹。

次看經貧道者頌

我愛青山不愛名。青山靜對可忘情。坐時坐穩臥時穩。高處高平低處平。落落耕耘雲外落。明明祖意草頭明。鑽地古紙驢年去。擡着從來路便行。

奉和地藏一僧統

世間文字與聲名。任是情通也屬情。解絕見止心顯現。風靜波息海清平。鑑師燒了金剛疏。信老吹消紙燭明。路遠夜長休把火。不如吹殺暗中行。

常看藏經故云次前韻示渕深上座

從來無相亦無名。何用安排強起情。截鶴續鳧非自適。實渕更岳岳未眞平。任長任短甘吾分。隨下隨高看眼明。纔入思惟成剩法。狸奴白牯擇修行。

和天居上人雨後看山

雨後春山勢萬般。最憐叢翠白雲閑。白雲散處頭頭露。望盡遠山山外山。

幽居 三首

分得樂山仁。看山眞轉新。眼緣當在淳。胸次不生塵。

靜㗅雲多事。閑邀月作隣。一區區利名路。馳逐彼何人。

天幕地爲席。山屛石爲壁。事簡身自適。境幽心亦寂。髮將雲爭白。眼共山爭碧。

蕞頭陀以紅黃二色花供養作此謝之

黃豔明中道。紅葩表至誠。若兼斯二者。何適佛難成。

憫世 二首

服食驕奢德不修。農公蚕母見幽囚。從茲舉世受寒餓。爲報時人信世不。

田蚕不熟已多年。飢饉相仍疾疫連。禍本無門人所召。不知自作怨諸天。

六十六

杕

竹尊者傳

尊者姓筆。諱灑然。字此君。長沙之祖。玉泉之弟。其父母鄉貫。莫得而詳。好遊渭水之濱湘江之岸。酣風醉月。飽雪飲霜。則其骨冷神清。節高調遠。槩可知也。唐之蕭悅宋之老皇。文與可。本朝丁公等皆知音也。最厚且親。又能寫眞。其所寫者世以爲珍。尊者之德不可勝記也。略計有十種。一纔生便秀。二漸老更剛。三其理調直。四其性清涼。五其聲可愛。六其容可觀。七虛心應物。八守節忍寒。九滋味養人。十多材利世。有時變佛。能招瑞鳳。或處現通解化獰訛。雖遍界分身。而常住崇勝寺。時人獻尊者之號。或問旣稱尊者。理應無累。云何却受二妃之淚。曰唖面待自染。況是淚痕斑。問智力勇果不受欺誅

*背와 同字

**間의 誤字

***恩의 誤字

云何容受主化銅馬。曰。欲知吾道力。不與物情背*。問
一悟永悟。更不疑。云何五月十三逐。曰。君不聞字。
大智如愚。問。曾為香嚴老開×何神會門。曰。我今無說
之。汝可不聞聞。問。山陰隱士云何。云一日不可無此君
曰。應恐暫離眞善友無端惹得俗情燕。問。海岸孤絕處
補陀洛迦山。助揚何佛事侍立碧岩巖間**。日日日霑甘露。時
時作梵音。涓塵裨海岳。聊助大悲心。問。避地遠恥辱。
可名為智人。胡為手鐵面。漫壞吾師眞。曰解脫於文殊。
時稱大丈夫。雲門棒釋迦。世號眞作家。彼既非驕慢。我
亦無慝報。可謂知息***人方能解報恩。問。淨因云。此君代
我說法。未審代說何法。曰。令人見。則祛煩熱。便是渥
身應長含。問。所守恒一。不易其質。何故。靑平園裡。

六十八

*自의 誤字
**丈의 誤字

或短或長。多福寺中一世一直。曰曲也只如是。直也只如是。長短亦復爾。思思可知矣。其對人機辯。類如此。洪覺範之以詩。曰。高節長身老不枯。平生風骨白*清癯。愛君脩竹為尊者。却笑寒松作太**夫。未見同參木上座。空餘聽法石於菟。戲將秋色供齋鉢。抹月批風得飽無。無衣子亦於己卯年冬。有詩贊曰。我愛竹尊者。不容寒暑侵。年多彌勵節。日久益虛心。月下弄清影。風前送梵音。皓然頭戴雪。標致生叢林。其子有玉板長老。東坡器之。之輩嘗訪之。飽參而去云。

氷道者傳

道者姓陰氏。諱凝淨。字皎然。水鄉人也。父曰玄英。母曰青女。其母夢見風霜。覺而有娠。十月而誕。通身瑩若

瑠璃。稟質硬如鐵石。幼依風穴寺。隱志律身。面目嚴冷
。凜然不可犯。既壯。歷參寒山霜華雲竇。皆密受印記
。陸沉衆楚。世莫有識之者。無衣子一見而奇之。乃擧以
之僧。因號爲氷道者。自是名播諸方。讀*州令陽**耎。夫。以
太陽寺請不赴。陰城守嚴大凝雅信此道。虛寒鉢席。致公
出世。衲子輻輳。開堂日。有問。師唱。誰家曲宗風嗣阿
誰。曰開。雪竇口出。霜華氣問。法無取捨。爲什麽。不赴
太陽。請。曰非干汝事。問。寒來向火。師爲什麽。不向
火。曰我不畏寒。進云。轉生作熟時作麽生。曰。我不受
食。問。三世諸佛在火焰裡。轉大法輪。師還甘也。無衣
子曰。雲月是同。谿山各異。問。趙州道。想料上房兜率
天也。無如此月。看***背。師還****背麽。曰我不似者窮鬼子。問

七十

*韶의 誤字
**突의 誤字
***背와 同字
****背와 同字

泊

。如何是室內一盞燈。曰看看。問。臘月大燒山時如何。曰。休休。言多去道轉遠。乃云。吾心似秋月。碧潭清皎潔。無物堪比倫。敎我如何說。良久云。曉天雲淨濃霜白。千峰萬峰鎖寒色。衆皆異之。公平生不食。而不飢。不浴而不垢。脚不至席。坐不侍座。冬不開爐。夏不結制。至冬月。衲子喧聒之夕。公必赴之姻亘。其中不言不笑。兀坐達旦。目不暫瞬。衲子愛之忘去。常示衆曰。休去歇去。冷湫湫地去。一條白練去。蓋不忘霜草血脈也。一日告門人曰。吾滅度後不得燒取舍利。眩惑時人。可全身葬於古鄕中。功嗎功嗎。因說偈。曰。通身不昧箇靈光。透秀穿皮絶諱藏。莫訝須臾成水去。示無常處是眞常。言訖泊然而化。謚曰融一禪師。塔曰證明。其剃髮受具之所聞

證

七十一

世坐夏之數。皆不詳云。

贊曰。或謂公平生簡嚴不喜。接納卒世無嗣。悲夫。是太不然。覩相而悟。不言而信。潛通暗證者不可勝計。大振霜華。雲霓之道。未有如此。公者惜乎其所短者要然而已。然。趨矣甚哉。道者所忌。不足為悲。因係之頌曰。

月窟風恬露凝樹。藍田日暖烟生玉。千假世喻況難成。嗟嘆詠歌之不足。明似日旁峻似山。寒於水兮瑩於玉。忽然崩倒示無常。警世老婆心已足。

贈書生詩

君不見廬山遠公。嘗著論如來與周公發致雖殊。所歸一揆。又不見梁朝沈約。亦有言。孔發其端。釋窮其致。奇歟此二賢達人。如可與言至道矣。惜哉。韓愈獨擅攸。努力

七十二

*曠의 誤字

**応의 誤字

逼逼排釋氏。不知吾佛是極聖。疑其小人與君子之言。蒙
昧何足道。三尺兒童猶笑爾。可憐逐逐叟々。小生相與效嚬*
々不已。所謂一盲引衆盲。相將深入火坑裡。穿針仰面不
見天。捨芥低頭不見地。逐鹿不見山。穿雲攫金不見人城
市我初聞之。謂不然。例此。方知實有是退之若不遇太顛
〃河伯焉知大海水。見時做處。老知羞恥**。悔前言甚爭
理。箭既離絃。不可回故。便在言到今耳。君子若讀退之
書。但取其文。毋取意。贈君失却好人身。廣劫長為地獄
滓。

常住寶記

蓋聞支辨安禪道侶致天樂自然日給。誦經沙彌獲總持第一
。減一匙之飯。七返生天。施一團之麨。現登王位。何況立

七十三

*日의 誤字

常住寶。開大施門。而無有限之心。常有無窮之福。今此修禪社者。自從初搆年來。常以分衛四方。未遑寧處禪者廢精修於道。檀家興疲厭之心。予。每念五分律頌云。乞者不愛。數則致寃憎。龍王聞乞聲。一去不復還。乃謂佛事有隨方。毗尼道不妨與世推移。與其屢懵於人。曷若坐修其福。於是殿出法荅私財并諸檀信隨喜。得白金八十六斤。囑門人天忍等貿穀滋長。忍日*留穀則易矣。將置何所而出納耶。予日凡寺院者無非為 國朝及州縣裨補所置也。近世居小寺者。多是帶妻挾子。僮僕兒奴從非土生。略無修葺。以經堂佛殿為機杼之家。祖堂僧房作馬牛之廐。尿灰糞火常自飽聞。多娃晨香*曾夢見。致使 國朝多變。州縣興災。吾將整廢興殘。使有道者。以主香火。兼便之

七十四

掌穀則。孰曰非也。又況富者多不為仁。或約倍長。或約
平長。而腹剝收其利故。富者益富。而貧者益貧。此亦為
政者之所同瞋也。吾依國式。救其之薄其息。予毋停其息
。仍令納者。自量自槩則。彼此相育。公私作福。其利豈
不博哉。乃以癸未八月。修書聞于大宰。宰既悅從。騰狀
達于
聖王。王亦開允。遂命全羅道按察使田甫龜。搜尋小寺之
甚殘廢者。乃得昇平郡之安住寺。富有縣之福山寺。谷城
郡之升法寺。福城縣之安寂寺。古高灛縣之蓮谷寺。安壤
鄉之水多寺。高敞縣之妙井寺。各以方面之民。経之營之
。并前屬樂安之吾代寺高山寺同福之靈鳳寺加音之北 寺
。凡十一所分穀長之。以前 國之油谷寶及諸忌晨等雜寶

七十五

*虡의 誤字

。總四千石與今刊付。常住寶六千石合。計正租一萬石爲本敎。庶將不墜本數。得年年滋利。以爲佛 佛養僧之費。鎭升祝聖之資。繩繩祖徹。翼翼宗風。劫火雖盡。我凡無窮。

本社鐘銘 幷序

大金貞祐八年庚辰。命門人宗鈍等。化大鍾焉。重三十斤。觀其器。深且厚。聲遠而雄。有大人相。乃爲銘曰

洪鐘在虞*。器宇深沉。中虛外順。隨扣呈音。鏗鏗激耳。冷冷洗心。願言聞者。廓清五陰。

福川寺鍾銘 幷序

社內上人希悉。與相國崔公瑀。同發誠願。重新福川寺。新鑄大鐘。重千斤。請予爲銘。因爲之銘曰

七十六

堂堂其形。鏗鏗其聲。警悟羣生。長夜盲冥。奇歟高識。
成此功德。大悲莫測。弘誓無極。現必長壽。當感無漏。
不聞甚趣。何況自受。

大人銘 并序

予嘗讀契經。至惡事自向己好事與他人之語。吟玩不已
以謂此是寬腸大肚者之所行也。因以居懷。每當疑謗
之間。未嘗與人辨之。但微笑而已。乃作大人銘。以自
勉焉。其銘曰。
菩薩所養。如拭塵巾。攬垢在己。推淨與人。我雖不肖。
以是自許。不知我者。視我如塵。含垢忍恥。内不失真。
顧言同字。闇者書紳。

息影庵銘 并序

吾社有一老衲焉。其名者無心其号也。盖浮雲其身。流水其道。随緣放曠。任性逍遙。自西自東。無適無莫。洸如也。浩如也。初無一星許事介於胸次。可謂閑道人也。近覺身心疲憊。氣力衰微。倦鳥知還。老龜巧縮。乃卜地於八嶺山萬行社之東。愛其僻而奧。爽而曠。仙島簇於前。奇巖屛於後。夜則漁火星桃水面。晝則商帆鴈點江心。於是手刱庵而居之。意欲影不出山。迹不越閫。亦不受坐馳之誚。名其庵曰息影。俾來乞銘。因為之銘曰。

身動而行。人見其迹。心動而行。鬼見其迹。身心俱不動。人鬼俱不見。況本無身心。何曾有動靜。若了如是。是真息影。

七十八

逸庵銘 并序

居士鄭公奮脫屣世榮。忘筌俗學。常以竹倚蒲團爲侶。林栖谷隱。爲安名其所居曰逸庵。蓋逸者無爲無縛之總名也。其銘曰

寥兮廓兮。涯不可極。明兮白兮照不可測。其誰在中。達摩不識。利聲韁鏁。佛祖繩墨。五欲樊籠。四魔巢賊。九結十纏。千差萬惑。入此庵中。俱不可得。所以此庵。名之曰逸。於依處中。斯爲第一。

○拈頌序 拈頌中抄集

詳夫自世尊迦葉已來。代代相承。燈燈無盡。遞相密付。以爲正傳。其正傳密付之處。非不該言義。言義不足以及。故雖有指陳。不立文字。以心傳心而已。好事者強記其

迹。載在方冊。傳之至今。則其麁迹。固不足貴也。然不妨尋流而得源。據末而知本。得乎本源者。雖萬別而言之。未始不中也。不得乎此者。雖絕言而守之。未始不惑也。是以諸方尊宿。不外文字。不悋慈悲。或徵或拈。或代或別。或頌或歌。發揚奧旨。以貽後人。則凡欲開正眼具玄機。羅籠三界。提拔四生者。捨此奚以哉。況本朝自祖聖會三已來。以禪道延國祚。智論鎮隣兵。而悟宗論道之資。莫斯爲急。故宗門學者。如渴之望飮。如飢之思食。余被學徒力請。念祖聖本懷。庶欲奉福於國家。有裨於佛法。乃率門人眞訓等。採集古話凡一千一百二十五則。幷諸師拈頌等語要。錄成三十卷。以配傳燈。所冀堯風與禪風永扇。舜日共佛日恒明。海晏河清。時和歲稔。物物各

八十

得其所。家家純樂無爲。區區之心切切於此耳。第恨諸家語錄。未得盡覽。恐有遺脫。所未盡者。更待後賢。貞祐(金國年號)十四年丙戌仲冬海東曹溪山修禪社無衣子序

○圓頓成佛論看話決疑論跋

噫。近古已來。佛法衰廢之甚。或宗禪而斥敎。或崇敎而毁禪。殊不知禪是佛心。敎是佛語。敎爲禪網。禪是敎網。遂乃禪敎兩家永作寃讎之見。法義二學返爲矛盾之宗。終不入無諍門履一實道。所以先師哀之。乃著圓頓成佛論。看話決疑論。貴遺草在箱篋間。近乃得之傳示大衆。時有錫齡社主希蘊聞之大悅。力請流通仍勸洪州居士李克材施財刊板。印施無窮。所冀
聖壽天長。邦基地久。宗風不斷。

佛日永明。法界含靈了心成佛耳。時貞祐三年乙亥五月日

無衣子慧諶跋

*絲의 誤字

心意乖種性異方卒難迴靜言思方心悠成飜憶土梟雛食母。三
謝君尚消知君懷。

列嶂

日射金壁燦。花開錦綺堆。王侯未親賞。強作假山臺。

示栖白上座

真源一了便心休。不得還依有佛求。純一始為無學道。亂
心麤過莫悠悠。

聞弁禪師訃

未時先我來。去時先我去。珎重弁師兄。冥冥獨遐擧。而
我豈久存。浮生如逆旅。返觀去住蹤。不得*孫毫許。

送李公西上子壽

熱天歸熱地。熱惱若為排。我有清涼散。憑君服一杯。

*栖의 誤字

金堂刱構何年代。塑像端嚴罕古今。云是雲中通有路。往來應不憚幽深。

餞別鄭郎中

樹上鶯歌清。臺前燕舞輕。
煎茶當沽酒。聊以餞君行。

楡岾洞公見訪書野語送別

水就濕兮火就燥。雲從龍兮風從虎。同聲相應兮同氣相求。果是寃有頭兮債有主。我與師兄各在天涯。所謂西芥東針。南鱗北羽。偶因緣力之所牽。不覺不知忽然相聚。懽滿而咲。相看語話。不能盡罷纏。今朝送別後相思。重學蝶兒應徒栩栩。

因事有感

雉有卯兮草萋々。人取卯兮安栖*鷄々。無私兮啐啄齊。雉病長兮

無衣子詩集

為鎭兵作偈告衆

各曾初發菩提心。不為一身求獨脫。方今干戈日競起。四海人民苦相殺。藏頭穩坐愛自便。有智無悲豈菩薩。敢請最誠力鎭兵。愛君憂國心如渴。

贈仙巖訓長老

十餘年在比隣住。聞有仙巖未暫尋。今與杖俱初入洞。境兼人好可開心。天涯列岫排屛簇。門外淸溪鼓瑟琴。靈塔一雙成對偶。眞僧五百作叢林。

寺有五百羅漢堂

일/러/두/기

- 影印의 대본은 日本 駒澤大學本으로, 우리나라 東國大에서 복사·소장하고 있는 것을 사용하였다.

- 影印의 대본은 필사 과정에서 야기된 것으로 보이는 여러 가지 문제점을 안고 있다. 따라서 이 책에서는 다음과 같은 방법으로 이런 문제들을 해결하고자 하였다.

  - 誤字와 衍字는 직접 영인 대본의 난 밖에다 바로잡도록 하였다.
  - 脫字는 보충 설명을 요하는 까닭에 이 책의 전반부에 해당하는 번역 부분에서 처리하였다.
  - 끊어읽기의 경우는 일일이 지적할 수가 없을 만큼 오류가 빈번하므로 영인 대본에서는 따로 수정하지 않고 앞의 번역 부분에서만 바로 잡았다.
  - 그 밖의 의심스러운 것들 역시 번역 부분에서 모두 제시·검토하였다.

- 따라서 여기에 영인된 대본은 이 책의 전반부에서 새로 뽑은 原文과 註를 비교·참조할 때 비로소 그 효용을 발휘할 수 있겠다.

無衣子詩集

原文

유영봉(劉永奉)

충남 부여에서 출생하여
성균관대학교 한문교육과를 졸업하고
동 대학원에서 문학석사 · 박사학위(한국한문학 전공)를
취득하였다. 현재 성균관대학교 및
몇몇 대학에서 강의를 맡고 있으며,
논문으로는 「사신비명연구」 외에 몇 편이 있다.

無衣子詩集

초판 1쇄 인쇄 1997년 11월 15일
초판 1쇄 발행 1997년 11월 20일

지 은 이 眞覺國師 慧諶
옮 긴 이 劉永奉
펴 낸 이 정진숙
펴 낸 곳 (주)을유문화사

서울시 종로구 수송동 46-1
전화 : 733-8151~3
FAX : 732-9154
1950년 11월 1일 등록 제 1-292호
대체구좌 1010041-31-0527069

역자와의 협의하에 인지생략

• 값 12,000원
ISBN 89-324-5 03810